CHRISTIAN HUMBERG

Trügerische Ufer

Weitere Titel des Autors:

Mörderische Brise

Über den Autor:

Christian Humberg wurde 1976 in Gerolstein geboren und studierte in Mainz Buch- und Literaturwissenschaft. Er arbeitet als freier Autor von Büchern und Theaterstücken, als Comicszenarist, Literaturübersetzer und Lektor. Seine Werke erreichen Leser:innen auf der ganzen Welt und wurden bereits mit zahlreichen Preisen ausgezeichnet. Humberg lebt in der Eifel, verreist aber schon seit Jahren regelmäßig an die »mörderische« Ostsee.

CHRISTIAN HUMBERG

TRÜGERISCHE UFER

EIN FALL FÜR CLARA CLÜVER

KÜSTENKRIMI

lübbe

Dieser Titel ist auch als E-Book erschienen

Die Bastei Lübbe AG verfolgt eine nachhaltige Buchproduktion. Wir verwenden Papiere aus nachhaltiger Forstwirtschaft und verzichten darauf, Bücher einzeln in Folie zu verpacken. Wir stellen unsere Bücher in Deutschland und Europa (EU) her und arbeiten mit den Druckereien kontinuierlich an einer positiven Ökobilanz.

MIX
Papier | Fördert gute Waldnutzung
FSC® C014496

Originalausgabe

Dieses Werk wurde vermittelt durch die
Literarische Agentur Thomas Schlück GmbH, 30161 Hannover

Textredaktion: Dorothee Cabras, Grevenbroich
Titelillustration: © shutterstock.com: Ugis Riba | Sonja Filitz | Ivonne Wierink
Umschlaggestaltung: ZERO Werbeagentur, München
Satz: GGP Media GmbH, Pößneck
Gesetzt aus der Minion
Druck und Verarbeitung: GGP Media GmbH, Pößneck
Printed in Germany
ISBN 978-3-404-18883-3

4 2 1 3 5

Sie finden uns im Internet unter luebbe.de
Bitte beachten Sie auch: lesejury.de

Abermals für Ani, Hafen in all dem Sturm

»Jeder Mensch lügt.«

Dr. Gregory House

KAPITEL 1

Das Blut schien überall zu sein. Es bedeckte die Steinplatten am Boden, tropfte von dem gusseisernen Geländer und klebte an Clara Clüvers Händen, als wollte es durch ihre Fingerkuppen sickern und sie auch von innen besudeln. Es roch.

»Was …« Die Pastorin keuchte. Fassungslos sah sie an sich hinab, auf den Toten und auf das rote Meer mit dem metallischen Geruch. Auf das Grauen, das direkt vor ihren Augen lag. »Was … Nein!«

Das Blut musste weg. Reflexartig begann sie, die Hände zu reiben – erst gegeneinander, dann gegen ihre Kleidung. Sie wischte sie an den Hosenbeinen ab, an den Ärmeln ihrer dünnen Jacke und begriff erst viel zu spät, dass sie dem Rot damit nur mehr Bühne bot. Es wurde nicht weniger, wenn man es verteilte. Im Gegenteil: Es wirkte dann *noch* mächtiger, *noch* mehr wie eine unaufhaltsame Flut.

Jetzt kamen die Schritte. Es raschelte plötzlich in den Büschen jenseits des gusseisernen Geländers. Schnelle Laute, wie von einem ganzen Dutzend Füßen gleichzeitig und mindestens so hektisch wie Claras eigene Bewegungen.

Der Ruf, der wie ein Messer durch das Geraschel schnitt, war fordernd und laut. »Keine Bewegung! Hier spricht die Polizei, nehmen Sie sofort die Hände hoch!«

Im ersten, noch immer vom Schock betäubten Moment wusste Clara nicht, wen die strenge Männerstimme überhaupt meinte.

Fragend blinzelte die Pastorin ins Licht der Nachmittagssonne, vollkommen überfordert von der gesamten Situation, und rieb einfach weiter ihre blutverschmierten Hände gegen die blutverschmierten Hosenbeine.

Doch die Stimme kannte keine Rücksicht. »Die Hände hoch!«, wiederholte sie streng. »Ganz langsam, verstanden? Gehen Sie zwei Schritte von dem Mann weg, und heben Sie die Hände. *Sofort!*«

Das genügte. Mit derselben Reflexhaftigkeit, mit der Clara sich das Blut hatte abwischen wollen, gehorchte sie nun dem Befehl. Ihr Körper lief nahezu auf Autopilot, und ihr Verstand hatte das Steuer längst aus der Hand gegeben. Sie wusste nicht länger, was um sie herum und auch mit ihr geschah. Der Schock saß einfach zu tief.

Die Schritte kamen näher. Auf einmal sah sie Menschen, die die Trittgeräusche verursachten. Männer und Frauen in Uniform und mit wachsamen Mienen. Sie eilten auf Clara zu, mattschwarze Schusswaffen in den Händen, und ließen sie nicht aus den Augen.

»H... Hallo«, grüßte Claras Autopilot sie schwach.

Dann war der Erste bei ihr, packte sie grob und drehte ihr den Arm auf den Rücken.

»Sie sind vorläufig festgenommen«, sagte der Mann. Er stand nun so dicht hinter ihr, dass Clara sein Rasierwasser bemerkte. »Wegen versuchten Mordes.«

»Das war kein Versuch«, widersprach seine Kollegin. Sie kniete vor Clara, direkt neben dem Mann im Blut, und schüttelte den Kopf. »Verflucht, wir brauchen mehr Leute hier oben. Mehr!«

»Na dann«, erwiderte der Uniformierte brummend. Inzwischen hatte er Clara Handschellen um beide Handgelenke gelegt und nahm sie nun an den Oberarmen. »Wegen Mordes. Kommen Sie, wir fahren jetzt zur Wache.«

Langsam kehrte ihr Verstand zurück. Einzelne Wortfetzen hatten es durch den dichten Dunst geschafft, der in ihrem Schädel Einzug gehalten hatte, und verfingen dort. Sie wurde ... abgeführt?

Der Mann bugsierte sie drei Stufen hinab, von der Terrasse runter ins satte Grün des Gartens. Clara wehrte sich nicht. Überall sah sie nun Polizisten herumeilen. Sie liefen auf die Terrasse der weißen Villa zu, beäugten den Kiesweg, der von dieser zur nahen Straße führte, und wirkten ganz und gar in ihrem Element – ernst und konzentriert.

Auf den Kiesweg folgte ein gusseisernes Tor, das offen stand und von mannshohen Hecken flankiert wurde. Dahinter parkte eine mittlere Armada aus Dienst- und Peterwagen am Straßenrand. Blinkendes Blaulicht und weit geöffnete Autotüren, durch die quäkende Wortfetzen aus Funkgeräten ins Freie drangen.

»E… Entschuldigung?«, sagte Clara. Der Dunst hinter ihrer Stirn war fast fort, und allmählich gehorchte ihr Mund ihr wieder. »Entschuldigung, aber das muss ein Missverständnis sein. Ich bin nicht …«

»Erzählen Sie's 'ner Parkuhr, Gnädigste«, fuhr der Mann, der sie abführte, sie schroff an. »Die interessiert's deutlich mehr als mich.«

»Aber …«

»Ich weiß, was ich gesehen habe, verstanden?«, brummte er ihr ins Ohr, und der Druck seiner Hände an ihren wehrlosen Oberarmen nahm sogar noch zu. »Das allein zählt. Nicht das, was Sie sagen.«

Sie passierten gerade den zweiten Wagen der parkenden Armada. Es war ein weinroter Ford, und erst auf den zweiten Blick erkannte Clara, dass da ein Mann auf dem Beifahrersitz saß und sie mit weit offen stehendem Mund anstarrte.

Sören?

»Moment!«, rief Clara. »Das ist Sören Haberkamp. Er kennt mich. Er wird Ihnen bestätigen, dass das alles ein bedauernswerter Irrtum …«

»Clara?«, fragte Kommissar Haberkamp ungläubig. Er stieg aus dem offenen Wagen, das Gesicht ein einziges Fragezeichen. »Bist du das?«

»Kennen Sie die Dame etwa, Herr Kommissar?«, fragte der Uniformierte in Claras Rücken.

Sören nickte. »Und ob. Das ist Clara Clüver, die beste Freundin meiner Frau.« Er korrigierte sich sofort. »*Ex*-Frau.«

»Na ja«, meinte der Uniformierte. Es klang unbeeindruckt. »Ab heute nicht mehr, darauf wette ich.«

»Hören Sie«, begann Clara. »Das ist alles nicht so, wie es aussieht. Ich bin Pastorin drüben in Travemünde. Ich *habe* niemanden getötet.«

»Und ich«, meinte der Polizist knurrend, »habe schon Hunderte wie Sie abgeführt. Und wissen Sie, was denen allen gemein war? Das Lügen.«

Sie waren nun an einem Einsatzwagen angekommen. Der Mann drehte Clara um und schob sie unsanft auf den freien Rücksitz. Hinter ihm konnte Clara noch immer Sören Haberkamp sehen, blass wie eine Wand und vollkommen ungläubig.

Der sieht so aus, wie ich mich fühle, dachte die Pastorin, und aus irgendeinem absurden Grund kam ihr das lustig vor.

»*Jeder* Mensch lügt«, fuhr der Polizist fort. »Hören Sie auf meine Worte. Die gelten nämlich auch für Pastorinnen. Erst recht für solche mit Blut an den Händen.«

Mit einem lauten Rums schlug er die Wagentür zu, und plötzlich war Clara wieder allein. Allein mit ihren Fragen, mit dem Schrecken in ihren Gliedern … und mit dem metallisch-klebrigen Blut, das noch immer an ihren Fingern haftete wie ein unumstößlicher Beweis.

Das Blut schien überall zu sein. Und nun, da sie mit Handschellen gefesselt im Fond eines Einsatzwagens warten musste, begriff Clara, dass es sie *tatsächlich* von innen besudelt hatte. Nichts und niemand hielt das Meer auf.

KAPITEL 2

Wenige Stunden zuvor

»… und in diesem Sinne dann auch von meiner Seite die herzliche Einladung«, sagte Clara Clüver. Langsam breitete sie die Arme aus. »Besuchen Sie unseren Basar drüben im Gemeindezentrum und unterstützen Sie Menschen in Not. Dafür segne und behüte uns der Herr, und er gebe uns Frieden! Amen.«

Die Orgel setzte ein. *Nun danket alle Gott*, laut und feierlich tönte es aus den silbernen Pfeifen. Clara ließ die Arme sinken und trat hinter dem Altar hervor. In den dicht gefüllten Sitzreihen der alten Kirche zog prompt wieder Bewegung ein. Überall griffen die Menschen plötzlich nach ihren Habseligkeiten, den Hüten oder Handtaschen, Regenschirmen oder Gehstöcken, während sie gleichzeitig die ersten Verse des Kirchenliedes anstimmten. Überall bereitete man sich auf den Aufbruch vor.

»Nun danket alle Gott, mit Herzen, Mund und Händen«, sang auch Clara. »Der große Dinge tut, an uns und allen Enden.«

Zielsicher bahnte sich die Pastorin einen Weg durch den breiten Mittelgang. Es stimmte, was das Lied sagte, oder etwa nicht? Es *waren* große Dinge geschehen, und sie selbst war der lebende Beweis dafür.

Die Kirche im Herzen der Travemünder Altstadt stand noch nicht lange unter der Leitung der Enddreißigerin, und doch fühlte

Clara sich unter ihrem gewölbten Dach inzwischen so heimisch wie an fast keinem anderen Ort der Welt. Die weiß gestrichenen Wände, das Kreuz aus Eichenholz über dem schlichten Altar und die oben rund zulaufenden Fenster aus Butzenglas waren ihr absolut vertraut geworden, genau wie die tönernen Steinplatten unter ihren Sohlen und die Kerzenständer rechts und links der kleinen Kanzel.

Auch viele der Gesichter, die sie in den Sitzbänken sah, erkannte sie schon mühelos wieder. Die Gemeinde, die Clara vor Monaten – und mit einigen Turbulenzen – übernommen hatte, war nicht allzu klein, doch Clara hatte sich vom ersten Tag an alle Mühe gegeben, sie kennenzulernen. Eine gute Seelsorgerin kannte ihre Schäfchen eben; das gehörte zwingend dazu, wenn man den Beruf ernst nahm. Zumindest war es Claras eigener, unumstößlicher Anspruch an sich selbst.

»Der uns von Mutterleib und Kindesbeinen an«, hallte der Gesang aus Dutzenden von Kehlen durch das Kirchenrund, »unzählig viel zu gut bis hierher hat getan.«

Auch das, fand Clara, traf voll ins Schwarze. Es *war* gut, dass sie hier war. Alles hatte dagegengesprochen, eigentlich. Sie war in Rheinhessen aufgewachsen, bei ihrer vom Leben enttäuschten Mutter und im Schatten von Weinbergen und alten Burgen. Auf eine ereignislose Schulzeit war ein Theologiestudium in Mainz gefolgt und mit ihm erstmals ein Leben außerhalb des Einflusses ihrer Mutter. Es hatte Frau Clüver nicht gefallen, als Clara sich das Zimmer im Studentenwohnheim nahm, und noch weniger gefiel es ihr damals, als sich ihr einziges Kind in einen jungen Juristen verguckte.

Immerhin, Mama, dachte Clara nun und sprach im Geiste mit der Toten. *In dem Punkt hattest du recht. Aber nur in dem einen.*

Nach dem Studium war ihr Jurist nach Wiesbaden gezogen, und Clara hatte ihn begleitet. Fast wie selbstverständlich, und vielleicht nicht einmal fast. In Biebrich hatte sie sich als Gemeindearbeiterin verdingt, während Stefan so richtig Karriere machte. Sie hatte die Zeit bei der Lorenz-Kirche auch wirklich genossen, und doch …

Das Gefühl, dass es da noch mehr geben musste, hatte Clara stets begleitet. An jedem einzelnen Tag und vor allem in den Stunden *ohne* Stefan. Wenn sie allein gewesen war, in ihrer eigenen Welt und bei ihren eigenen Aufgaben, hatte sie immer gewusst, dass sie noch nicht fertig war – trotz des abgeschlossenen Studiums und der erfüllenden Aufgaben in der Gemeindeassistenz.

Jetzt schon, hier am Ufer der Trave. Unter dem gewölbten Dach ihrer neuen, eigenen Kirche, *war* sie angekommen – als Pastorin und nicht als Assistentin. Wer hätte das je gedacht? Sie selbst ganz sicher nicht.

»… wie es am Anfang war«, riss der Gesang der Gemeinde sie wieder aus ihren Gedanken, »und ist und bleiben wird, so jetzt und immerdar.«

Clara hatte inzwischen die breite Pforte des Gotteshauses erreicht und öffnete sie. Wie an jedem Sonntag ließ sie es sich nicht nehmen, die Kirchgänger persönlich zu verabschieden. Während die Orgel ein letztes Mal in die Vollen ging und aus dem Schlussakkord des alten Liedes ein mehrminütiges Crescendo machte, bezog die Pastorin ihre Position auf den steinernen Stufen der Kirchentreppe, die von der Pforte hinab auf den nicht minder alten Marktplatz von Travemünde führten, über dem an diesem Vormittag dunkle Wolken hingen.

Im Grunde stand die Kirche auf einer Art ovaler Insel, die mit alten Kopfsteinen gepflastert war. Ringsherum verliefen die schmalen Straßen des einstigen Ortskerns, und die malerischen Fassaden von maximal zweigeschossigen Backstein- und Fachwerkhäusern flankierten sie. Claras Blick fiel auf rotes, oft schon leicht windschief wirkendes Mauerwerk, auf gebogene Schindeldächer und auf Fenster, deren Gardinen älter wirkten, als sie selbst es war. So, das wusste sie, hatte Travemünde schon ausgesehen, als es noch wenig mehr als ein reines Fischerdorf gewesen war – eine letzte und winzige Bastion der Menschen vor der Weite der unerbittlichen Ostsee.

Der spitze Turm der Kirche ragte über die alten Dächer, wie er es damals schon getan hatte, und es gehörte keine große Fantasie dazu, sich vorzustellen, dass jeden Moment ein paar Netzflicker oder Bootsbauer mit ihren Werkzeugen und ihren Anno-dazumal-Kleidern um die Ecke der Torstraße gebogen kamen und auf den nahen Hafen zuhielten. Dieser Teil von »Lübecks schönster Tochter«, wie Travemünde oft genannt wurde, hatte sich seit ihren Tagen ja schließlich kaum verändert.

»So jetzt und immerdar«, dachte Clara und spürte, wie ihre Mundwinkel amüsiert zuckten. *In der Tat.*

Dann verstummte die Orgel. Die letzten Klänge hallten im Kirchenrund nach, wehten durch die offene Pforte ins Freie und brachten die Gemeindemitglieder gleich mit.

»Wieder ein sehr schöner Gottesdienst, Frau Clüver«, hörte Clara eine alte Dame sagen. »Nein, wirklich. Vielen Dank!«

»Ich danke Ihnen, Fräulein Willenbrock«, erwiderte sie und half der Rentnerin mit den aschgrauen Locken die drei Stufen hinunter. »Bis nächsten Sonntag, ja?«

»Worauf Sie sich verlassen können«, meinte die ältere Dame, stutzte dann aber und lächelte wissend. »So Gott will, heißt das natürlich.«

Clara lachte. »Na, jetzt malen Sie den Teufel mal nicht an die Wand. Sie sind doch noch jung.« Sie kehrte zurück an die Pforte und reichte weiteren Kirchgängern die Hand zum Abschiedsgruß.

»Das war eine interessante Predigt«, sprach ein Mann sie an. Er hatte rotes Haar, einen sorgsam gestutzten Vollbart und trug einen eng anliegenden Rollkragenpullover zu einer dunklen Jeans. An seiner Hand folgte ein ebenfalls rothaariger Junge von vielleicht vier Jahren. »Findest du nicht auch, Liam? Wir haben heute viel gelernt.«

Amüsiert hob Clara eine Braue. »Ach ja?«

Sie hatte über den Epheser-Brief gesprochen, nicht gerade die spannendste Stelle der Heiligen Schrift. Entsprechend verblüfft war sie nun, dass sie für einen Vierjährigen nennenswert bedeutsam sein sollte.

»Und ob«, fuhr sein Vater fort. Sie kam einfach nicht auf den Namen des Mannes. Beckmann? Becker? »Denn was stand da, Liam? Weißt du noch? Man soll nicht lügen!«

Ah, dachte Clara. *Daher weht der Wind.*

»›Darum legt die Lüge ab und sagt die Wahrheit‹«, zitierte der vermutliche Herr Beckmann erstaunlich wortgetreu. »›Weil wir alle Freunde sind.‹ So ist das, Liam. Unter Freunden lügt man nicht, das wussten schon die alten Apostel. Und auch sonst gehört es sich nie, die Unwahrheit zu sagen.« Er hob den Kopf und sah wieder zu Clara. »Es gab da kürzlich einen unschönen Vorfall im Kindergarten, Frau Clüver. Aber wir haben darüber gesprochen, und Liam will sich gleich morgen früh bei den anderen Kindern für sein Benehmen entschuldigen. Richtig, Liam?«

Der Junge sah aus, als wollte er lieber vom Oberdeck eines Dänemarkfrachters in die eiskalte Ostsee springen. Doch er schien seine Lektion gelernt zu haben und nickte artig. »Das macht man nicht.«

»Ganz genau.« Stolz floss über die Züge des jungen Vaters wie Honig über gebratenen Chicorée. Wieder wandte er sich an Clara. »Sie hatten echt ein perfektes Timing mit Ihrer Predigt heute. Nochmals danke.«

»Immer gern«, erwiderte sie lächelnd. »Zum Helfen sind wir ja da. Bis nächsten Sonntag, ja?«

»Bis nächsten Sonntag«, bestätigte der vermutliche Herr Beckmann – oder war es Breckermann? – und ging mit seinem Filius weiter.

Die nächsten zehn Minuten verbrachte Clara mit Verabschiedungen und dem ein oder anderen freundlichen Wort. Sie dankte ihren Kirchgängern, half den Älteren die steinernen Stufen hinunter und zwinkerte den Jüngsten zu, wenn sie sich hinter den elterlichen Hosenbeinen verkrochen, um sie von dort aus neugierig zu beäugen. Es stimmte, was im Epheserbrief stand: Ohne Lug und Trug war die Welt ein besserer Ort, und die Gemeinschaft der Menschen war ebenfalls besser.

Wäre, korrigierte sie sich aber sofort und mit einem inneren Seufzen. *Konjunktiv, Frau Pastorin. Ein frommer Wunsch macht nämlich noch lange keine Wirklichkeit.*

»Entschuldigung, Frau Clüver?«

Die Stimme war gleich neben Clara erklungen. Dennoch bemerkte die Pastorin erst jetzt, wer da neben ihr stehen geblieben war. Eine alte Frau mit schwarzgrauem, streng zurückgekämmtem Haar und einem Dutt stand neben ihr. Sie war einen halben Kopf kleiner als Clara, hatte ein faltiges Gesicht und tiefgrüne Augen. Ihr gebeugter Leib steckte in feiner Sonntagsgarderobe, die aussah, als nähme sie sie schon seit Jahrzehnten einzig zum Besuch des Gottesdienstes aus dem Kleiderschrank.

»Ja?« Clara runzelte die Stirn und kramte in ihrem Namensgedächtnis. »Frau … Drescher?«

»Dröscher«, korrigierte die alte Dame sanft. »Helga Dröscher. Drüben aus der Jahrmarktstraße. Das kleine Haus gleich neben dem Seebadmuseum.«

Clara nickte. Sie kannte das Haus, das fraglos zu den ältesten Gebäuden der gesamten Altstadt gehören musste, und sie hatte auch die Dame selbst schon oft gesehen. Fast an jedem Sonntag.

»Natürlich. Frau Dröscher.« Sie lächelte. »Kann ich etwas für Sie tun?«

Hinter der alten Frau verließen letzte Kirchgänger das Gotteshaus. Auch Bjarne Hinrichs, der Organist und Frührentner aus dem Rügenweg, hatte seine Zelte inzwischen abgebrochen. Sie waren so gut wie allein.

»Nun«, begann Helga Dröscher. Sie zögerte merklich, und es kam Clara so vor, als wäre es ihr unangenehm, sie überhaupt zu behelligen. »Ich weiß nicht. Vielleicht können Sie das. Aber ich will Sie auf gar keinen Fall damit überfallen. Es ist nur …«

Abermals verstummte die alte Dame. Ihre Hände spielten nervös mit dem Saum ihrer dunklen Jacke, und ihr gesenkter Blick schien irgendwo auf den Treppenstufen zu verharren.

»Wie wäre das?«, schlug Clara vor. »Wir haben die Kirche für uns, Frau Dröscher. Was halten Sie davon, wenn wir sie nutzen? Begleiten Sie mich in die Sakristei? Da haben wir bequeme Stühle und sogar einen Wasserkocher. Ich brühe uns einen schönen Tee auf, und dann erzählen Sie mir einfach frei von der Leber weg, wie ich Ihnen helfen …«

Sie kam nicht dazu, den Satz zu beenden. Denn irgendetwas an ihrem rechten Oberschenkel hatte soeben wie verrückt zu zittern begonnen. »Nanu?«, murmelte Clara. Erst nach einer verwirrten Schrecksekunde begriff sie, dass das Mobiltelefon in ihrer Hosentasche vibrierte. Stummer Alarm. »Kleinen Moment, bitte. Ich muss das nur kurz abstellen.«

Unter Helga Dröschers fragenden Blicken wühlte sie sich durch die Falten ihres weiten Priestertalars. Das schwarze Ding mit dem kleinen weißen Kragen hatte mehrere Öffnungen, die in den Seitenfalten versteckt lagen und dazu dienten, dass die Geistlichen stets an ihre Taschentücher und Ähnliches gelangen konnten. Doch es war mitunter schwer, sie gleich zu finden.

Na endlich, dachte Clara, als sie das flache Handy aus der Falte zog. Es klingelte noch immer stumm vor sich hin.

Fragend studierte sie den Namen, der auf dem Display stand. Jule Haberkamp war ihre beste Freundin hier oben. Jule wusste genau, dass sie gerade arbeitete. Und trotzdem rief sie an?

»Warten Sie kurz?«, bat Clara die alte Dame. »Ich höre nur schnell nach, ob etwas passiert ist.«

»Natürlich«, erwiderte Frau Dröscher freundlich. »Machen Sie ruhig.«

Clara dankte ihr und hob das Handy ans Ohr. »Jule?«

»Gott sei Dank, du gehst ran!«, erklang die Stimme ihrer Freundin. Jule sprach so schnell, dass die einzelnen Worte fast wie ein einziges Wort klangen. Sie hörte sich gehetzt an – und ganz schön erleichtert. »Ich hatte die Hoffnung schon beinahe aufgegeben.«

»Ist alles in Ordnung?«, fragte Clara. Ein ungutes Gefühl breitete sich in ihrer Magengegend aus. War etwas mit der »Rasselbande«, Jules zwei bezaubernden Kindern? »Du klingst furchtbar.«

»Es … Es *ist* furchtbar«, bestätigte die Freundin stockend. »Kannst du bitte herkommen, Clara? Ganz schnell? Es geht um Leben und Tod!«

Das Meer und die gemächlich gen Osten fließende Trave waren in Travemünde allgegenwärtig. Nirgendwo spürte man dies deutlicher als auf der Vorderreihe. Die berühmte Flaniermeile des Ortes mit ihren zahlreichen Boutiquen, Eiscafés, Restaurants und schlichten Fischbuden lag direkt am Flussufer und verband den alten Hafen, wo vor Jahrhunderten noch die Katen und Boote der Fischer vertäut gewesen waren, mit der sandigen Strandpromenade, die vom historischen Leuchtturm bis hinaus auf die Nordermole führte. Als Clara Clüver die Vorderreihe erreichte, setzte dort bereits der Mittagstrubel ein.

Überall herrschte reger Betrieb. Die Terrassen und Außentische der gastronomischen Betriebe waren proppenvoll mit Touristen. An den Souvenirständen wechselten Ansichtskarten, Miniatur-Strandkörbe und allerlei sonstiger Nippes den Besitzer, und drüben am Skandinavienkai machte sich die *LÜBECK*, Travemündes treue Autofähre, gerade wieder für die Überfahrt bereit. Sie transportierte Passanten, Pkw und andere Fahrzeuge regelmäßig hinüber zum Priwall, der etwa drei Kilometer langen Halbinsel auf der anderen Flussseite. Und auch sie schien sich trotz des noch immer wolkigen Himmels vor Andrang kaum retten zu können.

Clara war nicht überrascht. An der Küste änderte sich das Wetter meist schnell, und erfahrene Ostsee-Touristen ließen sich von grauen Vormittagswolken daher noch lange nicht die Tagesplanung vermiesen. Wer Travemünde kannte, der wusste eben, dass auf jeden Regen schnell wieder Sonnenschein folgen konnte.

Hoffentlich gilt das auch für Jule, dachte die Pastorin.

Sie wusste noch immer nicht, worum es überhaupt ging. Jule Haberkamp war am Telefon viel zu hektisch und kurz angebunden gewesen, um ihr Details zu verraten. Doch sie hatte ernst geklungen, also *nahm* Clara ihren Hilferuf auch ernst. Mit wenigen, aber sehr freundlichen Worten hatte sie Frau Dröscher um einen späteren Gesprächstermin gebeten, und die reizende alte Dame hatte sofort Verständnis gezeigt.

»Aber sicher«, hatte sie gesagt. »Gehen Sie nur. Clemens und ich laufen Ihnen schon nicht weg, Frau Pastorin.«

Stattdessen war Clara gelaufen. Von der Altstadtkirche bis zum Anfang der Vorderreihe war es zum Glück nur ein größerer Katzensprung, und obwohl sie es besser wusste, suchte die Pastorin nun im Gewühl der zumeist ortsfremden Passanten nach dem vertrauten Gesicht ihrer Freundin.

Stattdessen fand sie nur Urlauber. Sie waren quasi überall, schlenderten an den Schaufenstern der Modeboutiquen vorbei, standen Schlange vor den Ticketschaltern der Ausflugsschiffe und machten Fotos von der *Nils Holgersson*, einem der gewaltigen Frachter, die regelmäßig die Trave hinab gen Meer fuhren. Der weiße Koloss auf dem Wasser war abermals auf großer Fahrt. Er ließ sein Horn zum Gruß erklingen, bevor er in die weite See hinübersetzte. Gleich mehrere Kinder, die dicht am Ufer des in der

Sonne funkelnden Flusses standen, zuckten ob des lauten Klangs zusammen – nur um schon im nächsten Augenblick über die eigene Schreckhaftigkeit zu lachen.

Dann wandte Clara sich um und betrat die Buchhandlung. *Friekes Schmökerhafen* lag direkt an der Vorderreihe und zählte zu den alteingesessenen Geschäften der Nachbarschaft. Eigentümerin Frieke Kroon, eine patente Frau von Anfang siebzig, gehörte ebenfalls zu Claras hiesigem Freundeskreis und war zudem ihre Vermieterin. Als passionierte Überzeugungstäterin ließ Frieke sich auch vom Rentenalter nicht davon abbringen, allmorgendlich ihren Laden aufzusperren. Dafür liebte sie die Vorderreihe schlicht zu sehr – und die tolle Lektüre, die sie ihren Kunden im *Schmökerhafen* anbot. Manchmal glaubte Clara, die mütterliche Freundin mit den weißblonden Haaren würde bis ans Ende ihrer Tage hinter der Kasse ihrer Buchhandlung stehen, umgeben von Neuerscheinungen, Klassikern und interessierten Besuchern. In Friekes Augen gab es vermutlich keinen schöneren Lebensabend.

Und ausgerechnet hierhin hat Jule mich bestellt, dachte Clara. Das ungute Gefühl in ihrem Magen wuchs sekündlich mehr. *Weil es um Leben und Tod geht.* Oje.

Zu ihrer Erleichterung – und Überraschung – sah sie keine Leiche am Boden des *Schmökerhafens*. Im Gegenteil: Im Inneren des lang gezogenen Verkaufsraums herrschte Leben pur! Vor den deckenhohen Regalen, an den Tischen mit den Novitäten und sogar in der kleinen Kinderabteilung im hinteren Bereich tummelten sich wahre Scharen von Sonntagsausflüglern. Ein junges Paar blätterte durch das Zeitschriftenregal; ein älterer Herr mit Hornbrille und Schlapphut prüfte kritisch den Einband einer Thomas-Mann-Gesamtausgabe. Zwei Kinder fläzten sich auf den Sitzkissen im hinteren Winkel der Buchhandlung, und Jule höchstpersönlich stand an der kleinen Kasse.

»Da bist du ja endlich«, sagte die Achtunddreißigjährige. Das kastanienbraune Haar klebte ihr an der schweißfeuchten Stirn. Sie sah müde aus, aber das war nichts Neues. »Gott sei Dank, Clara. Ich brauch dich – dringend!«

»Was ist denn passiert?« Fragend sah Clara sich um. »Leben und Tod?«

»Hier ist der Teufel los«, klagte Jule. Dabei kassierte sie eine junge Frau ab, die mit zwei Bernd-Perplies-Romanen vor ihr stand. »Ich hatte anfangs noch gedacht, ich schaffe das. Frieke ist ja schließlich auch immer allein, und die wuppt den Laden mit links. Aber ich fürchte, da habe ich den Sonntag unterschätzt. Irgendwie ist heute viel mehr los als sonst. Und wenn du mir helfen könntest, wäre das echt fantastisch, Clara. Es muss auch gar nicht lange sein – nur für ein paar Stunden, bis der ärgste Ansturm durch ist und ich wieder Land sehe. Ginge das?«

»Moment, Moment«, bat Clara. Verständnislos schüttelte sie den Kopf. »Du brauchst Hilfe im *Schmökerhafen*? Das ist das Problem? Nur das?«

Jule schnaubte. »›Nur‹ ist gut! Ich hatte hier vorhin eine Schlange an der Kasse, die ging gefühlt bis hoch nach Warnsdorf.«

Der kleine Nachbarort lag etwa vier Kilometer entfernt. Clara verstand, was ihre Freundin meinte. Allerdings bereitete das Warum ihr nach wie vor Schwierigkeiten.

»›Leben und Tod‹ hast du gesagt. Deswegen?«

Die Frau hinter der Kasse nickte. »Und ob. Ehrlich, Clara: Wenn ich das hier weiter allein meistern muss, breche ich zusammen. Ich schaff's vor lauter Andrang nicht einmal zur Toilette. Und du hast den Gottesdienst doch jetzt hinter dir. Also? Kannst du mir unter die Arme greifen? Ein, zwei Stunden wären schon eine Riesenhilfe, echt.«

Jule Haberkamp neigte nicht zu Übertreibungen. Die geschiedene Mutter zweier Achtjähriger packte an, wo immer es nötig war, und machte weder sich noch anderen etwas vor. Ihr gehörte das alte Haus an der Vorderreihe, in dessen Erdgeschoss der *Schmökerhafen* lag, und sie vermietete die beiden oberen Etagen als Ferienwohnungen. Als Buchhändlerin hatte Clara sie allerdings noch nie erlebt.

»Wo ist denn Frieke?«, wunderte sich die Pastorin. »Drüben im Lager?«

»Das ist es ja!«, meinte Jule. Sie suchte gerade nach Wechselgeld für den Herrn mit der Thomas-Mann-Gesamtausgabe, und selbiger schien langsam die Geduld zu verlieren. »Frieke liegt flach. Deshalb stehe ich hier. Ah, da haben wir es ja. Bitte sehr, der Herr: zwölf zwanzig retour. Viel Vergnügen mit der Lektüre, ja?«

»›Vergnügen‹ ist gut«, brummte der Angesprochene. »Für Ihre Kasse braucht man ja noch mehr Geduld als für *Tod in Venedig*.«

Damit – und mit seinem schweren Neuerwerb – verließ er die Buchhandlung. Zufriedene Kunden sahen anders aus, das stand fest.

»Siehst du, was ich meine?« Jule seufzte. »Mir steht hier das Wasser bis zum Hals, dabei wollte ich Frieke einfach nur helfen. Sie hat mich heute Morgen angerufen, da warst du schon unterwegs. Ob ich für sie einspringen könnte, ausnahmsweise. Du weißt ja, wie ungern sie den Laden geschlossen lässt – erst recht während der Saison. Und da Sören sich heute endlich mal wieder dazu herabgelassen hat, seine Kinder zu bespaßen, hatte ich tatsächlich Zeit. Also hab ich Ja gesagt. Tja, und jetzt stehe ich hier und bin angeblich langatmiger als *Tod in Venedig*. Ehrlich, Clara: Wenn du mir nicht helfen kannst, muss ich den *Schmökerhafen* dichtmachen. Wenigstens für heute.«

Die Pastorin kannte Kommissar Sören Haberkamp und wusste, wie häufig sich Jule über ihren Ex beschwerte. Sörens Beruf ließ ihm selten die Zeit, sich um die gemeinsamen Kinder zu kümmern. Zumindest schob er das gern als Entschuldigung vor. Clara musste daher nicht lange nachdenken. »Na sicher helfe ich dir. Gib mir nur zwei Minuten, um den Talar loszuwerden. Okay?« Dabei deutete sie an sich hinab. »Ich bin gekommen, so schnell ich konnte. Es ging ja um Leben und Tod, habe ich gehört.«

Jule lächelte schuldbewusst. »Du bist die Beste, Frau Pastorin.«

»Schließ nicht immer von dir auf andere.«

Clara zwinkerte der Freundin zu und verschwand dann im hinteren Bereich des Ladens. Dort befanden sich das winzig kleine Lager mit seinen Kartons voller Deko-Artikel und der Durchgang zum nicht minder winzigen Garten, durch den ein schmaler Trampelpfad bis ins Hinterhaus des Gebäudes führte. In Letzterem befand sich das Büro des *Travemünder Boten*, eines kleinen Anzeigenblättchens, das Jule von ihrer seligen Mutter geerbt hatte und bis heute mit mehr Leidenschaft betreute, als es menschenmöglich – und finanziell sinnvoll – schien.

Nachdem Clara sich aus dem schwarzen Talar geschält hatte, kehrte sie in normaler Kleidung zurück in den Laden. Jule war schon wieder im Stress, musste sie doch gleichzeitig das junge Paar mit den Zeitschriften abkassieren und sich um eine pingelig wirkende Dame kümmern, die partout nicht warten wollte.

»Na, nun hören Sie mal«, schimpfte diese soeben. »Sie wollen doch, dass man die Bücher kauft. Also müssen Sie auch mit potenziellen Interessenten sprechen!«

»Vielleicht kann ich das übernehmen«, schlug Clara vor. Eilig trat sie zwischen Jule und die aufgebrachte Dame und schenkte dieser ein herzliches Lächeln. »Wie darf ich Ihnen helfen, Frau …?«

»Schneider-Seelbrecht«, erwiderte sie mit erhobener Nase und abschätzigem Blick. Beides passte zu ihrem Aufzug, der Clara an eine pensionierte Oberstudienrätin erinnerte – allerdings eine der besonders gnadenlosen Sorte. »Amalie Schneider-Seelbrecht. Ich interessiere mich für die Werke Schopenhauers. Können Sie mich da beraten?«

Das konnte Clara leider nicht, doch mit warmen Worten und pastoraler Engelsgeduld gelang es ihr, die schwierige Kundin dennoch gut zu betreuen. Am Ende verließ Amalie den *Schmökerhafen* mit besänftigter Wut und einer kommentierten Auswahl von Schopenhauers wichtigsten Texten, die Clara im Ramschkörbchen gefunden hatte.

»Puh«, meinte Jule und rollte mit den Augen. »Manche Leute wollen stänkern, egal, ob mit oder ohne Grund.«

Gemeinsam arbeiteten die Freundinnen weiter. Während Jule die Kasse im Auge behielt, eilte Clara durch den Verkaufsraum, räumte achtlos zur Seite gelegte Bücher zurück ins Regal und beantwortete Fragen. Zwar war ihre buchhändlerische Fachkenntnis mehr als begrenzt, aber für die meisten Kundengespräche genügte es, freundlich zu lächeln und auf das entsprechende Regal zu verweisen – auf die Klassiker, die Thriller, die Sachbücher und immer so weiter.

Dann kam Sören. Der Kommissar war ein paar Jahre älter als Jule und stand im Wörterbuch unter dem Begriff »langweilig«. Zumindest kam Letzteres Clara manchmal so vor. Wo Jule lebendig und ideenreich wirkte, war der schlaksige Brillenträger die personifizierte Routine. Kein schlechter Mensch und auch kein schlechter Vater – zumindest an den Tagen, an denen er tatsächlich mal einer war –, aber ganz fraglos nicht der passende Deckel für Jule Haberkamps Topf.

»So, da wären wir«, sagte er, während Lea und Timo bereits begeistert in Richtung Kinderbuchabteilung liefen. »Übernimmst du sie wieder, Jule?«

Fragend sah die Angesprochene zu ihrer Rasselbande und dann zu ihm. »Was in aller Welt macht *ihr* denn hier?«

»Na ja, es sind auch deine Kinder.«

»Das ist *mein* Spruch«, warnte sie ihren Ex. »Und, nein, jetzt um diese Uhrzeit sind sie das keineswegs. Du hast gesagt, du nimmst sie mit nach Scharbeutz. Ins Schwimmbad. Hatten die zu, oder wo lag das Problem?«

Clara trat einen Schritt zur Seite und gewährte den beiden Eltern ein wenig Privatsphäre. Sie wusste, wie hässlich Streitereien werden konnten, und zumindest Jule klang, als schlösse sie eine solche nicht aus. Betont unbeteiligt studierte die Pastorin die Titelseiten im Zeitschriftenregal.

»Nein, die hatten nicht zu«, wehrte sich Sören gerade. »Doch ich verstehe auch nicht, was dieses Verhör hier soll. Kann ich dir nicht einfach die Kinder zurückbringen?«

»Schon«, antwortete Jule. »Aber nicht zwei Stunden zu früh. Da ist doch irgendwas faul.«

»Ich bitte dich, was soll da denn faul sein? Mach dich nicht lächerlich, Jule!«

Clara sah noch intensiver auf die Titelseiten der Zeitschriften. Der *SPIEGEL* berichtete über das Geschehen in Berlin, schau an. Und da drüben auf der *11 FREUNDE* stand etwas von einem Skandal in der Bundesliga? Die Pastorin wollte gerade weiterschauen, da blieb ihr Blick an einem Namen hängen, der sie stutzen ließ: *Dröscher*.

Skandal um Dröscher, las sie. Der Rest des Teasers lag hinter weiteren Zeitschriften verborgen.

»Leute?«, rief Jule in ihrem Rücken. »War's schön im *Ostsee-Beach*?«

»Superschön«, erklang Leas Antwort aus dem hinteren Ladenbereich. Die Achtjährige strahlte über das ganze Gesicht, als Clara ihr einen schnellen Seitenblick zuwarf. »Ich war die ganze Zeit im Wasser, Mama. Bis Timo geblutet hat.«

»*Was?*«

Nun drehte Clara sich wieder um. Jule kam um den Kassentresen geeilt, und der Blick, den sie Sören dabei zuwarf, hätte waffenscheinpflichtig sein müssen.

»Er hat sich nur gestoßen«, wiegelte der Kommissar ab. »Am Knie. Das haben wir schnell verarztet und …«

»Da ist sogar der Bademeister gekommen«, warf Timo selbst ein. Der Zwilling klang regelrecht stolz. »Mit einem Verbandskasten. Und das Desinfektionsmittel hat vielleicht gebrannt, Mama! Brr!«

»Was in aller Welt …«, schimpfte Jule.

Sie war nun bei dem Jungen und krempelte ihm das Hosenbein hoch. Timo protestierte vergebens.

»Das war ein besserer Kratzer, weiter nichts«, rechtfertigte sich Sören währenddessen. »Ich wollte es gar nicht erst ansprechen, weil du sonst wieder so durchdrehst. Timo ist zu schnell am Becken entlanggelaufen und hat sich an einer Mauerkante das Knie aufgestoßen. Der Rest war völlig übertrieben und …«

»Hau ab!«, unterbrach Jule ihn schroff. Sie hatte das Knie inzwischen freigelegt, und Timo präsentierte ihr mit sichtlicher Begeisterung das große Mullpflaster, das auf diesem klebte. »Hau ab, Sören. Für heute hab ich dich lange genug gesehen.«

»Was? Komm schon, Jule. Jetzt sei nicht albern. Du …«

Abermals blickte sie zu ihm. Ihre Miene war streng, ihr Tonfall eine einzige Drohung. »Raus«, sagte sie knurrend. »*So*fort.«

»Kinder tun sich auch mal weh«, versuchte Sören eine letzte, beleidigte Rechtfertigung. »Das passiert. Dafür kann ich nichts.«

»Aber dafür, dass du mich für dumm verkaufen wolltest«, gab sie zurück. »Ich bin ihre Mutter, Sören. Das *geht* mich etwas an. Und ich übertreibe nicht, kapiert? Nie!«

Sören öffnete erneut den Mund, schien dann jedoch zu begreifen, dass Protest seine Lage nur noch verschlimmerte. »Ach, mach doch, was du willst«, brummte er stattdessen und verließ den *Schmökerhafen*. Er verabschiedete sich nicht einmal von der Rasselbande.

»Hier ist ja vielleicht was los«, murmelte eine Kundin. Sie gehörte zu den Letzten im Laden, denn der Mittagsansturm war merklich vorüber. Sie hatte graue Locken und trug einen gestreiften Pullover. In ihrer Hand ruhte das Fußballmagazin von vorhin, das sie Clara nun auffordernd auf den Tresen legte. »Lügen, wo man nur hinschaut.«

Die Pastorin riss sich von Jule und den Kindern los und konzentrierte sich wieder auf die Arbeit, die unmittelbar vor ihr anstand. »Verzeihung, was meinten Sie?«

»Na, die ständige Lügerei«, sagte die Kundin. Geduldig nahm sie das Kleingeld aus dem Portemonnaie, das Claras Kasse anzeigte. »Hier im Laden, da im Fußball … Dieser verkappte Vater des Monats heißt nicht zufällig auch Dröscher, oder? Das würde einiges erklären, he, he.«

»Nein«, antwortete Clara. »Heißt er nicht.«

Eine kleine Weile später brach auch sie wieder auf, unterwegs zu einer Erklärung.

KAPITEL 3

In der Jahrmarktstraße war vom Trubel der Ufermeile wenig zu spüren. Wie immer, wenn Clara durch den alten Ortskern von Travemünde schlenderte, kam sie nicht umhin, dessen Atmosphäre zu bewundern. Die alten Häuser mit ihren Fachwerkmauern und den fast omnipräsenten roten Ziegeln, die kleinen Dächer und die mit Kopfstein gepflasterten Gässchen, die versteckten Hinterhöfe … Sie allesamt kündeten von einer Zeit, die lange zurücklag und hier oben an der Küste dennoch irgendwie lebendig blieb. In den schmalen Gassen rund um die evangelische Kirche schien sich seit den Tagen der Fischerkaten und Handwerkerstuben wenig verändert zu haben. Anders als im Rest des Ortes.

Das Seebadmuseum war das perfekte Beispiel dafür: Clara hatte es vor einiger Zeit mal mit Frieke besucht, an einem regnerischen Nachmittag voller Wind und Nässe, und über die Exponate gestaunt – über all die Relikte aus einer Vergangenheit, in der Travemünde noch kein Sehnsuchtsziel für die nach Sommerfrische lechzenden Reichen und Schönen der Zwanzigerjahre gewesen war.

Irgendwie, so dachte die Pastorin, schien sich dieser Teil der Ortsgeschichte gerade zu wiederholen, oder etwa nicht? All die Luxushotels und -feriensiedlungen, die in den vergangenen paar Jahren rings um die Trave errichtet worden waren, bewiesen es doch: Das verschlafene Travemünde mit seinen familienbetriebenen Pensionen und seiner seligen Ruhe mutierte einmal mehr zu einem dicht bevölkerten Hafen für die deutsche High Society, genau wie im vorigen Jahrhundert. Das bewährte Alte wurde vom lukrativeren Neuen überrollt.

Selbst Jule schimpfte hinter vorgehaltener Hand über die zahlreichen Investoren von außerhalb, die derzeit Geld in hiesige Neubauten steckten und dabei nicht merkten, dass sie dem Grund ihrer Investition – der unberührten Schönheit des Fischerdorfes am Meer – damit gehörig das Wasser abgruben. An einem Strand voller Luxushotels und Markennamen war eben nur sehr wenig noch malerisch. Ein hanseatisches Fischerdorf sah anders aus.

Nämlich so wie die Häuser hier im Schatten meiner Kirche, dachte Clara und klopfte an Helga Dröschers Haustür.

Die Frau, die sie nach dem Gottesdienst angesprochen hatte, öffnete ihr sofort. Frau Dröscher hatte den Sonntagszwirn noch nicht abgelegt und seufzte erleichtert, als sie Clara vor ihrer Schwelle entdeckte. »Frau Clüver! Na, das ist ja eine Überraschung.«

Clara schmunzelte reumütig. »Warum? Ich bin Ihnen den Besuch doch mehr als schuldig. Bitte verzeihen Sie meinen schnellen Aufbruch von vorhin. Passt es jetzt? Andernfalls komme ich auch gern ein anderm…«

»Nein, nein. Jetzt ist es perfekt. Bitte, kommen Sie.«

Helga Dröscher bat die Pastorin hinein. Das Innere ihres Häuschens erwies sich als kleine Kopie des benachbarten Museums. Wo Clara auch hinsah, fand sie weitere Relikte des alten Travemünde – von der Kapitänsmütze am Kleiderständer bis hin zur legendären Viermastbark *PASSAT*, die als kleines Flaschenschiff auf der Wohnzimmerfensterbank ruhte.

»Gefällt sie Ihnen?«, fragte Frau Dröscher. »Die hat mein Heinrich noch selbst gebastelt. Er ist immer gern zur See gefahren, auch wenn die See ihn irgendwann nicht mehr brauchte.«

Clara kannte diese Art von Geschichten, denn der Ort war voll davon. Zwar war sie dem verstorbenen Heinrich Dröscher nie begegnet, der ihr von gleich mehreren Fotografien neben dem Sofa entgegenblickte, doch seine Vita glich der vieler Männer seiner Generation. Irgendwann hatte der vermeintliche Fortschritt den kleinen Küstenort gepackt und dafür gesorgt, dass all die Heinrichs und übrigen Meerarbeiter von Travemünde keine Arbeit mehr bekamen. Neue, modernere Häfen waren andernorts entstanden, neue Fischereigebiete ausgeschrieben worden, und zusammen hatten diese Veränderungen dem alten Travemünde kurzerhand den Rang abgelaufen. Es hatte sich schlicht nicht mehr rentiert, so als Fischer an der Trave. Heinrichs alte Eisen waren ausgemustert worden und heute wenig mehr als eine verrostete Erinnerung. Ein Exponat im Museum und ein vergessenes Buddelschiff im Fenster.

»So ging es vielen hier oben, hm?«, sagte die Pastorin.

Dankbar folgte sie Helga Dröschers stummer Aufforderung und setzte sich auf das kleine, mit Stickdeckchen belegte Sofa. Ihre Gastgeberin hantierte derweil mit der Teekanne, die auf dem Beistelltisch auf einem Stövchen ruhte, und nahm eine weitere Porzellantasse aus dem wuchtigen Schrank neben der Standuhr.

»Ja, so war das«, bestätigte Frau Dröscher. »Die See hat meinen Mann nicht mehr gewollt. Und all die anderen aus Travemünde auch nicht. Manche sind damals nach Lübeck gegangen, um in den neuen Frachthäfen als Handlanger zu arbeiten. Andere haben auf irgendwelchen Touristenkuttern angeheuert und fortan Urlauber bei Kaffee und Kuchen über die Trave gefahren. Aber dazu war Heinrich zu stolz. Er war kein Handlanger und auch kein Pausenclown oder Museumsstück. Das war nie seine Art.«

Clara nickte. Erneut sah sie zu den Fotografien. Der Mann auf ihnen schien viel mit ihrem Vater Fritz Behrendt gemeinsam gehabt zu haben. Auch Fritz war ein Mann der Trave gewesen, ein Relikt aus vergangenen Zeiten.

Schnell verscheuchte sie die Erinnerung wieder. Dies war nicht der Moment, um an Fritz zu denken, zumal mit ihm stets unangenehme Erinnerungen auftauchen wollten. Sie war beruflich hier, verdammt noch mal. Helga Dröscher verdiente ihre Aufmerksamkeit, nicht der Vater, an den sie ohnehin nicht gern zurückdachte.

»Milch und Zucker?«, fragte die alte Dame gerade. Die Kräutermischung roch intensiv.

»Nur Milch, danke.« Clara griff nach der angebotenen Tasse und kam zum Thema. »Frau Dröscher, weshalb wollten Sie mit mir sprechen? Geht es etwa um Clemens?«

Der Schuss ins Blaue, geboren aus der Schlagzeile von vorhin, erwies sich als Volltreffer. Die alte Dame setzte sich mit einem weiteren Seufzer und legte die knotigen Hände in den Schoß. »Um den Jungen, ja. Den armen Jungen.«

Stockend begann sie zu erzählen. Ihr Enkel war ihr Augenstern, so kam es Clara vor, und sein Schicksal, das die Schlagzeile drüben im *Schmökerhafen* schon angedeutet hatte, traf sie schwer.

»Er ist bei uns aufgewachsen, Frau Clüver. Seit dem Tod seiner Eltern war er hier bei Heinrich und mir. Und selbstverständlich lebte er da schon für seinen Sport.«

Fußballtraining, von klein auf. Vereinsmitgliedschaft, schließlich erste Erfolge in der A-Jugend. Doch dabei blieb es nicht. Jeder Jugendtrainer, der Clemens Dröschers Weg damals kreuzte, sagte dem Jungen laut seiner Großmutter eine große Karriere voraus. Eine Chance im »richtigen« Fußball, in der Bundesliga.

Clara nickte schweigend und hörte weiter zu.

»Heinrich und ich wussten gar nicht, wie uns geschah«, gestand die Großmutter nun. »Wir hatten ein Wunderkind im Haus? Ausgerechnet wir? Ach, es ging alles so schnell, so geradlinig. Clemens wollte einfach nur spielen, und allem Anschein nach hatte er Talent. Mehr als die anderen Jungs, Frau Clüver. So viel Talent, dass die Entscheider einer nach dem anderen ein Auge auf ihn warfen.

Er bekam Chancen, verstehen Sie? Immer wieder neue Chancen. Und er musste sich gar nicht erst anstrengen, um sie zu nutzen. Das flog ihm quasi zu, wie von allein.«

Irgendwann, so um seinen zwölften Geburtstag herum, habe der Wunderenkel dann beschlossen, auf die Trainer zu hören. Er wolle Profifußballer werden, ließ er seine Familie wissen, und den Sport zum Beruf machen. Helga Dröscher erinnerte sich noch gut an den Moment.

»Gleich da vorn im Türrahmen hat er gestanden«, sagte sie und deutete auf die Verbindungstür zum schmalen Hausflur, durch die Clara eben erst getreten war. »Die Hände an der Hüfte und diesen festen Blick im Gesicht, den er von seinem seligen Vater hatte. Er hat uns gesagt, dass er den Fußball zum Beruf machen will.«

Sie schwieg einen Moment, verloren in der Erinnerung. Dann fuhr sie fort. »Heinrich und ich dachten uns nichts dabei. Kinder haben nun einmal Flausen im Kopf, richtig? Sie wechseln ihre Träume mitunter häufiger als die Unterwäsche, leider. Aber nein, der Junge blieb dabei. Eisern und hochkonzentriert, so wie immer. Dass das ein Problem werden konnte, begriffen wir alle erst viel, viel später.«

Sie sprach wenig von dem »Problem«. Auch das, so schien es Clara, war etwas gewesen, von dem Helga Dröscher nicht ganz wusste, wie ihr geschah. Clemens habe von klein auf lieber mit Mädchen gespielt, sagte sie. Dann erzählte sie von einem längst verstorbenen Onkel, der nach Amerika ausgewandert sei und ebenfalls »ein Junggeselle« hatte bleiben wollen. Sie hatte ihn stets gemocht, und auch dem Jungen hatte sie immer nur das Allerbeste gewünscht.

»Aber Wünsche allein reichen nicht, wissen Sie?« Leise stellte sie ihre Teetasse zurück auf den Unterteller. »Die Welt schert sich nicht um unsere Wünsche.«

Clara schlug ein Bein über das andere und lehnte sich in ihrem Sitz zurück. Die Standuhr tickte. »Wie kann ich Ihnen helfen, Frau Dröscher?«

Die Alte nickte traurig. »Es … Es ist etwas passiert. Mit Clemens. Ich kenne die Details auch nicht so genau, denn der Junge wollte mich noch nie mit diesem Teil seines Lebens belasten. ›Das wird schon, Oma.‹ So sagt er immer. ›Das ist alles nicht so, wie es geschrieben wird. Mach dir keinen Kopp, Oma.‹ Aber ich weiß, dass es ihm schlecht geht wegen … Na, wegen dieser Sache. Weil er so ist, wie er ist. Und wegen diesem Abel.«

Clara hob fragend die Braue. Die »Sache« konnte sie sich inzwischen recht gut vorstellen, doch der Name Abel war ihr neu. Und vor allem um diesen schien es der alten Frau Dröscher zu gehen.

»Jan Abel, so heißt er angeblich«, erklärte die Gastgeberin. »Wohnt drüben in Scharbeutz, bei den Reichen und Schönen. Mein Junge hatte geschäftlich mit ihm zu tun, Frau Clüver, aber dieser Herr Abel hat ihn böse reingerissen. Und jetzt? Jetzt schreiben sogar schon die Zeitungen darüber. Clemens meint, das wäre das Ende seiner Chance auf die Bundesliga, und sein Verein sieht das wohl ähnlich.«

»Verzeihen Sie«, bat Clara kopfschüttelnd, »aber ich komme immer noch nicht ganz mit. Was genau hat dieser Abel ihrem Enkel getan?«

»Verraten hat er den Jungen«, klagte Helga Dröscher. Ihre knotigen Hände zitterten. »Verraten und verkauft. Clemens bat ihn um ein ›Image‹, so nennen die Leute das doch heutzutage, oder? Um eine … Wie soll ich sagen? Um eine Fassade, die dem entspricht, was die Welt sehen will und sehen soll. Und Herr Abel mit seiner Agentur verkauft genau solche Fassaden, Frau Clüver.«

Clara runzelte die Stirn. Sie glaubte zwar zu verstehen, und trotzdem traute sie ihren Ohren kaum. Gab es Agenturen, die Lügen anboten? »Aber das hat nicht funktioniert?«, vermutete sie.

Die Alte schüttelte den Kopf. »Wegen diesem Abel aus Scharbeutz. Der hat es versaut. Unser Junge hat alles richtig gemacht, aber sein Geschäftspartner hat ihn hängen lassen. Und jetzt sind die Zeitungen voll davon, dass Clemens Dröscher nicht so ist, wie ein Profispieler sein soll ...« Ihre knotigen Hände zuckten. Hilflos. »Das geht doch niemanden was an! Das ist allein Sache unseres Jungen! Was hat das denn damit zu tun, ob er Tore schießt?«

Die Geschichte der Witwe war ebenso traurig wie faszinierend. Clara wusste, dass Homosexualität im Profisport noch immer ein schwieriges Thema sein konnte. Die Titelseite der *11 FREUNDE* bewies es. Und obwohl sie dem Enkel ihrer Gastgeberin nie begegnet war, tat er ihr leid. Clemens Dröscher hatte sich seine erste Schlagzeile im Fußballmagazin sicher anders vorgestellt. Wahrscheinlich befürchtete er nun, sie bliebe seine letzte.

Eine Frage war trotzdem noch unbeantwortet.

»Frau Dröscher«, stellte die Pastorin sie kurzerhand, »soll ich mal mit Clemens sprechen? Ist es das, worum Sie mich bitten wollten?«

Zu ihrer Überraschung winkte Helga Dröscher ab. »Was? Nein, nicht mit dem Jungen. Mit diesem Herrn Abel.«

Clara hob die Brauen. »Wie bitte?«

»Weil das doch kriminell ist«, beharrte ihr Gegenüber. »Was der unserem Clemens angetan hat. Das darf der doch gar nicht. Und Sie, Frau Clüver, können das ja gut. Das mit diesen kriminellen Dingen. Da haben Sie doch ein Händchen für. Deshalb wollte ich Sie fragen.«

Mit einem Mal begriff Clara. Vor einigen Monaten, kurz nach ihrer Ankunft in Travemünde, waren Jule und sie unfreiwillig in einen waschechten Mordfall gestolpert. Sie hatten ihn sogar aufgeklärt, weit vor der Kriminalpolizei, und damit selbst für die ein oder andere Zeitungsschlagzeile gesorgt. Es war nicht das erste Mal, dass jemand sie auf den »Fall Konstantin« ansprach. Dass man sie um »kriminalistische Unterstützung« bat, war jedoch definitiv neu.

»Nein«, antwortete Clara sofort. »Bedaure, aber da irren Sie. Ich hatte Glück und konnte bei der Aufklärung des Mordes an Erich Konstantin mithelfen. Aber das macht mich nicht zu einer Expertin für Verbrechensfragen, liebe Frau Dröscher. Sie könnten zur Polizei gehen. Oder zu einem Anwalt. Sie könnten ...«

»Anwalt, um Himmels willen!«, rief die Angesprochene. »Frau Clüver, das wird dann alles viel zu groß. Anwälte kosten Geld, das ich nicht habe, und sorgen sicher für weitere Schlagzeilen, die dem Jungen eher schaden als nutzen würden. Ich dachte mir einfach, Sie könnten mal mit Herrn Abel sprechen, so von Mensch zu Mensch, und die Sache klären. Ohne großes Aufsehen.«

Es lag etwas in der Art, wie sie es sagte – darin, wie sie dasaß, ein Häuflein Elend im Sonntagsstaat – und im Zucken ihrer alten, abgearbeiteten Hände, das Clara berührte. Helga Dröscher war hilflos, weiter nichts. Überfordert mit dem, was geschehen war. Und in ihrer Not hatte sie nach dem einzigen Strohhalm gegriffen, der für sie greifbar gewesen war: nach ihrer Kirche und ihrer Pastorin. Nach der Frau, die nebenbei Kriminalfälle löste.

»Na gut«, hörte Clara sich plötzlich sagen. »Ich kann's ja mal versuchen, wenn Ihnen so viel daran liegt. Scharbeutz ist ja wirklich nur einen Katzensprung weit entfernt. Wo genau finde ich diesen Herrn Abel?«

Die Sonne versank hinter Ivendorf. Clara stand an der Reling der Autofähre und sah, wie das Rot den Himmel übernahm. Der Motor der Fähre tuckerte in ihrem Ohr, und die Luft hier auf dem Wasser roch angenehm frisch und salzig. Sie liebte diese Abende.

Das Gespräch mit Helga Dröscher hatte den Rest des Nachmittages aufgefressen, und nun wurde es Zeit für die Heimreise. Alles Weitere konnte warten, mindestens bis zum nächsten Morgen.

Jetzt, nach diesem ereignisreichen Sonntag, hatte sie sich eine Pause verdient.

Und ein paar Stunden Schlaf, dachte sie und unterdrückte ein Gähnen. *Die wären auch nicht schlecht.*

Die Fähre hatte nicht allzu viel Betrieb. Die meisten Touristen saßen wohl gerade beim Abendessen in den Restaurants auf der Vorderreihe oder schon auf den Terrassen und Balkonen ihrer Ferienwohnungen. Da fuhr kaum noch jemand rüber auf den Priwall. Clara war das nur recht so, vermittelte es ihr doch ein Gefühl, als hätte sie die Halbinsel auf der anderen Seite des Flusses für sich allein. Sie mochte den Priwall. Er war der schönste Ort, an dem sie je hatte wohnen dürfen.

Schweigend spazierte sie die Straße entlang, die vom Fährhafen landeinwärts führte. Sie hätte den Weg im Schlaf gefunden, winkte der roten Katze zu, die im Fenster des kleinen Friseursalons an der Ecke wohnte, und sah, wie die letzten Tagesgäste das noble Altersheim am Ufer der Trave verließen.

Friekes Hof lag am Ende der Straße, halb versteckt hinter riesigen Bäumen. Über eine mit Kies ausgelegte Einfahrt gelangte man auf eine winzige und quadratische Fläche, die das reinste Wunderland war: malerische Lampions in den Bäumen, üppige Blumen in den Fensterkästen, ein Zierteich mit eigenem Mini-Leuchtturm. Roter Backstein, altes Holz. Unter der Bank, die vor dem Haupthaus stand, döste Rufus vor sich hin, Friekes brauner Labrador. Und weiter links stand die ausgebaute Scheune, in der Clara selbst lebte.

»Na, Großer?«, sagte die Pastorin. Rufus hatte sie bemerkt und kam nun freudig auf sie zugetrottet. »Hältst du hier Wache, hm?«

Geduldig ließ der Hund sich den Kopf kraulen. Clara sah sich vergebens nach irgendeinem Lebenszeichen seines Frauchens um. Der kleine Hof wies keine Spur von Frieke Kroon auf, und hinter den Fenstern des Haupthauses war es dunkel.

»Ist sie im Bett?«, fragte sie den Labrador. »Geht es ihr einigermaßen gut?«

Rufus löste sich von Clara, trottete zurück zum Haus und stieß mit der Schnauze – und mit völliger Selbstverständlichkeit – die Eingangstür auf. Dann verschwand er im Gebäude.

»Okay«, murmelte die Pastorin amüsiert. »Wenn das keine Einladung war, dann weiß ich es auch nicht.« Sie folgte dem Hund. Schon im Flur bemerkte sie den unverkennbaren Krankheitsgeruch, der in der Luft hing. Die alten Bodendielen knarrten unter ihrem Schritt. »Frieke?«, rief Clara. »Bist du wach? Und … Na ja, und lebendig?«

Die Antwort bestand aus einem röchelnden Husten, der mehrere Sekunden andauerte und aus Richtung des Wohnzimmers kam. Leise Flüche schlossen sich an ihn an. Clara folgte ihrem Klang und fand ihre Freundin und Vermieterin im Sessel neben dem Kamin.

Frieke hatte schon bessere Tage gesehen. Ihr sonst so strahlendes Gesicht war schweißfeucht, unter ihren wachen Augen lagen Ringe der Anstrengung. Gleich mehrere Decken lagen über ihren Knien, und der kleine Beistelltisch neben dem Sessel quoll nahezu über unter der Last diverser Pillenschachteln, benutzter Teetassen und zerknüllter Papiertaschentücher.

»So schlimm?«, sagte Clara.

»Ach, das wird schon wieder«, meinte Frieke mit hörbar verstopfter Nase. »Ist nur 'ne fiese Erkältung. Die kommt von selbst und geht von selbst, die braucht nur ihre Zei…«

Der nächste Hustenanfall. Fast schien es die Buchhändlerin zu zerreißen.

»Nur 'ne Erkältung, so, so«, widersprach Clara sanft. Sie beugte sich zu Frieke vor, richtete die Decken neu und reichte ihr ein frisches Taschentuch. Dann fühlte sie die Temperatur ihrer Stirn. »Du gehörst ins Bett, nicht in den Sessel. Weißt du das?«

»Ich war im Bett«, wehrte Frieke ab. Selbst mit erhöhter Temperatur und verstopfter Nase war sie noch so stolz und eigenständig wie eh und je. »Aber im Liegen ist es noch schlechter. Deshalb bleibe ich, wo ich bin, Frau Pastorin. Einverstanden?«

»Aye, aye, Kapitänin«, gab Clara scherzend nach. »Du bist der Boss.«

»Sag mir lieber, wie es im *Schmökerhafen* gelaufen ist?«, bat Frieke. »Du warst doch sicher heute mal dort. Also? Hat Jule meinen Laden stehen lassen, oder muss ich mir jetzt einen neuen Job suchen?«

»Melde gehorsamst: Der Laden steht«, antwortete Clara. Dann setzte sie sich neben Frieke auf die Armlehne. »Jule hat das gut gemacht, ehrlich. Es war viel Betrieb, aber wir kamen schon klar.«

Sie begann zu erzählen, hauptsächlich um die Freundin ein wenig abzulenken. Von dem mürrischen Kerl mit der Thomas-Mann-Gesamtausgabe, der Sache mit Sören und dem fast verschwiegenen Pflaster und auch von Helga Dröschers ungewöhnlichem Anliegen. Draußen vor dem Fenster wurde das Sonnenlicht derweil immer weniger, und die Lampions kamen zur Geltung.

»Und da willst du jetzt hin?«, fragte Frieke schließlich. Sie nippte am Tee, der kalt geworden sein musste, und strich sich dann die Decken glatt. »Nach Scharbeutz zu einem Mann, der Lügen verkauft?«

»Ich bin Seelsorgerin, Frieke«, erwiderte Clara. »Kannst du dir einen Ort vorstellen, an dem ich noch mehr gebraucht werde?«

Die Buchhändlerin lachte auf … und begann erneut zu husten.

KAPITEL 4

Es war *richtig so.*

Ich sage es mir immer wieder, und es stimmt. Ich habe richtig gehandelt. Nichts und niemand kann mich vom Gegenteil überzeugen – und das wird auch kein Mensch versuchen. Da bin ich mir sicher. Denn sie wissen nicht, was ich weiß. Sie kennen die Wahrheit nicht.

Draußen vor dem Fenster ist alles ruhig. Innerlich bin ich allerdings nervös. Nicht, weil ich mich schuldig fühlen würde, denn das wäre lächerlich. Sondern weil ich mich frage, was nun passiert. Insgeheim warte ich wohl nur darauf, dass irgendetwas beginnt. Dass jemand kommt und mich abholen will, mit Blaulicht und Sirenen. Mit Handschellen, Haftbefehl und strenger Miene.

Doch da ist niemand. Natürlich nicht. Und selbst, wenn? An meinen Händen klebt kein Blut, und an meinem Gewissen ohnehin nicht. Was könnte man mir schon nachweisen?

Nichts. Absolut gar nichts.

Ich spüre, wie meine Mundwinkel zucken. Die Nervosität weicht Erleichterung. Ich fühle mich gut.

Denn es war richtig so, oh ja. Das war es ohne jeden Zweifel.

Und sie sollten sich verdammt noch mal hüten, *etwas anderes zu behaupten!*

KAPITEL 5

Die neue Woche begann mit strahlendem Sonnenschein. Clara lehnte den Kopf an die kühle Fensterscheibe des Linienbusses und sah hinaus, wo das Blau des Himmels sich einmal mehr mit dem der Ostsee zu vereinen schien. Wären da nicht die vereinzelten Schiffe und Boote, kleine Kleckse am Horizont, man hätte den Übergang zwischen Wasser und Weite kaum registrieren können.

So war es häufig in der Lübecker Bucht. Wenn das Meer besonders glatt war und der Himmel wolkenlos, dann bekam man das Gefühl, in ein einziges Blau zu schauen – in eine Leere, die die Seele auf nahezu magische Weise heilen konnte und die von Ruhe und Frieden sprach.

»*Nächster Halt: Brodten*«, meldete die Tonbandstimme aus den Lautsprechern.

Dann kam das Dorf hinter Travemünde auch schon in Sicht. Um diese Stunde – der Berufsverkehr war längst vorüber, die meisten Urlauber aber noch nicht auf den Beinen – herrschte auch hier gähnende Leere. Andererseits traf das auf Brodten vermutlich meistens zu.

Clara wusste wenig über den verschlafenen Ort im sogenannten »Travemünder Winkel«, wenngleich eine Handvoll seiner gut hundert Einwohner sicher auch in ihre Kirche kam. Sie kannte allerdings die berühmte Steilküste, der das Dorf seinen Namen gegeben hatte und die zu den beliebtesten Ausflugszielen der gesamten

Region zählte. Dort drüben, wo es an die zwanzig Meter tief nach unten ging, konnte man ganz wunderbar spazieren gehen – vorausgesetzt, man achtete darauf, wo man hintrat – und im Café an der Spitze der Küste auch stundenlang einfach verweilen. Bengt trat dort regelmäßig auf.

Der Gedanke an Bengt Hansen genügte, Clara vom Fenster zurückzucken zu lassen. Der Museumsbetreiber aus Travemünde und sie tänzelten nun schon eine ganze Weile umeinander herum wie zwei schüchterne Hunde. Sie mochte Bengt, seine verlässliche Art und, ja, auch sein Äußeres. Und selbst ein Blinder konnte erkennen, dass er sie ebenfalls mochte. Dennoch bekamen sie es beide irgendwie nicht über die Lippen. Clara, weil sie innerlich noch immer nicht wusste, ob sie bereit für eine neue Beziehung war. Und Bengt …

Nun ja. Wer je den Mann in dem Kapitänskostüm erlebt hatte, der sonntags die Kinder am Brodtener Steilufer bespaßte und ihnen vom Leben der Fischer von einst erzählte, der hatte Schwierigkeiten, ihn in dem wortkargen Mann wiederzuerkennen, der den historischen Leuchtturm an der Trave betrieb. Clara fiel es schwer, aus Bengt Hansen wirklich schlau zu werden. Nordmänner waren alles andere als einfach – erst recht, wenn man nicht wusste, ob man überhaupt schon wieder bereit für eine Beziehung war.

Oder es je *wieder sein wird*, dachte sie.

Dann verscheuchte sie Bengt und alle anderen Nordmänner aus ihrem Kopf. Sie gehörten dort ohnehin nicht rein, vor allem nicht an solch einem schönen Morgen.

Vor den Fenstern des Busses kam das Meer wieder in Sicht. Niendorf folgte auf Brodten, und die Strandpromenade des Nachbarstädtchens weckte ganz andere Erinnerungen in Clara. Gleich hier im Niendorfer Hafen hatte damals die Leiche gelegen, oder etwa nicht? Erich Konstantin, der ebenso gefeierte wie gefürchtete

Patriarch einer Restaurant-Dynastie, der Herr über *Konstantins Küche.* Clara konnte es noch immer kaum fassen, dass ausgerechnet Jule und sie damals das Zünglein an der Waage gewesen waren und den Mörder enttarnt hatten. Es war zeitweise ganz schön knapp gewesen – und gefährlich.

Das brauche ich kein zweites Mal, das steht fest, sagte sie sich. *Ganz egal, was Frau Dröscher denkt.*

Sie war Pastorin, kein Sherlock Holmes mit Priesterkragen. Ihre Aufgaben sahen anders aus.

Nach weiteren zwanzig Minuten Fahrt erreichte sie Scharbeutz. Clara stieg aus dem Bus und wandte sich nach rechts. Der Strand war nicht weit, und dort, nahe der alten Seebrücke, lag der Firmensitz von *Secret Solutions.* So hieß das Unternehmen, dem Jan Abel vorstand. Clara wusste dies – und die Adresse – dank der Visitenkarte, die Helga Dröscher ihr am Vortag noch in die Hand gedrückt hatte. Einmal mehr fragte sie sich, was für ein Betrieb das überhaupt sein konnte. *Secret Solutions* klang nicht gerade vertrauenerweckend, oder? Und was sollte man von einem Menschen halten, der das Lügen zum Geschäftsmodell gemacht hatte?

Nicht vorschnell urteilen, Frau Pastorin, ermahnte sie sich, während sie der Strandpromenade folgte und die salzige Luft der Ostsee in ihre Nase stieg. *Gib dem Mann eine Chance, es dir zu erklären. Du kennst ihn nicht und kommst noch dazu unangekündigt. Eins nach dem anderen, okay?*

Eins nach dem anderen. Als Erstes musste sie die Firma finden, und schon das erwies sich als das Gegenteil von leicht. Hier in diesem Bereich von Scharbeutz lagen viele schmucke Villen in kleinen strandnahen Seitenstraßen, verborgen hinter mannshohen Büschen, gewaltigen Gartenzäunen und allerlei Bäumen. Je weniger die Strandkörbe und Urlauber zu werden schienen, desto mehr nahm die Dichte an versteckten Prachtbauten zu. Clara staunte nicht schlecht, als sie die alten Villen sah, von denen einige noch aus der Kaiserzeit stammen mussten. Sie waren vollkommen in Schuss und wirkten, als kosteten sie mehr, als man als Angestellte der Nordkirche in einem Jahrzehnt verdiente. Auch die Grünflächen jenseits der hohen Zäune waren makellos – ein Zierbusch grenzte an den nächsten, und auf gefühlt jeden Swimmingpool folgte ein mondäner Wintergarten.

»Wer braucht einen Pool, wenn er drei Schritte vom Meer entfernt wohnt?«, wunderte sich Clara.

Dann begriff sie. Die Bewohner dieser Villen hatten es wohl gern abgeschieden und exklusiv. Das Meer gehörte allen und musste mit allen geteilt werden. Das Becken hinter der heimischen Villa war privat und blieb es auch.

Am Ende einer kurzen Seitenstraße, die in einen Wendehammer führte, lag Jan Abels Firmensitz. Auch *Secret Solutions* war in einer regelrechten Villa untergebracht, allerdings in einem modernen Neubau mit flachem Dach, schmucklosen Außenwänden und einem betont minimalistischen Beton-Design, an dem sich ein Nobelarchitekt selbst verwirklicht haben musste. Ein Kiesweg führte von der Straße zur Haustür, blickdicht anmutende Hecken schützten das Grundstück vor zu neugierigen Nachbarn. Clara hielt auf die Haustür zu, streckte die Hand nach dem Klingelknopf aus – und stutzte.

War da nicht ein Geräusch gewesen? Irgendetwas hatte sie kurz irritiert.

Fragend drehte sie den Kopf zur Seite und fand doch nichts als das satte, kurz getrimmte Grün des Vorgartens. Selbst der hässliche Brunnen in der vorderen Ecke, gleich neben dem offen stehenden Gartentor, schwieg sich aus.

Du wirst wohl nervös, tadelte sich die Pastorin.

Just als sie auf die Klingel drückte, wiederholte sich der Moment. Von einem Sekundenbruchteil auf den anderen fühlte Clara sich beobachtet!

Diesmal war sie schnell genug. Sie wandte sich um und sah, wie ein Teil der Hecke, die das Grundstück zur rechten Seite säumte, verräterisch wackelte. Nun verstand sie.

Hier gibt's tatsächlich *neugierige Nachbarn.*

Sie klingelte abermals. Erst jetzt bemerkte sie, dass das Haus keinerlei Klingelschild oder ähnliche Hinweise auf die Arbeit seines Bewohners aufwies. Sollte eine Firma nicht als solche erkennbar sein? Die Adresse stimmte, das war es nicht. Etwas seltsam wirkte diese Anonymität schon.

»Andererseits«, murmelte sie. »›Secret‹ heißt ›Secret‹.«

Als auch das zweite Klingeln keinerlei Reaktion brachte, gab sie auf. Clara trat von der Tür zurück und sah noch einmal auf das gesamte Haus – auf die dunklen Fenster, hinter denen sich nichts rührte, die betonfarbenen Mauern, den schmalen Pfad zur Terrasse …

Das kann natürlich sein, begriff sie.

Vielleicht hörte Abel sie nicht, weil er gar nicht im Haus *war*. Sondern *hinter* dem Haus.

Der Kiesweg setzte sich links der Villa fort. Schmaler als zuvor führte er dicht am Gebäude entlang zu einem weitläufigen Sonnendeck, das mit Steinplatten ausgelegt war und von einem gusseisernen Geländer gesäumt wurde. Beides konnte Clara schon deutlich erkennen.

Ohne lange zu überlegen, nutzte sie ihre Chance. Fragend ging sie am Haus vorbei in Richtung Terrasse. »Herr Abel?«, rief sie dabei. »Sind Sie zufällig dort hinten?«

Keine Antwort. Selbst das Zwitschern der Vögel schien plötzlich zu verstummen, und auch jenseits der Hecken regte sich nichts mehr.

Clara bog um die hintere Ecke des Hauses, wo steinerne Stufen vom Kiesweg auf die Terrasse führten – und erstarrte!

Da lag ein Mann. Er war in ihrem Alter, vielleicht fünf oder sechs Jahre älter, und hatte kurzes dunkelblondes Haar. Sein sportlicher Leib steckte in einem teuren Hemd und betont lässigen

Jeans, die blanken Füße in offenen Sandalen. Er lag rücklings auf den Steinplatten, die Augen starr gen Himmel gerichtet und um ihn herum ein Meer aus Blut.

Um Himmels willen!

Sofort war Clara bei ihm. Sie dachte nicht nach, zögerte nicht. Ihr Instinkt sagte ihr – schrie –, dass sie helfen musste, also half sie. Zumindest versuchte sie es.

»Herr Abel?«, fragte sie den Reglosen. »Hören Sie mich?«

Der Fremde rührte keinen Muskel. Selbst sein Brustkorb bewegte sich nicht, oder bildete sie sich das nur ein?

»Komm schon«, flehte Clara. »Mach keinen Quatsch!«

Sie tastete am Hals des Mannes nach einem Puls, den sie nicht fand. Dann versuchte sie es am Handgelenk. Der Körper war nicht kalt, aber das bewies herzlich wenig. Er lag in der Sonne. Auch das Blut wirkte relativ frisch.

So viel Blut. Clara schluckte. *Das ist nicht gut.*

Alte Erinnerungen stiegen in ihr auf. Der letzte Erste-Hilfe-Kurs lag viel zu lange zurück, und doch wussten ihre Hände die Griffe noch. Ob sie dem Mann mit stabiler Seitenlage helfen konnte? Gab es überhaupt noch Rettung für ihn?

Sie musste es versuchen. Clara packte den vermeintlichen Jan Abel an den Schultern, drehte ihn vorsichtig auf die Seite – und sah die klaffende Wunde an seinem Hinterkopf. Die Knochensplitter und das blutverklebte Haar. Sie erschrak so sehr, dass sie Abel gleich wieder zurück auf den Rücken fallen ließ.

Da war Blut, jetzt auch an ihren eigenen Händen. Überall Blut. Es schien die ganze Welt besudeln zu wollen.

Einen halben Herzschlag später hörte Clara die Schritte. »Keine Bewegung!«, erklang ein Ruf, scharf wie ein Messer und durch und durch fordernd. »Hier spricht die Polizei, nehmen Sie sofort die Hände hoch!«

Und der *wahre* Albtraum begann …

Die Polizeidirektion 1 lag im Süden der Altstadt, einen besseren Steinwurf vom Trave-Kanal und dem Lübecker Dom entfernt. Dennoch wirkte das mehrstöckige Gebäude mit der grauweißen Fassade wenig einladend. Erst recht, wenn man in einem seiner fensterlosen Verhörzimmer ausharrte.

Clara verlor allmählich jedes Zeitgefühl. Seit die Beamten sie von Scharbeutz aus hergebracht hatten, war sie behandelt worden wie eine Ganovin. Niemand redete nennenswert mit ihr, niemand schenkte ihr ein Ohr. Selbst Gesicht und Hände hatte sie sich erst waschen dürfen, nachdem zwei auffallend wortkarge Frauen in Uniform sie ausgiebig fotografiert und dann mit Wattebäuschen irgendwelche Blutproben davon abgenommen hatten, »fürs Labor«.

Jan Abel war tot. Es konnte keine andere Erklärung geben. Der Mann auf der Scharbeutzer Terrasse lebte nicht länger. Warum sonst sollte die Polizei so hektisch und zugleich so konzentriert mit ihr umgehen? Warum sonst beantwortete man keine einzige ihrer Fragen – allerhöchstens mit einem bösen Blick und einem genuschelten »Später«?

Der Mann ist tot, und ich habe neben ihm gekniet, als die Polizei eintraf, dachte sie. Mit seinem Blut an meinen Händen.

Und auf ihren Hosenbeinen, wie sie bemerkte, als sie an sich hinabsah. Die dunklen, eingetrockneten Flecken an den Knien und Unterschenkeln fielen ihr erst jetzt wieder auf. Leichter Ekel überkam sie bei ihrem Anblick, und sie schlang instinktiv die Arme um den Oberkörper.

Der Raum, in dem sie wartete, war vielleicht neun Quadratmeter groß. Er hatte ockerfarbene Wände und einen nicht minder hässlichen PVC-Boden. Die einzigen Möbel weit und breit waren der kleine Tisch in seiner Mitte und drei Stühle – zwei am Tisch, ein weiterer direkt neben der Tür. Letztere hatte an ihrer Innenseite keine Klinke und wirkte auch sonst eher wie ein schlechter Scherz.

Als wäre man in einem Verlies, dachte Clara. *Gleich gibt's Wasser und Brot, und nach Einbruch der Nacht kriechen die Ratten aus den Mauerritzen und nibbeln an meinen Zehen.*

Auch die Neonröhren an der schmucklosen Decke hatten nichts Heimeliges, zumal eine von ihnen leicht flackerte. Gehörte das etwa zum Programm?, fragte sich Clara. Zum Mürbemachen? Oder sprach da nur hässliche Paranoia aus ihr? Sie hatte nichts zu verbergen. Wovor sollte sie sich sorgen? Und warum sollte irgendjemand sie mürbe machen wollen?

Zeit verging, gefolgt von noch mehr Zeit. Gelegentlich hörte Clara Schritte im Flur, sonst geschah nichts. Es war, als hätte man sie vergessen, aber das traf zweifellos nicht zu. Was da draußen wohl gerade passierte?

Vermutlich hatten Ermittlungen begonnen. Clara wusste nicht, was genau Jan Abel widerfahren war. Aber selbstverständlich musste man seinem Tod – so es denn tatsächlich ein Todesfall war – nachgehen und mehr herausfinden. Dass die Polizei mit mehreren Wagen und bewaffneten Einsatzkräften an der Villa erschienen war, legte die Vermutung nahe, dass sie diesbezüglich schon in sehr bestimmte Richtungen dachte. Dass sie Gewalt befürchtet und dann ja leider auch vorgefunden hatte. All das Blut und die Pastorin mittendrin. Die *blutverschmierte* Pastorin.

Nein. Es ergab schon Sinn, dass man sie hierher gebracht hatte. So leid es ihr auch tat: Sie *war* eine erste Spur, zumindest in den Augen der Beamten.

Aber keine, die euch irgendwo hinführt, dachte Clara. Das habe ich euch schon mehrfach sagen wollen, aber ihr hört ja nicht zu.

Jedenfalls noch nicht.

Nach einer gefühlten Ewigkeit schwang die Tür auf, und Sören Haberkamp erschien. Jules Ex sah aus, als könnte er zwei Wochen Urlaub vertragen. Seine Krawatte saß schief, sein Hemd wies Falten auf, und die Augen hinter den kleinen Brillengläsern hatten einen ganz seltsamen Ausdruck, der irgendwo zwischen müde und traurig liegen musste. Unter seinem Arm klemmte eine dünne Kladde.

»Clara«, grüßte er, und es klang wie ein Seufzer.

»Du weißt, dass ich das nicht war«, legte sie direkt los, die Arme noch immer ganz dicht am Oberkörper. »Richtig? Das ist dir klar.«

»Dass du was nicht warst, Clara?«, fragte er leise. Dabei schloss er die Tür hinter sich und setzte sich an den kleinen Tisch, an dem auch Clara saß. »Hm?«

»Na, was wohl?« Sie hob die Schultern. »Das mit Herrn Abel. Ich habe damit nichts zu tun. Was genau ist überhaupt passiert, weißt du das?«

Abermals seufzte Sören. Er lehnte sich im Sitz zurück und schlug die Beine übereinander. »Wenn du gestattest, wäre ich gern derjenige, der die Fragen stellt. Wenigstens für den Anfang. Ist das okay?«

Sie schluckte trocken. Das klang entsetzlich formell. »Gern.«

»Woher kanntest du Jan Abel? Ich wusste gar nicht, dass ihr miteinander zu tun hattet.«

»Hatten wir auch nicht«, versicherte sie ihm. »Ich habe den Mann heute zum allerersten Mal gesehen. Und gestern zum ersten Mal von ihm gehört.«

Sören hob eine Braue. »Was war gestern?«

Mit wenigen Worten erklärte sie ihm, was Helga Dröscher ihr erzählt hatte. Sie hielt sich nicht lange mit Details auf, da sie das Vertrauen der alten Dame aus ihrer Gemeinde nicht über Gebühr strapazieren wollte, war aber offen und ehrlich genug, um die groben Züge und die Intention ihres gemeinsamen Gesprächs klarzumachen.

»Deswegen bin ich zu ihm gefahren«, schloss sie. »Weil Frau Dröscher dachte, ich könne bei ihm vielleicht etwas für ihren Enkel bewirken. Auf *menschliche* Art, verstehst du? Anstatt auf juristische.«

Sörens Miene blieb undeutbar. »Weißt du, was Abels Firma genau machte?«

»›Genau‹ ist zu viel gesagt«, gab sie zu. Einmal mehr entging ihr nicht, dass er in der Vergangenheitsform von dem Mann aus Scharbeutz sprach. Dem Mann mit der grässlichen Wunde am Hinterkopf. »Er baute Lügengebilde, wenn ich das richtig verstanden habe. Für andere Leute. Im Fall von Clemens Dröscher hat er wohl versucht, es aussehen zu lassen, als hätte Dröscher eine Verlobte.«

»*Secret Solutions* ist eine sogenannte ›Alibi-Agentur‹«, führte Sören bereitwillig aus. Dabei trommelten seine Fingerkuppen sanft auf der packpapierfarbenen Kladde, die vor ihm auf dem Tisch ruhte. »Ein Dienstleister, wenn man so will, der seinen Klienten dabei hilft, andere Menschen zu täuschen. Du willst mit dem heimlichen Geliebten eine Woche auf die Malediven? Kein Problem: Alibi-Agenturen schicken deiner für dumm verkauften Familie zu Hause Postkarten aus dem Kaff im Harz, in dem du angeblich gerade auf Fortbildung bist. Täuschend echt, mit korrektem Poststempel und in deiner unverkennbaren Handschrift. Sie schulen dich darin, Geschichten aus dem Kaff erzählen zu können, obwohl du es im Leben nie betreten hast, und sie schicken deiner Familie bergeweise Fotos – über dein eigenes WhatsApp-Konto, wohlgemerkt –, die dich im gähnend langweiligen Seminarraum zeigen, vor dem verschlafenen Hauptbahnhof oder beim Mittagessen in der Pommesbude nebenan. Währenddessen amüsierst du dich in Wahrheit natürlich außerehelich am Strand, aber das wird nie jemand vermuten. Du warst ja auf Fortbildung – nachweislich!«

»Du scherzt«, staunte Clara.

»Oder stell dir vor, du bist im großen Business unterwegs, ein richtig gut bezahlter Hecht im Börsenteich«, setzte Sören seine Erläuterungen fort. »Stell dir vor, ein Wettbewerber lockt dich mit einem besseren Angebot von deiner alten Firma weg. Wie schaffst du es zum Vorstellungsgespräch mit dem potenziellen neuen Brötchengeber, wenn dein alter noch gar nicht wissen soll, dass du dich anderweitig umschaust? Oder wenn die Branchenpresse nicht erfahren darf, dass du mit einem Wechsel liebäugelst?«

»Lass mich raten: mit einem Alibi.«

Er nickte. »*Secret Solutions* und Firmen wie sie rufen deinen Boss für dich an. Sagen ihm, du hättest unerwartet ins Krankenhaus gemusst oder auf die Beerdigung deiner spontan verstorbenen Erbtante. Sie können sogar Quittungsbelege vorlegen, Zugfahrkarten, Flugtickets, Handydaten oder Hotelbuchungen unter deinem Namen, die deine Story allesamt belegen. Zur Not schaffen sie dir sogar Zeugen herbei, die Stein und Bein schwören, dich am Grab der Erbtante weinen gesehen zu haben. Das wird alles so wasserdicht gebaut, wie es nur sein kann. Für ein entsprechendes Honorar, versteht sich.«

»So etwas gibt es?«, wunderte sich Clara nicht zum ersten Mal. »Im Ernst?«

»Für alles, was ein Käufer haben will«, antwortete Sören pragmatisch, »gibt es auch irgendwo einen *Ver*käufer. Absolut für alles. Alibi-Agenturen sind beileibe nicht alltäglich, versteh mich nicht falsch. Zum einen leben sie ja davon, dass niemand ihre Arbeit bemerkt. Von daher inserieren sie jetzt nicht gerade im Wochenblatt oder auf Facebook. Und zum anderen ist ihre Anzahl durchaus überschaubar. Sicher auch, weil sie sich ihren Einsatz einiges kosten lassen; und da kommt die Geldbörse von Otto Normalverbraucher schnell mal an ihre Grenzen. Aber ja, Clara: So etwas gibt es. Nicht nur bei euch in der Lübecker Bucht.«

»Und …« Sie runzelte ungläubig die Stirn. »Und das ist legal?«

»Im Grunde schon«, bestätigte der Kommissar. »Wenn du deinen Partner betrügst und ihm Fotos aus Bad Salzuflen schicken lässt, obwohl du gerade in Rimini bist und dir allmählich die Kondome ausgehen, dann ist das der Polizei oder der Justiz herzlich egal. Moralisch sieht das natürlich anders aus, gar keine

Frage. Wie ›richtig‹ dein Verhalten ist, steht auf einem anderen Blatt.«

Er packte das Wort in gespielte Anführungszeichen und fuhr dann fort. »Aber nicht alles, was nicht richtig ist, ist automatisch falsch genug für einen Einsatz der Kollegen von der Wache. Verstehst du? ›Unmoralisch‹ bedeutet nicht zwingend ›illegal‹. In den Augen der Justiz war Jan Abel ein reiner Unternehmer, kein Verbrecher. Mag er sich die Finger auch schmutzig gemacht haben: Nicht er war derjenige, der die Lügen in Auftrag gab. Er hat sie nur für seine Kunden in die Tat umgesetzt, und das allem Anschein nach sehr erfolgreich.«

Clara dachte nach. Einmal mehr war sie fasziniert von diesem Geschäftsmodell und zugleich sehr angewidert. Lug und Trug als Dienstleistung, die man einkaufen konnte wie die Hilfe eines Handwerkers oder eines Paketdienstes. Es stimmte wohl wirklich: Es gab nichts, was es *nicht* gab, und die angebliche Krone der Schöpfung war zu allem fähig. Erst recht, wenn niemand hinsah.

»Und jetzt ist er tot«, sagte sie. Es hatte eine Frage werden sollen, klang aber anders. Verständlicherweise, wie sie fand. »Dieser Alibi-Abel.«

Sören nickte. »Jetzt ist er tot.«

Sie schluckte wieder und schickte in Gedanken ein kurzes Gebet für den Toten auf die Reise. Mensch war Mensch. »Wie ist er gestorben?«, fragte sie leise. »Wisst ihr das schon?«

Sören hob die Hände von der Kladde und legte sie sich in den Schoß. Seine Miene verfinsterte sich wieder. »Clara, das soll ich eigentlich *dich* fragen. Immerhin haben wir dich neben der Leiche gefunden. Mit ihrem Blut an deinen Fingern.«

»Ich war das ni…«

Er schüttelte den Kopf, fiel ihr ins Wort. »Ist dir klar, wie sehr ich mich hier gerade für dich verbiege? Du bist derzeit die heißeste Spur in dieser Sache, die wir überhaupt haben. Und trotzdem sitze ich allein vor dir in diesem Verhörraum, führe dieses Gespräch ohne meinen Partner und ohne dass jemand Protokoll führt oder so. Wundert dich das nicht? Mensch, ich habe mich für dich *stark*gemacht da draußen. Ich *weiß*, dass du den Mann nicht auf dem Gewissen hast. Weil ich dich kenne. Weil Jule dich kennt. Aber denk mal, wie das alles aussieht: Ein Mann wird ermordet, und die Hauptverdächtige ist die beste Freundin der Ex des Kommissars? Es grenzt schon an ein Wunder, dass mich noch niemand von dem Fall abgezogen hat, geschweige denn, dass wir beide hier in trauter Zweisamkeit sitzen. Ich bin da doch parteiisch!«

»Wunder gibt es immer wieder«, murmelte sie. »Da kenne ich mich aus.« Es war scherzhaft gemeint, wirkte aber so müde, wie Sören aussah. Mindestens. Clara kam zurück zum Thema. »Ihr vermutet also Mord.«

Ihr Gegenüber beugte sich vor und schlug die dünne Kladde auf. »Nach allem, was wir bislang sagen können: ja. Die Nachbarn hörten laute Rufe, die angeblich von Abels Grundstück kamen. Es habe wie ein Streit geklungen, heißt es im Protokoll. Ein böser Streit.«

»Weiß man, worüber gestritten wurde? Und mit wem?«

Abermals ein Kopfschütteln. »Leider nein, andernfalls wäre mein Leben deutlich einfacher.« Er fuhr fort, las Informationen von einem dicht beschriebenen Computerausdruck vor. »Zwei laute Stimmen, eine wütender als die andere – mehr steht hier nicht. Und dann der Schrei, der wurde uns ebenfalls gemeldet.«

Nun war sie es, die neugierig die Braue hob.

»Ein gellender Schrei, der in einer Art lautem Knall endete«, berichtete Sören. »Ganz abrupt. Die Nachbarn haben die Stimmen zwar nicht gleich erkannt, waren aber so irritiert, dass sie die Polizei riefen.«

»Und dann kommt gleich die Kripo?«, wunderte sich Clara.

»Schon«, antwortete er. »Wenn sie ohnehin gerade nach einer

Einbrecherbande fahndet, die die Villengegend da draußen unsicher macht. Als der Anruf einging, dachten die Kollegen in Scharbeutz, die Panzerknacker seien gerade mal wieder am Werk. Deshalb riefen sie uns ebenfalls dazu. Und als wir dann gemeinsam bei Abels Villa vorfuhren, fanden wir dich. Und einen Toten. Den Rest der Geschichte kennst du.«

»Und diese Bande hat Herrn Abel auf dem Gewissen?«

Sören schüttelte den Kopf. »Ich bezweifle es. Nach allem, was wir bisher wissen, ist das nicht ihr Stil, und bei *Secret Solutions* wurde auch nicht eingebrochen. Abel starb hinter dem Haus, auf der eigenen Terrasse.«

Wieder sah Clara die Blutlache vor ihrem geistigen Auge, den aufgebrochenen Schädel und das verklebte Haar. Ihr war, als wollten die Bilder nie mehr aus ihrer Erinnerung verschwinden.

»Aber da sind wir überall noch dran, Clara«, sagte der Kommissar. »Kommt Zeit, kommen Antworten.«

Sie nickte. Dann fiel ihr etwas ein. »Da … Da war jemand. Als ich an der Villa ankam, meine ich. Ich fühlte mich beobachtet und hörte die Hecke rascheln.«

Er runzelte die Stirn. »Vor dem Haus oder dahinter?«

»Davor. Ich hatte gerade geklingelt.«

»Das wird der Auerswald gewesen sein«, ahnte Sören. Er klang unbeeindruckt. »Carl Auerswald. Ein pensionierter Oberstudienrat. Er wohnt gleich nebenan und ist vorwitzig hoch zehn. Der wollte vermutlich nur sehen, wer da bei Abels klingelt.«

»Lebte Herr Abel eigentlich allein?«

Verwundert hob Sören den Blick. »Detektivin Clüver ist wieder am Start, hm?«, fragte er mit unüberhörbarem Tadel.

Sofort hob Clara die Hand. »Gott bewahre, nein. Wirklich, daran hege ich keinerlei Interesse. Ehrlich gesagt ist mir die Frage einfach so rausgerutscht. Ich weiß selbst nicht genau, weshalb.«

»Mhm«, erwiderte er. Es klang, als wüsste er das Weshalb besser als sie. »Aber nein, lebte er nicht. Seine Frau Rosalie leitet den *OstseeBeach*. Und bevor du fragst: Sie war zur Tatzeit bei der Arbeit. Ist sie jetzt noch, genau genommen. Die Kollegen sind gerade bei ihr. Elender *OstseeBeach* …«

»Magst du das Bad nicht?«, wunderte sie sich. Sie kannte den Betrieb nur vom Vorbeifahren und hatte ihn noch nie betreten. »Ihr wart doch gestern erst dort, du und die Rasselbande.«

»Eben drum«, bestätigte er grummelnd. »Erst die Sache mit Timo und dem Knie, aus der Jule einen regelrechten Elefanten gemacht hat, und dann habe ich da auch noch mein Diensthandy verloren. Kannst du dir das vorstellen? Ich suche das Ding seit gestern Abend überall. Es *kann* nur da irgendwo liegen.«

»Das taucht schon wieder auf«, sagte sie.

Sören brummte. Es klang wenig überzeugt.

Dann schlug er die Kladde zu und stand auf. »In Ordnung, dann hätten wir's fürs Erste.«

Verdutzt sah Clara ihn an. »Soll das heißen, ich darf gehen?«

»Fürs Erste«, wiederholte er. »Ich habe mich für dich starkgemacht, wie schon gesagt. Und die Kollegen vertrauen meinem Urteil, jedenfalls noch. Zumal wir dank diesem Auerswald eine zweite Spur haben. Von daher sollte ich dem neugierigen alten Nörgler wohl dankbar sein.«

»Eine zweite Spur?«, staunte Clara.

»So eine Frau«, erklärte er ausweichend. »Auerswald sagt, sie sei seit Tagen um Abels Haus geschlichen oder so. Ist ihm wohl verdächtig vorgekommen, und das würde ja ins Bild passen. Jedenfalls weit eher als die Einbrecher.«

»Wisst ihr mehr über diese Unbekannte?«

»Bislang nicht, aber kommt Zeit, kommt auch das.« Er lachte leise. »Und eigentlich darf ich dir das alles gar nicht verraten.«

»Ich bin Pastorin, Sören«, erinnerte Clara ihn. »Wir können schweigen wie ein Grab.«

Er nickte amüsiert. »Du solltest die Gegend in absehbarer Zeit besser nicht verlassen, sagen meine Bosse. Und wenn doch, dann gib bitte vorher Bescheid. Andernfalls ist die Hand, die ich hier auf der Dienststelle für dich ins Feuer lege, bald nichts mehr wert. Die Jungs und Mädels aus der Chefetage sind *jetzt* schon skeptisch, was dich und mich angeht.«

»Ich bleibe in Travemünde«, versprach Clara. »Ehrenwort, Sören. Und ich danke dir. Danke, dass du mir glaubst.«

»Ja, ja, schon gut.« Er winkte ab, lächelte dabei jedoch. »Hey, falls du dich revanchieren möchtest, dann leg doch für mich ein gutes Wort bei Jule ein. Ich fürchte, die ist immer noch sauer wegen Timos Knie. Dabei war das wirklich nicht der Rede wert …«

KAPITEL 6

»Hey, du Knacki! Hier hinten!«

Blinzelnd blieb Clara stehen. Sie hatte die Lübecker Polizeidirektion eben erst verlassen und ging über den Parkplatz vor dem Gebäude, um die nächstbeste Bushaltestelle zu suchen, als eine vertraute Stimme an ihr Ohr drang.

»Hier bin ich, Ede!«, wiederholte die Stimme mit unüberhörbarer Begeisterung. »Huhu.«

Clara drehte sich um. Tatsächlich: Niemand Geringeres als Jule Haberkamp stand da zwischen den parkenden Autos. Die zweifache Mutter trug einen dünnen Pullover mit weitem Ausschnitt und eine nicht minder dünne Jacke. Ihr kastanienbraunes Haar war offen und fiel ihr sanft auf die Schultern. Auf ihren Zügen prangte das wohl breiteste Grinsen, das Clara je an ihr gesehen hatte.

»Was machst du denn hier?«, wunderte sich die Pastorin. Langsam ging sie zu der Freundin.

»Na, was wohl?«, gab Jule zurück. Sie schien sich sehr zu amüsieren. »Dich rausboxen, du alte Knastschwester. Hinten auf dem Rücksitz liegt mein frisch gebackener Kuchen, und im Teig ist eine dicke Feile versteckt. Oder wäre dir Dynamit lieber gewesen? Eine scharfe Glasscherbe? Ein paar Bettlaken für ein improvisiertes Kletterseil? Hach, das ist alles so aufregend!«

»Vor allem bist du albern«, tadelte Clara sie.

Dann musste sie aber selbst lachen. Die beiden Frauen umarmten sich kurz.

»Sören hat mich informiert«, gestand Jule, als sie sich wieder voneinander lösten. Mit einem Mal war sie deutlich beherrschter. »Ich bin sofort losgefahren. Ich dachte mir, das ist das Mindeste, was ich für dich tun kann: dich abzuholen und nach Hause zu bringen. Du Ärmste hast ja echt was durchgemacht.«

»Dann wusstest du, dass die mich nicht verhaften werden?«

»Sören wusste das«, betonte sie. »Sag ihm nicht, dass ich dir das erzählt habe, aber manchmal ist der alte Stinkstiefel doch noch für etwas zu gebrauchen.«

Da konnte Clara nicht widersprechen. »›Sören‹ ist ohnehin ein gutes Stichwort. Dein Ex hat mich gebeten, dich zu fragen, ob du wieder gut mit ihm sein willst.«

»Das glaube ich sofort.« Jule schnaubte nur und wechselte das Thema. »Und? Wie ist das Knastessen so? Hattest du eine nette Zellengenossin?«

»Ha, ha«, erwiderte sie brummend. »Lass uns lieber fahren, einverstanden? Wenn ich ehrlich sein soll, habe ich nichts dagegen, von hier zu verschwinden – so schnell es nur geht.«

»Geht klar, Ede«, meinte Jule und zückte den Autoschlüssel. »Die Bullen kriegen uns nie.«

Clara rollte mit den Augen.

Jules alter Golf stand nur wenige Meter weiter. Die Achtunddreißigjährige setzte sich hinters Steuer und schaufelte die Fototasche und die losen Zettel, die den Beifahrersitz belegten, achtlos nach hinten. Dann konnte auch Clara einsteigen.

»Jan Abel also«, sagte Jule, kaum dass sie vom Hof der Polizeidirektion auf die angrenzende Kanalstraße bogen. »Ich muss ehrlich sagen: Dass wir so schnell in unseren zweiten Mordfall stolpern, hätte ich nicht gedacht. Erst recht nicht auf diese Art, mit dir als Verdächtiger.«

Clara grunzte ungehalten, was nicht nur an dem störrischen Anschnallgurt lag. »Von wegen, zweiter Fall. Mein Bedarf an *Secret Solutions* ist mehr als gedeckt, Jule. Ich werde nachher zu Frau Dröscher gehen und ihr erklären, was passiert ist. Dann versteht sie sicher, dass ich ihr und ihrem Enkel leider nicht weiterhelfen kann.«

»Was?« Jule warf ihr einen verdutzten Blick zu. »Und ob du das kannst, Mensch. Du kannst sogar einen waschechten *Mörder* finden – einmal mehr. Verstehst du das nicht? Niemand ist momentan näher an der Sache dran als du. Niemand ist persönlicher involviert! Okay – niemand außer den Freunden und Angehörigen dieses bedauernswerten Unternehmers. Aber trotzdem: Du hast die Leiche gefunden, schon vergessen?«

»Und ich bin Pastorin«, wehrte sie entschieden ab. »Vergiss du *das* bitte nicht. Ich bin weder Sherlock Holmes noch Miss Marple. Zur Mörderjagd bin ich weder ausgebildet noch berufen.«

»Ein *bisschen* Miss Marple bist du schon«, widersprach Jule. Ihre Mundwinkel zuckten dabei amüsiert. Als sie Clara einen belustigten Seitenblick zuwarf, kniff sie die Lider enger zusammen, als suchte sie in ihrem Gesicht nach optischen Ähnlichkeiten. »Ein klitzekleines bisschen.«

Clara seufzte. »Ich glaube, ich nehme doch besser den Bus.«

Geschlagen hob Jule die Hände vom Lenkrad. »Okay, okay, ich bin schon still. Du bist nicht Miss Marple. Von mir aus. Aber du bist clever, Clärchen! Du hast ein echtes Talent für diese Dinge, für Mord und so weiter.«

»Pff«, machte Clara.

»Na komm«, beharrte die Freundin. »Das musst sogar du zugeben. Sören hätte die Konstantin-Geschichte nie und nimmer gelöst, jedenfalls nicht ohne deine Hilfe. *Unsere* Hilfe.«

Einmal mehr stiegen Erinnerungen an Erich Konstantins Tod in Clara auf. Es war eng gewesen, damals. Viel zu eng. Das hätte alles ganz anders ausgehen können, das wusste sie.

Mit mir selbst als Leiche …

Der Mörder hatte in ihrer Küche gestanden, ein langes Messer in der erhobenen Hand. Er war bereit gewesen, sie zu töten. Mehr noch: Er war extra deswegen gekommen!

»Ich bin keine Detektivin«, beharrte sie. Ihre Handflächen ruhten auf ihren Oberschenkeln. Kalter Schweiß vermischte sich mit Jan Abels eingetrocknetem Blut. »Und du auch nicht.«

Jule war noch immer nicht bereit, ihren Enthusiasmus aufzugeben. Außerdem hatte sie Claras Angst nicht bemerkt – die Angst vor den üblen Erinnerungen. »Aber du könntest deine Unschuld beweisen«, schlug sie vor. »Deine Weste reinwaschen, sozusagen. Das wäre doch cool!«

Clara sah aus dem Fenster. Häuserfassaden wechselten sich ab, lauter alte Hansebauten und leidlich moderne Lagerhallen. »Wir haben schon Jobs, Jule«, beharrte sie. »Meiner findet auf der Kanzel statt und deiner im Büro des *Travemünder Boten*. Belassen wir's dabei, bitte.«

»Aber …«

»Und cool ist an dieser ganzen Misere ohnehin nichts«, wurde sie deutlicher. Und leiser. »Ein Mann ist gestorben, und wenn ich ehrlich bin, dann weiß ich nicht, ob ich seinen Anblick je wieder vergessen kann. Der halbe Hinterkopf war offen. Regelrecht offen.«

Das genügte. Jule schwieg einen Moment, und Clara spürte mit einem Mal wieder ihre ehrliche Anteilnahme. Dennoch wirkte sie enttäuscht.

»Dann willst du die Abel-Sache echt der Kripo überlassen?«, fragte Jule schließlich. »Ausgerechnet Sören?«

Clara wusste, dass Jule wenig von Sören Haberkamps ermittlerischen Instinkten hielt. Der Eindruck war vermutlich auch nicht ganz falsch. Trotzdem: Polizei war Polizei, und Pastorin blieb Pastorin.

»Dafür ist die Kripo *da*«, sagte sie. »Und wir haben andere Dinge zu tun. Übernimmst du heute wieder den Laden für Frieke?«

»Nee«, erwiderte Jule. »Der bleibt heute zu. Geht nicht anders, denn auch ich habe noch zu tun.«

»Meine Rede«, sagte Clara.

Draußen vor den Wagenfenstern ging der Lübecker Morgen endgültig in den Nachmittag über. Die Sonne stand nahezu senkrecht über der Trave, und als Jule kurz vor Krempelsdorf auf die Autobahn bog, hielt sich das Verkehrsaufkommen nicht gerade in Grenzen.

»Außerdem *hat* Sören längst eine heiße Spur«, fuhr die Pastorin fort. »Der kommt wunderbar ohne uns zurecht.«

»Eine Spur?« Jule blickte überrascht zu ihr herüber und übersah dabei fast, dass der Lkw vor ihnen gerade scharf bremste. Erst nach einer kurzen Schrecksekunde tat sie es ihm gleich. »Das klingt ja spannend. Was denn für eine Spur?«

»Bist du sicher, dass du fahren kannst?«, gab Clara zurück. Entsetzt sah sie von Jule zu dem Lastwagen und zurück. Wo kam denn plötzlich der Stau her?

»Ja, doch«, schimpfte Jule. »Lenk nicht vom Thema ab, Mädchen. Was für eine heiße Spur?«

Clara bedauerte, es überhaupt erwähnt zu haben. »Ach, irgend so eine unbekannte Frau. Sie soll tagelang um Abels Anwesen geschlichen sein. Die Nachbarn haben sie bemerkt und halten sie für sehr verdächtig. Sören scheint das ähnlich zu sehen.«

»Bestimmt eine Geliebte«, befand Jule. Der Verkehr begann wieder zu fließen, und sie schaltete den Golf in den zweiten Gang. »Oder eine ehemalige Klientin, die von Abel geprellt wurde und sich rächen möchte. Könnte doch sein.«

Clara nickte langsam. Erst Clemens Dröscher, jetzt die Unbekannte? Die Annahme klang plausibel, das musste sie zugeben. Dass Jan Abels Unternehmen Fehler machte, bewies der Medienskandal um Dröschers Enkel ja ohnehin. Vielleicht sollte sie mehr darüber in Erfahrung bringen. Sie könnte diesem Clemens mal auf den Zahn fühlen. Das wäre ein Anfang, und danach konnte sie vielleicht noch überprüfen, ob …

Nein!, rief sie sich innerlich zur Ordnung, bevor der Gedanke sich gänzlich formen konnte. *Du fühlst absolut niemandem auf den Zahn, verstanden? Du bist keine Detektivin. Steh dazu, Clara, und halte dich auch daran!*

Draußen wichen die letzten Reste der Stadt allmählich grüner Natur und Schilfgras. Clara sah kleine Felder und Wiesen an sich vorbeiziehen, einen Jachtclub und draußen auf dem Fluss sogar die *MARITIMA*, das beliebte Ausflugsschiff, das mehrmals täglich Touristen zwischen Travemünde und der Hansestadt hin- und herkutschierte – bei Kaffee und Kuchen.

Es hatte eine Zeit gegeben, da waren diese Bilder ihr vollkommen neu gewesen. Fremd nahezu. Lübeck war ihre Geburtsstadt, und ihr Vater Fritz hatte bis zu seinem Lebensende hier oben gewohnt. Doch Fritz und sie hatten sich kaum gekannt, und so richtig verstanden hatte Clara die Lübecker Bucht erst lange nach seinem Tod. Als auch sie durch puren Zufall hierher verschlagen wurde und zu ihrer eigenen Überraschung neue Wurzeln schlug.

»In Ordnung, ich mache dir einen Vorschlag«, sagte Jule.

»Hm?«

»Der Nachbar. Der, der diese mysteriöse Unbekannte gesehen hat.«

»Auerswald«, erinnerte sich Clara. Verwundert runzelte sie die Stirn. »Was ist mit dem?«

»Na, bei dem fangen wir an. Zumindest ich. Lass mich mal mit dem Mann sprechen, vielleicht haben wir dann schon einen Ansatz für unsere Ermittlungen. Alte Journalistenregel: Ultraneugierige Nachbarn sind zwar lästig wie Fruchtfliegen, aber wenn man mal Informationen braucht, erweisen sie sich oft als Goldgrube.«

Clara verzog das Gesicht. »Hörst du mir nicht zu? Ich sagte doch, ich will nicht Detektiv spielen.«

»Klar, aber ich will gute Storys für den *Travemünder Boten.*« Jule lächelte. Eine stumme Entschuldigung. »Und das, was da heute passiert ist – noch dazu dir –, *ist* eine gute Story. Ich würde echt gern mal mit diesem Auerswald sprechen, quasi ein Interview führen. Was er so gesehen und gehört hat, was ihm alles verdächtig vorkam. Und so weiter. Selbst wenn wir nicht ermitteln sollten …«

»Wir *werden* nicht ermitteln.«

Jule fuhr einfach fort. »… kann das Gespräch Grundlage eines echt coolen Artikels für die nächste Ausgabe sein.«

Clara schloss kurz die Augen. Der *Travemünder Bote* war natürlich ein Argument. Jule lebte für das kleine Blatt und setzte mitunter einen journalistischen Anspruch daran, der jede Notwendigkeit mühelos überbot. Sie konnte und durfte es der Freundin nicht verbieten, wenn sie recherchieren wollte.

»Natürlich kannst du ihn interviewen«, sagte sie. »Wenn er das möchte. Aber halte mich bitte da raus, ja? Aus dem Artikel und aus deiner Recherche. Ich hatte vorhin noch das Blut eines Fremden an den Fingern, Jule. Und vor ein paar Wochen stand ein bewaffneter Einbrecher in meiner Küche. Mein Bedarf an Mord und Totschlag ist gedeckt – für den Rest meines Lebens.«

Jule Haberkamp verkniff sich eine Erwiderung, setzte den Blinker und fuhr kurz vor Kücknitz von der Autobahn. Wenige Minuten später erreichten sie Travemünde.

Der Montagabend präsentierte einen herrlich roten Himmel. Clara erreichte ihr Zuhause kurz nach Sonnenuntergang. Die Luft auf dem Priwall war noch angenehm warm, und Schmetterlinge flatterten um den Ligusterstrauch neben Friekes kleinem Teich, als wäre nichts Böses geschehen. Die Buchhändlerin selbst war nirgends zu sehen und lag vermutlich – hoffentlich – im Bett, um sich auszukurieren. Dafür sah Clara aber jemand anders.

»Hey«, grüßte Bengt Hansen sie.

Der Enddreißiger saß auf der Holzbank vor dem Haupthaus, ein vorsichtiges Lächeln im Gesicht. Sein schwarzes Haar, in dem sich erste graue Strähnen zeigten, war gewohnt kurz. Gleiches galt für den Stoppelbart auf seinem Kinn und auf den sonnenbraunen Wangen. An diesem Abend trug er ein Shirt zu einer abgewetzten Jeans, darüber eine dünne, camelfarbene Jacke.

»Hey«, erwiderte Clara. Schuldgefühle stiegen in ihr auf, kombiniert mit einer bösen Ahnung. »Sag jetzt nicht, dass ich dich versetzt habe.«

»Na ja.« Bengt sah auf die Armbanduhr. »Dann sag ich's besser nicht.«

»Verflixt, der Tisch im *Störtebekers* …«

Das Date, das niemand so nennen wollte, stand schon seit über einer Woche. Drüben bei den neuen Ferienwohnblöcken, die seit Jahren wie Pilze aus dem Strand des Priwalls schossen und die Aussicht verschandelten, hatte kürzlich ein Restaurant eröffnet. Es schien nobel zu sein und versprach den besten Fisch der gesamten Lübecker Bucht.

Clara hatte es testen wollen und Bengt in einem besonders mutigen Augenblick tatsächlich einen Besuch vorgeschlagen – ausgerechnet für den Montag. Mehr noch: Sie hatte sogar extra einen frühen Termin gewählt, um dem erwarteten abendlichen Ansturm der Urlauber zuvorzukommen. »Damit die Küche nicht schon überfordert ist, bevor wir bestellt haben«, so ihre exakten Worte.

Und nun war sie nicht da gewesen. Ausgerechnet sie.

»Die haben wirklich den besten Fisch der Gegend«, sagte Bengt. »Hat der Kellner zumindest mehrfach behauptet, als er nach mir gucken kam. Ich glaube, der wollte, dass ich entweder solo bestelle oder den Tisch wieder freigebe.«

»Es tut mir so, so leid«, gestand sie. Was sollte er nur von ihr denken? Seufzend ließ sie sich neben ihn auf die Bank sinken. »Ich hatte einen Tag aus der Hölle, Bengt, und einfach nicht mehr daran gedacht. Bitte entschuldige.«

Nach der Rückfahrt aus Lübeck hatte sie sich im Pfarrbüro absetzen lassen. Sie hatte geduscht, lange und heiß, und sich umgezogen. Mehrere Stunden hatte sie mit administrativen Aufgaben verbracht, mit Vorbereitungen für einen anstehenden Schulgottesdienst und mit einem lange aufgeschobenen Telefonat mit der Nordkirche. Sie hatte sich regelrecht vergraben in ihrer Arbeit, krampfhaft nach Ablenkung gesucht. Alles war ihr lieber gewesen als ein Moment der Stille, in dem sie über das nachdenken musste, was sie erlebt hatte.

Es hatte sie trotzdem gefunden. Ein besonders gewiefter Journalist von den *Lübecker Nachrichten* musste sie irgendwie mit dem Fall Abel in Verbindung gebracht haben und rief wegen eines Statements im Pfarrbüro an. Clara ließ den Kerl gar nicht erst zu sich durchstellen, sicher blieb sicher. Woher nahmen diese Menschen nur immer derartige Infos? Hatte jemand in Sörens Präsidium Interna ausgeplaudert? Falls ja, war das kein gutes Zeichen für die Ermittlungen der Polizei. Ein flüchtiger Mörder machte weitaus eher Fehler, wenn er *nicht* wusste, wo die Gesetzeshüter gerade standen.

Bei all der Arbeit, in die sie sich gestürzt hatte wie eine Schiffbrüchige in das letzte Rettungsboot, war Clara im Geiste aber immer wieder zu dem Mann auf der Terrasse zurückgekehrt. Die ganze Zeit über hatte sie nur die Augen schließen müssen, und schon war Jan Abel wieder da gewesen – reglos auf den blutverschmierten Steinplatten, der leere Blick starr gen Himmel gerichtet wie ein lautloses »Näher, mein Gott, zu dir«. Sie hatte in der Erinnerung sogar sein Parfum wieder riechen können, oder etwa nicht? Ein herber Duft, pfeffrig und mit einem leichten Hauch von Zitrone.

Clara kannte die Marke gut. Auch Stefan hatte sie getragen und sich dabei vermutlich gefühlt wie der männlichste Mann aller Zeiten, schon allein des Namens wegen. Typisch Stefan.

»Ein Tag aus der Hölle?«, wiederholte Bengt und riss sie aus den unangenehmen Erinnerungen. »Erzähl.«

Clara schüttelte müde den Kopf. Sie konnte nicht reden, jetzt nicht und vielleicht auch überhaupt nicht mehr. Außerdem schämte sie sich dafür, ihn vergessen zu haben.

Typisch ich, dachte sie. *Ich brauche niemanden, um mir Steine in den Weg zu legen. Das schaffe ich schon ganz allein.*

»Geht das auch morgen?«, bat sie und fühlte sich schlecht dabei. »Ich bin absolut kaputt, wirklich. Ich will nur noch auf die Couch, vielleicht ein Glas Wein und dann ins Bett. Den Tag vergessen, so schnell es nur geht, und danach …«

Als hätte er nur auf sein Stichwort gewartet, trottete Rufus in dem Moment heran. Er kam von rechts um die Ecke des Haupthauses und hechelte den beiden Menschen fröhlich entgegen.

»Ich glaube«, meinte Bengt amüsiert, »da hat jemand einen Gegenvorschlag. Einen, den ich übrigens unterstütze. Wir drei, Clara – du, ich und Rufus –, drehen eine kleine Runde ums Wiek. Nur ein paar Schritte, um uns die Beine zu vertreten und zu reden. Du erzählst vom Höllentag, ich von der Speisekarte im *Störtebekers*. Und dann …«

»Bengt«, protestierte sie. Warum konnte er nicht einfach aufgeben? Warum war sie ihm so verflucht wichtig?

»Und dann lassen Rufus und ich dich in Ruhe auf die Couch gehen«, fuhr er fort, geduldig und doch beharrlich. Er stand sogar dabei auf, drehte sich zu ihr und streckte auffordernd die Hand nach ihr aus. »Versprochen.«

Sie schuldete es ihm, das wusste sie. Ein kurzer Spaziergang am Wiek entlang, das quasi direkt hinter Friekes Grundstück wartete, war echt das Mindeste, nachdem sie ihn so unschön versetzt hatte.

Und wenn Frieke noch immer flachlag, hatte Rufus sich ebenfalls ein wenig Gesellschaft verdient.

Außerdem … Es war Bengt. Und sie *mochte* Bengt.

Gesellschaft ist gut, dachte sie. *Auch die hilft beim Ablenken.*

»Weil ihr es seid«, gab sie schließlich nach. Sie reichte Bengt die Hand und ließ sich von ihm aufhelfen.

Das Pötenitzer Wiek war ein sogenanntes »inneres Küstengewässer« und verband die Trave mit dem Dassower See. Weite Teile seiner Ufer hatten vor Jahrzehnten noch ins Gebiet der DDR gehört. Wie Clara von Frieke wusste, hatte die Lufthansa das Wiek bis kurz vor dem Krieg sogar als Start- und Landebahn für Wasserflugzeuge verwendet. Heute war von dieser bewegten Geschichte nahezu nichts mehr zu sehen. Viele der Wiesen und winzigen Salzsümpfe, die die Gegend prägten, standen inzwischen unter Naturschutz. Wildbüsche und hüfthohes Gras wucherten nahezu überall, und auf dem glatten Wasser der versteckt gelegenen Meeresbucht zog eine Entenfamilie schnatternd ihre Kreise.

Clara mochte das Wiek und kam oft her, wenn sie allein sein und nachdenken wollte. Es war wie ein geheimer Ort für sie, an dem sie niemand suchen würde und an dem sie sich noch freier fühlte als auf einem Schiffsdeck im Meer. Ein Zauber schien auf dem Wiek zu liegen, insbesondere an lauen Abenden wie diesem. Es tat gut, hier zu sein.

»Also?«, fragte Bengt, als sie schweigend ein paar Schritte nebeneinander her gegangen waren. »Lass hören.«

Sie hatten den Weg nach Nordosten eingeschlagen, der ehemaligen innerdeutschen Grenze entgegen. Rufus trottete zufrieden vor ihnen her, und irgendwo jenseits der Baumwipfel, die das Ufer des Wieks vom Rest der Priwallsiedlung trennten, ließ jemand einen bunten Drachen steigen. Er schwebte hoch in der Luft, und doch konnte die Pastorin es flattern hören, wenn der sanfte Wind durch sein Flügelwerk blies.

»Da war dieser Tote«, gestand sie leise, zögernd, fast schon widerwillig. »Und überall Blut …«

Mit einem Mal quoll es aus ihr heraus, mehr als je zuvor. Schritt für Schritt führte sie Bengt mit Worten durch das Grauen, über das sie gestolpert war, und über die Zeit voller unangenehmer Fragezeichen in dem fensterlosen Verhörzimmer in Lübeck. Sie erzählte ihm von Helga Dröscher und den Schlagzeilen, von Sörens beeindruckendem Einsatz für sie und von dem Zeitungsreporter, der sich neue Schlagzeilen von ihr erhofft haben mochte. Schlagzeilen, die Clara um keinen Preis der Welt liefern wollte. Bengt sagte kein einziges Wort, doch die Sorge, die in seinem Blick lag, sprach Bände.

Als sie fertig war, hatten sie den ehemaligen Standstreifen fast schon erreicht. Auch von diesem hässlichen Symbol der Teilung fehlte heute zum Glück fast jede Spur. Clara konnte sich gut vorstellen, dass die meisten jungen Spaziergänger und Touristen, die sich in diesen Winkel des Priwalls verirrten, gar nichts mehr davon wussten. Dass sie einfach weitergingen, wenn sie an die Stelle kamen, ohne auch nur den geringsten Gedanken daran zu verschwenden. Die Zeit heilte vielleicht nicht alle Wunden, fand sie, aber doch viele. Erst recht, wenn man die Natur ungestört walten und buchstäblich Gras darüber wachsen ließ – schönes, sattes Wildgras, das in hohen Büscheln zwischen den Sanddünen aufragte.

»Wow«, meinte Bengt.

»Ja«, sagte sie nicht minder knapp und atmete tief durch. »›Wow‹ kommt hin.«

Rufus bekam seine dollen fünf Minuten. Kaum waren sie am Ufer stehen geblieben, lief der Labrador auch schon los und amüsierte sich im seichten Wasser des Wieks. Er bellte den Enten entgegen, die ihn mit stoischer Missachtung straften, und sprang begeistert durch das kühlende Nass.

»Jule meint, das wäre jetzt unser ›zweiter großer Fall‹«, gestand Clara.

Seine Mundwinkel zuckten, und Schmunzelfalten erschienen in seinen Augenwinkeln. Sie standen ihm gut – erst recht, weil er sie nur sehr selten zuließ. »Glaube ich gern. Jule ist schnell mal begeistert. Aber das hier ist kein Anlass für Begeisterung.«

»Grundgütiger, nein«, stimmte sie zu.

Sie fanden einen umgestürzten Baum, dessen Stamm dick und trocken war, und setzten sich auf ihn. Schweigend sahen sie Rufus beim Herumtollen zu, während sich der Himmel über der Meeresbucht ganz langsam verdunkelte. Erste Sterne erschienen.

»Und ihr seid keine Detektive«, ergänzte Bengt schließlich.

»Nope.« Sie nickte wieder. »Ganz und gar nicht.«

Irgendwo erklang leises Motorbrummen. Clara hob den Blick und fand einen Sportflieger, der einsam gen Westen zog, den Sternen entgegen. Ein weißes Wolkenband schien hinter ihm zu hängen und verblasste, je weiter man zurückschaute. Wie Zeit, die alles heilte.

»Aber es juckt dich trotzdem in den Fingern«, meinte Bengt.

»Großer Gott, warum sagen das alle?«, platzte es aus Clara heraus, jede Silbe lauter und entrüsteter als die vorherige.

»Ich kenne dich doch«, erwiderte er gelassen – und sehr zu ihrem Erstaunen. »Ich seh's dir regelrecht an, dass die Sache dir nicht aus dem Kopf geht. Vermutlich hast du längst angefangen, irgendwelche Theorien zum Tathergang und zum Täter zu basteln. Dich zu fragen, ob du vor Ort in Scharbeutz vielleicht einen wichtigen Hinweis gesehen hast, ohne es zu merken. Ob dieser Dröscher vielleicht das Zeug zum Mörder hat, oder auch diese Unbekannte, von der du eben gesprochen hast.«

»Stimmt doch gar nicht«, behauptete sie trotzig und wusste doch, dass sie log.

»Den Dröscher halte ich für eine gute erste Fährte, ehrlich gesagt.« Bengt rieb sich die Wange. »Der ist seit Tagen in den Medien, das habe sogar ich mitbekommen. Ein schwuler Fußballprofi, der sein wahres Ich verheimlichen wollte. Sieht übel aus, jedenfalls wird's so dargestellt. Es wäre ja denkbar, dass ihm deswegen irgendwann die Hutschnur reißt und er bei Abel reklamieren will. Aber ich spekuliere nur. Rausfinden müsstet ihr das.«

Rufus kam zurückgehechelt, einen etwa unterarmlangen Ast im Maul, den er irgendwo aufgefischt haben musste. Bengt nahm den Ast mit völliger Selbstverständlichkeit, holte aus und warf ihn zurück ins Wasser. Der Labrador bellte begeistert und lief hinterher.

»Der kann einem leidtun, echt«, meinte Bengt.

Clara blinzelte verwirrt. »Rufus?«

»Nein, der Dröscher.« Er lachte kurz auf. »Was geht es die Welt an, wie der privat so drauf ist? Was für einen Unterschied macht das schon für seine Karriere als Verteidiger? Aber der Fußball hat andere Gesetze, fürchte ich. Da ist in vielen Köpfen immer noch 1960, und ein Homosexueller auf dem Platz gilt öffentlich als undenkbar. Jedenfalls macht die Presse exakt so eine Story aus der Nummer. Skandal verkauft sich eben immer.«

»Laut seiner Oma glaubte Clemens Dröscher, er müsse die Öffentlichkeit anlügen.«

»Überrascht mich kein bisschen«, sagte er brummend. »Gerade auch *weil* das niemanden etwas angeht.«

Clara verschränkte die Arme vor der Brust. »Du hättest also selbst auch nicht reinen Tisch gemacht, an seiner Stelle? Einfach klipp und klar gesagt, was Sache ist, und die Dummschwätzer schlicht ignoriert?«

Er sah sie an, dunkle Augen in einem sonnengebräunten Gesicht. »Gewollt hätte ich das, na sicher. Aber so leicht ist das nicht. Nicht überall, Clara, und erst recht nicht im Fußball. Wenn man hoch hinauswill – und das scheint bei dem Jungen ja der Fall gewesen zu sein. Wie viele offen schwule Nationalspieler kennst du?

Wie viele homosexuelle Erstligisten? Und jetzt frag dich mal, *warum* du keine kennst.«

Sie schwiegen eine Weile, lauschten dem Wind und dem Wasser. Es tat gut, hier zu sitzen. Es war, als hielte man damit die Welt an.

Irgendwann kehrten sie zu Friekes Hof zurück. Sie verabschiedeten sich herzlich, umarmten sich aber recht ungeschickt. Bengt lachte dann, und Clara lief rot an. Als er gefahren war, machte sie sich bettfertig und legte sich schlafen. Doch selbst im Bett hörte sie seine Stimme noch immer im Ohr.

Es juckt dich in den Fingern. Ich kenne dich doch …

Tat er das wirklich? Und falls ja, was dann?

KAPITEL 7

Bevor der Tag richtig begann, wollte Clara noch einmal mit ihm sprechen. Ihm danken für den Abend am Wiek und für die klaren, wahren Worte. Für den Entschluss, den diese nach einer gesunden Runde Schlaf dann doch in ihr geweckt hatten.

Clara nahm die Personenfähre, die neben dem Museumsschiff *PASSAT* abfuhr, und setzte zum Travemünder Ufer über. Erste Sonnenstrahlen fielen auf den Fluss, und auf dem Deck des kleinen Bootes standen die Passagiere schon dicht an dicht. Clara sah einige vertraute Gesichter aus der Gemeinde darunter, denn es war Berufsverkehr, und wer auf dem Priwall lebte, aber in Travemünde arbeitete, war nun auf dem Weg.

Bengt Hansen arbeitete noch nicht. Seufzend blieb Clara vor der verschlossenen Tür des Leuchtturms stehen. »So hatte ich mir das nicht gedacht.«

Der angeblich älteste Leuchtturm Deutschlands lag nur einen Katzensprung vom Fähranleger entfernt und zählte – genau wie die Viermastbark von gegenüber – zu den bekanntesten Wahrzeichen des Ortes. Im Dienst war das etwa dreißig Meter hohe und zigarrenförmige Gebäude schon seit Jahrzehnten nicht mehr, nicht zuletzt weil neuere Hotelbauten ihm die Sicht auf die Ostsee erschwert hatten. Doch gut in Schuss war der Turm nach wie vor, und einer der Gründe dafür hieß Bengt. Er kümmerte sich aufopferungsvoll um das alte Gemäuer und betrieb in seinem Inneren ein kleines Museum, das dem Turm selbst und der großen alten Zeit der Travefischer und der Hanse gewidmet war.

Bengt lebte für diese Vergangenheit, wie Clara wusste, und hatte als Kind ebenfalls von einer Karriere als Flussfischer geträumt. Von dem Vorbild, das seine Ahnen ihm gewesen und bis heute geblieben waren. Doch die Zeiten der Travefischer waren vorbei, genau wie die des ältesten Leuchtturms Deutschlands, und manchmal kam auch Bengt der Pastorin wie eine Art Museum vor – wie ein Relikt aus früheren, besseren Tagen.

»Suchen Sie den Bengt?«, erklang eine Stimme hinter ihr.

Clara drehte sich um. Eine Frau stand in der offenen Tür der Fischbude, die auf halbem Weg zwischen Turm und Bootsanleger stand. Sie trug eine weiße Schürze und hatte ein freundliches Gesicht.

»In der Tat«, meinte Clara.

»Der kommt heute später«, wusste die Frau. Sie trat ins Freie und begann, die Außentische des Imbisses mit einem Lappen abzuwischen.

»Ach ja?« Verwundert kam Clara näher. »Wie kommen Sie denn darauf?«

»Das hat er mir gesagt«, erwiderte sie schlicht. Dann lachte sie leise. »Na ja, geschrieben. Das trifft es eher. Vorhin kam eine SMS von ihm, dass er's heute nicht früh genug schafft. Ich soll einen Zettel an die Tür vom Leuchtturm hängen, hat er mich gebeten. Doch dazu bin ich noch gar nicht gekommen. Sie sind aber auch früh dran! Die meisten Touristen liegen jetzt noch in den Federn.«

»Das liegt daran, dass ich keine Touristin bin«, gab Clara zurück. Es klang ein wenig schnippisch, was sie selbst wunderte.

Sie lächelte entschuldigend und dankte der Frau für die Auskunft. Dann trat sie ans Flussufer und sah noch einmal zum Turm zurück. Die Mauern aus blassrotem Stein ragten dem Himmel entgegen, und der Aussichtsbalkon, der kurz unter dem Dach ringförmig um den ganzen Leuchtturm führte, war menschenleer. Es gab eine unausgesprochene Regel in der Lübecker Bucht, der die Pastorin schon häufig begegnet war: Offen ist, wenn offen ist.

Reguläre Öffnungszeiten sahen viele Betreiber hier eher als grobe Richtwerte an, was sicher auch mit dem Wetter zusammenhing – ein Souvenirstand oder ein Strandimbiss lohnten sich kaum, wenn es Hunde und Katzen regnete, weil dann niemand vor die Tür ging. Und auch die Saison beeinflusste den Betrieb natürlich. Deshalb hielten einige Händler schon Ende September ihre Buden einfach geschlossen, ganz unabhängig von dem, was auf ihren Schildern mit den Öffnungszeiten stand. Offen war, wenn offen war – *nur* wenn offen war.

Und jetzt? Sie konnte Bengt anrufen oder sogar bei ihm zu Hause auftauchen, ganz unangekündigt. Aber sie wollte nicht aufdringlich wirken. Erst recht nicht, da er den Grund für ihr Kommen ohnehin nicht nachvollziehen konnte. Da war sie sich sicher.

Ich kann ihn ja selbst nicht ganz erklären, dachte sie.

Großer Gott, warum war das mit ihr und den Männern immer so kompliziert? Warum stand sie sich ständig selbst im Weg?

Sie hatte kaum Schlaf gefunden in der vergangenen Nacht. Immer wieder waren ihre Gedanken zu dem Moment in Scharbeutz zurückgewandert, zu dem Toten auf der Villenterrasse und dem Rascheln in der Gartenhecke. Auch ihr Spaziergang am Wiek hatte ihr keine Ruhe gelassen, wegen Bengt und seiner Kommentare. Es stimmte nämlich: Der Fall Abel beschäftigte sie. Wie konnte es auch anders sein? Sie steckte ja schließlich mittendrin. Ob sie es wollte oder nicht.

Das Klingeln ihres Mobiltelefons riss die Pastorin aus ihren Gedanken. Sie nahm das kleine Gerät aus der Jackentasche und sah aufs Display: *Jule.*

»Guten Morgen«, meldete sie sich.

»Ts«, erwiderte die Freundin am anderen Ende der Leitung. »Also, manchmal merkt man schon noch, dass du von außerhalb kommst. Das heißt ›Moin‹, Mensch!«

»Na dann.« Clara schmunzelte und sah zwei Möwen zu. »Moin. Ist alles in Ordnung?«

»Logo«, erwiderte Jule. »Ich will nur kurz nachfragen, ob du es dir nicht doch anders überlegt hast. Das mit dem Auerswald. Ich fahr da nämlich gleich hin, zum Interview – und wenn du dich auf den Kopf stellst. Hab ihn eben telefonisch erreicht, und er war sofort bereit, mit mir über Abel zu sprechen.«

Clara musste nicht lange nachdenken, ihr Entschluss war längst gefasst. »Kommst du zufällig an Bengts Leuchtturm vorbei? Falls ja, kannst du mich nämlich einsammeln. Ich fahre mit.«

»Du warst in Bengts Leuchtturm?« Clara konnte regelrecht hören, wie Jules Augen groß wurden. »Über Nacht?«

»Albere hier nicht rum«, erwiderte die Pastorin. »Schnapp dir lieber dein Auto und komm her. Ich warte.«

Dann atmete sie tief durch und genoss die würzige Luft der Ostsee in ihrer Nase.

»Also«, sagte Jule und scherte sich keinen Deut darum, wie hoch ihre Tachonadel gerade wanderte. »Gehen wir's noch ein letztes Mal durch, dann machen wir auch keine Fehler: Der Mann heißt Carl Auerswald und ist dreiundsiebzig. Oberstudienrat a.D., verheiratet, keine Kinder. Ist das nicht seltsam? Ein Lehrer, der nie eigene Kinder hatte?«

Clara deutete auf das Armaturenbrett. »Hier ist Tempo hundert.«

»Lenk nicht vom Thema ab«, gab Jule zurück.

»Warum soll das seltsam sein?«, sagte Clara. »Vielleicht wollte Auerswald nie welche. Vielleicht haben ihm die Schülerinnen und Schüler gereicht, die er tagtäglich sah.«

»Oder *mehr* als gereicht«, betonte Jule mit einem Glucksen. »Wenn ich Lehrerin wäre, hätte ich vermutlich auch die Nase voll. Nichts gegen meine Rasselbande, aber die beiden mal zehn? Mal zwanzig? Nein danke, echt.«

Sie hatten Timmendorfer Strand gerade hinter sich gelassen und hielten nun auf die Scharbeutzer Ortsgrenze zu. Rechts von sich konnte Clara das Meer wieder sehen, blau und makellos glatt bis zum Horizont. Eine einsame DLRG-Rettungsstation ragte hinter den Dünen hervor, die dicht neben der Bundesstraße begannen. Ihr rotes Dach war schon von Weitem deutlich zu erkennen. Möwen kreisten in ihrer Nähe, fraglos angelockt von irgendwelchen Urlaubern auf ihren Picknick- oder Stranddecken. Draußen auf dem Wasser zog ein Frachter seine Bahn gen Lübeck, und zwei Wanderer mit Gehstöcken und schwer aussehenden Rucksäcken sahen von einer Erhebung am Strand aus zu, wie die Autos vorbeifuhren.

Als wäre die Straße sehenswerter als das Meer, dachte Clara verwundert. *Dabei übertrifft das Meer alles. Und zwar absolut immer.*

»Na, jedenfalls«, fuhr Jule fort. »Auerswald wohnt seit über drei Jahrzehnten in der Nachbarschaft, schon weit länger als Abel. Er und seine Gattin haben bis zur Rente in Timmendorfer Strand an einem Gymnasium unterrichtet; parallel hat er sich in einem Verein für Altphilologie engagiert und Artikel für ein pädagogisches Fachblatt geschrieben. Außerdem war er mal im Schützenverein, aber das sei alles eingeschlafen. Heute macht er gar nichts mehr, hat er mir gesagt. ›Nur noch Haus und Garten‹, das waren seine Worte. Er klang ganz charmant, wenn ich ehrlich bin. Oder zumindest *wollte* er so klingen. Meine Stimme gefiel ihm wohl.«

Clara rollte mit den Augen. »Was auch sonst?«

»Ich wette, der hat etwas gesehen.« Jule lächelte grimmig. »Irgendetwas, was er uns gleich verraten wird und nicht der Polizei. Wäre das nicht ein Knaller?«

»Du liest zu viele Krimis«, gab Clara trocken zurück.

Die Wirklichkeit lief anders ab. Im echten Leben erhielten Hobbyermittler keine wertvollen Hinweise, vor allem nicht exklusiv. Sören und das Kommissariat hatten sicher schon längst mit Auerswald gesprochen. Was immer der Pensionär beizutragen hatte, war bei der Polizei also angekommen.

Außerdem ist das hier kein Wettbewerb, dachte sie. *Hier gibt's kein »Wir gegen Sören«*.

Andererseits: So, wie sie Jule kannte, gab es das durchaus. Mindestens an Tagen, die auf der Silbe -tag endeten. Und an denen mit einem W im Namen.

Sie erreichten Abels Straße. Clara warf einen betont schnellen Blick in Richtung der Betonvilla, in der *Secret Solutions* untergebracht war. Dort schien alles ruhig zu sein; die Fenster waren dunkel, und das gusseiserne Tor, das zum Grundstück führte, war heute geschlossen.

Jule steuerte den Golf auf das angrenzende Gelände, das ein wenig kleiner war als Abels. Vom Haus aus, einem zweigeschossigen Altbau mit Gründerzeitcharme, kam ihnen ein weißhaariger Herr in Hemd und Cordhose entgegen, der abwehrend winkte.

»Herr Auerswald?«, fragte Jule, als sie angehalten und die Scheibe heruntergekurbelt hatte.

»Frau Haberkamp, richtig?« Er nickte. »Kommen Sie, das Wetter ist so herrlich. Unterhalten wir uns drüben auf der Seebrücke. Das ist der Lieblingsort meiner Gattin und echt wunderschön. Viel besser als bei mir im Haus.«

Clara gefiel der Vorschlag. Die beiden Frauen stiegen aus und folgten ihrem Gastgeber am Strand entlang zur Scharbeutzer Seebrücke, die gut zweihundert Meter weit aufs Meer hinausführte und so ziemlich jeden Reiseführer der Region zierte.

»Sie kommen von der Zeitung, ja?«, fragte Auerswald. Er hatte ein faltiges Gesicht und wache Augen, die über den Rand einer kreisrunden Brille lugten. »Wegen dem Abel?«

»*Travemünder Bote*, ganz genau.« Jule nickte. »Und das ist Clara Clüver. Sie unterstützt mich ein wenig.«

»Angenehm, angenehm.«

Auerswald klang nicht sonderlich interessiert. Außerdem sah er nicht so aus, als würde er Clara wiedererkennen. Letzteres überraschte die Pastorin.

»Ja, der Abel«, begann der ehemalige Lehrer. Er winkte einem anderen Mann zu, der mit seiner Angel am Brückengeländer stand, und ging dann weiter, einer hölzernen Sitzbank auf der linken Seite der Brücke entgegen. »Wer hätte das gedacht, hm? Dass das mal so mit dem endet.«

»Kannten Sie ihn gut?«, fragte Clara.

»Pff.« Wieder winkte der Alte ab. »Ich glaube, den Abel kannte niemand so richtig. Gesprochen haben wir mitunter, das schon. So quer über den Gartenzaun sozusagen. Auch mit seiner Frau Rosalie. Aber gekannt? Iwo.«

Er sah aufs Wasser. »Ich glaube, das war ein einsamer Mensch. Zumindest mal kein allzu sozialer, das steht fest. Ich kann mich nicht entsinnen, je nennenswert Besuch bei dem gesehen zu haben. Keine Verwandtschaft, keinerlei Partys oder dergleichen.«

»Wusste die Nachbarschaft, was Herr Abel beruflich machte?«, wollte Jule wissen.

»Das mit diesen Lügengebilden, meinen Sie?« Auerswald lachte spöttisch. »Nee. Ich dachte jahrelang, der sei Unternehmensberater. Wegen der vielen Reisen, verstehen Sie? Und der teuren Autos, die er so fuhr. Ich hielt den für einen Yuppie-Gutverdiener, der anderen Leuten gekonnt das Geld aus der Tasche zog, indem er schlau daherredete, ohne viel zu sagen. Stimmt ja auch, irgendwie. Alibi-Agentur, wenn ich so etwas schon höre! Man schämt sich ja fast fremd …«

Sie hatten die Bank erreicht. Carl Auerswald setzte sich, und Jule nahm neben ihm Platz. Clara blieb stehen und lehnte sich mit dem Rücken an die Brüstung der Brücke. Frischer Wind wehte durch ihr Haar. Passanten schlenderten neben ihr über die hölzernen Bohlen, und von irgendwo am Strand wehte leise Musik herüber.

»Dann merkte man also nichts davon«, hakte die Pastorin nach. »Von Abels Aktivitäten außerhalb seiner Freizeit.«

»Und fast noch weniger von denen *in* seiner Freizeit«, bestätigte der Oberstudienrat. »Wie schon erwähnt: Der Abel war sehr reserviert. Nicht unfreundlich, so meine ich das nicht. Im Small Talk machte dem niemand etwas vor, und wenn Sie sich mal seinen Rasenmäher leihen wollten, hätte er sicher auch nicht mit der Wimper gezuckt. Doch das blieb alles Oberfläche, verstehen Sie? Nett und kurz und unverbindlich, nichts weiter. Und von selbst kam der ohnehin nie. Mit der Rosalie hält man gern mal einen Plausch, auch meine Frau mag die ganz gern. Das ist immerhin ein Scharbeutzer Mädchen, genau wie Johanna. Aber mit ihm? Nee.«

»Sie sollen der Polizei gegenüber eine Verdächtige erwähnt haben, Herr Auerswald«, kam Jule zum Punkt. »Eine Frau, die tagelang um die Villa des Verstorbenen geschlichen sei.«

Der Pensionär nickte. »Oh ja. Die war da, bestimmt schon drei oder vier Tage vor dem Mord. Ich habe die nahezu zu jeder Tages- und Nachtzeit gesehen. Mal stand sie in den Büschen auf der anderen Straßenseite, mal hockte sie auf einer Gartenmauer und tat so, als könnte sie kein Wässerchen trüben.«

Clara entging nicht, wie selbstverständlich Auerswald von einem Mord ausging. Sie konnte es ihm nicht verübeln.

»Und das war ungewöhnlich?«, fragte Jule.

»In unserer Straße?« Er lachte wieder. »Na, was denken Sie denn? Das ist eine gute Gegend, Frau Haberkamp. Eine der teuersten in der gesamten Lübecker Bucht. Da gammelt niemand herum. Und wenn doch, dann nicht lange, das garantiere ich Ihnen.«

Clara runzelte die Stirn. »Können Sie die Frau beschreiben?«

»Pff«, machte Auerswald wieder. Der Angler in seinem Rücken holte erneut mit seiner Rute aus. »Das hat der Kommissar mich auch gefragt gestern Abend. Sie war nicht sonderlich auffällig, ehrlich gesagt. Normaler Wuchs, rotblondes Haar. Eher blässlich, wenn mich die Erinnerung nicht trügt.«

»Und wie alt?«, erkundigte sich Jule.

»Dreißig? Vierzig?« Der Pensionär hob die Schultern. »Etwa so alt wie Sie beide, schätze ich. Ganz genau kann ich das nicht sagen. Ich habe nicht mit ihr gesprochen oder so. Ich sah sie immer nur aus einiger Entfernung. Vom Fenster in unserem Obergeschoss aus, oder wenn ich mit dem Wagen wegfuhr. Dann stand sie da und starrte herüber, als wartete sie auf jemanden.«

»Auf Herrn Abel, vermuten Sie?«, hakte Clara nach.

»Ich wüsste zumindest nicht, auf wen sonst«, bestätigte er.

»Sie sagten, Sie kennen auch Herrn Abels Gattin«, hakte sie sofort nach. »Rosalie, richtig?«

»Rosalie Lücke, ganz recht.« Er nickte wieder. »Frau Lücke hat ihren Mädchennamen behalten, wissen Sie? Die ist nett, viel zu gut für diesen aalglatten Abel. Und so fleißig. Ständig am Arbeiten, ständig im Einsatz für ihre Therme.«

»Vielleicht sollten wir auch mit ihr ein paar Worte wechseln«, schlug Jule vor.

»Auf gar keinen Fall«, widersprach Clara. »Die arme Frau trauert, Jule. Sie hat gestern ihren Mann verloren. Da will sie ganz bestimmt keinen Besuch, erst recht nicht von mir. Zumal: Abels Villa sah verrammelt und verlassen aus, als wir eben daran vorbeifuhren. Ich schätze, Frau Lücke ist gar nicht da.«

»Da schätzen Sie richtig«, meinte Auerswald. »Denn sie ist bei meiner Gattin und mir, schon seit kurz nach dem Frühstück. Wir sehen ein wenig nach ihr, verstehen Sie? Die Ärmste ist völlig aufgelöst.«

Clara begriff jetzt, warum Auerswald sie nicht gleich ins Haus gebeten hatte: Er hatte sichergehen wollen, ob sie ihm sympathisch genug dafür waren – auch, um Jan Abels Witwe zu beschützen. Neugierige Reporter waren sicher das Letzte, was sie in diesen schweren Stunden brauchte.

Jule hob beide Brauen. »Bei Ihnen? Du meine Güte … Glauben Sie, sie würde kurz mit uns sprechen?«

Carl Auerswald sah Jule lange an, nickte dann aber. »Ich kann sie zumindest fragen, meine Damen. Wie wäre das?«

Rosalie Lücke war etwa in Claras Alter. Außerdem war sie ein Häufchen Elend. Anders ließ sich die Frau auf Carl Auerswalds Wohnzimmersofa zumindest kaum beschreiben. Sie hatte dunkelblondes Haar, das ihr bis über die Schultern fiel, und einen blassen Teint. Die grünen Augen waren gerötet, und dunkle Ringe prangten unter ihnen. An diesem Vormittag trug sie eine weite, weiße Bluse zu Jeans und Sandalen. Vor ihr auf dem kleinen Couchtisch stand eine Tasse Tee, die unangetastet war, daneben ein Teller Gebäck, den Lücke und Auerswalds Gattin Johanna bislang offenbar ebenfalls ignoriert hatten. Hinter ihr war die Terrassentür der Auerswalds einen Spalt geöffnet, und frische Luft brachte die Gardinen zum Schwingen.

»Rosalie?«, fragte der einstige Lehrer. »Das sind die beiden Damen, die sich vorhin angekündigt hatten. Aus Travemünde.«

Rosalie Lücke hob den Blick. »Guten Tag«, grüßte sie leise.

»Frau Lücke«, begann Clara, noch bevor Jule irgendetwas sagen konnte. »Unser herzliches Beileid. Ich weiß nicht, ob Sie mich kennen, aber ich war gestern schon hier. Ich …«

»Sie haben ihn gefunden.« Die Witwe nickte. Ihr Nicken wirkte so ausdruckslos wie ihr Tonfall – ganz leer und verloren. »Ja, das hat man mir gesagt. Die Pastorin.«

»*Sie* waren das?«, staunte Frau Auerswald. Tadelnd sah sie ihren Gatten an.

Was Rosalie Lücke an Ausdruck fehlte, machte die ehemalige Lehrerin mühelos wett. Johanna Auerswald hatte silbergraues Haar, das modisch geschnitten war, und trug ein Sommerkleid, das aus einer der Nobelboutiquen in Timmendorfer Strand stammen konnte. Sie wirkte recht sportlich für ihr Alter und beäugte Clara so streng, als wäre sie keine erwachsene Fremde, sondern eine widerspenstige Schülerin.

Oder als wäre ich in ihren Augen verdächtig, dachte die Pastorin.

Angesichts der Umstände konnte sie es der Dame nicht verübeln. Schließlich kam sie sich ja auch selbst ein wenig so vor, als drängte sie sich der armen Witwe auf.

»Wir wollen Sie in keinster Weise behelligen, Frau Lücke«, erklärte sie.

Frau Auerswald schnaubte verächtlich, aber auch sehr leise.

Clara fuhr einfach fort. »Sie brauchen es nur zu sagen, und schon lassen wir Sie in Frieden trauern. Ich begleite Sie dabei auch gern, falls Sie das wünschen. Falls … Nun ja, falls Ihnen das angenehm ist.«

»Clara ist gut in so was«, warf Jule ein. »Echt.«

Rosalie Lücke rang sich ein Lächeln ab, das angestrengt und doch freundlich wirkte. »Schon in Ordnung.« Sie trocknete ihre Tränen mit dem zerknüllten Taschentuch in ihrer Hand. Letzteres hielt sie so fest wie eine Schiffbrüchige den letzten Rettungsring. Irgendwie kam sie Clara auch genauso vor: wie eine Frau auf hoher See, verlassen und verloren. Plötzlich allein.

»Du musst das nicht machen, Rosalie«, sagte Auerswalds Gattin.

Doch Rosalie Lücke schüttelte den Kopf. »Fragen Sie nur, Frau Clüver«, meinte sie und sah zu Clara. »Das ist in Ordnung. Ich kenne Ihren Namen. Nicht nur aus dem Polizeibericht, sondern auch aus der Presse. Sie haben den Mord an Erich Konstantin aufgeklärt, richtig? Wenn ich Ihnen helfen kann, auch den an Jan zu klären, dann bin ich gerne dazu bereit.«

Wieder stiegen ihr Tränen in die Augen, doch sie hielt sich tapfer. Frau Auerswald saß neben ihr, strich ihr sanft über den Arm und sah immer wieder zu Clara und Jule, eine stumme Anklage auf den faltigen Zügen.

»Ich glaube, die offensichtlichste Frage ist diese, Frau Lücke«, begann Jule vorsichtig. »Wo waren Sie zur Tatzeit?«

»Gestern Nachmittag, meinen Sie?« Lücke sah zur Teetasse. Ihre Mundwinkel zuckten, doch die Augen lächelten nicht. Sie blieben traurig. »Das wollte der Kommissar auch als Erstes wissen. Ich war auf der Arbeit. Drüben im *OstseeBeach* am Ortseingang. Wenn Sie aus Travemünde kommen, sind Sie sicher daran vorbeigefahren. Da sitze ich im Büro.«

»Büro, ts«, widersprach ihre Sitznachbarin mit Nachdruck. »Rosalie *leitet* unsere Therme. Seit Jahren schon. Und ihr schöner *OstseeBeach* ist weit über die Grenzen der Lübecker Bucht hinaus bekannt – nicht zuletzt dank ihrer guten Führung. Eines der größten Bäder des Nordens, meine Damen!«

»Das können Ihre Mitarbeiter sicher bestätigen«, meinte Jule. Sie ignorierte die rüstige Dame und wandte sich allein an Rosalie Lücke. »Nicht wahr?«

Die Witwe nickte. »Haben sie längst. Die Polizei war schon bei uns und hat wohl mit allen gesprochen.«

»Frau Lücke«, wechselte Clara das Thema, »was für ein Mensch war Ihr verstorbener Mann? Wie würden Sie ihn beschreiben? Ich sehe Ihnen an, dass er Ihnen viel bedeutet hat.«

»Der Jan …« Sie zögerte kurz, fasste sich. »Jan und ich kannten uns seit der Schulzeit. Eine Sandkastenliebe, wenn Sie so wollen. Wir kommen beide von hier – er aus Sierksdorf, ich aus Scharbeutz.«

»Die Rosalie ist schon als kleines Mädchen hier über den Strand getollt«, sagte Frau Auerswald. Es klang, als wäre sie stolz darauf. »Ein liebes, gutes Mädchen.«

»Kennen Sie Sierksdorf, Frau Clüver?«, wollte Rosalie Lücke wissen.

Hilfe suchend schaute Clara zu Jule.

»Nachbarort«, soufflierte diese prompt. »Etwas kleiner und vielleicht provinzieller, dafür aber mit eigenem Freizeitpark. Und eigener Steilküste.«

»Da muss ich wohl mal hin.« Clara schenkte der Witwe ein Lächeln. »Und weiter?«

»Jan war stark«, antwortete Frau Lücke. Ihr Blick ging dabei ins Leere, und als sie nun lächelte, lächelten auch die Augen mit. »Das war er schon immer. Er ließ sich nichts vormachen. Selbst unseren Lehrern bot der Jan Paroli, wo er nur konnte. Das soll nicht gemein klingen, denn gemein war er nie. Er wusste halt nur, was er wollte. Er ging seinen Weg.«

»Wussten Sie, wohin dieser Weg ihn beruflich führte?«

»Ach, die Agentur.« Rosalie Lücke schüttelte den Kopf. »Die hat mich nie sonderlich interessiert, Frau Clüver. Das gebe ich offen zu. Jan hat gut mit ihr verdient, sogar sehr gut. Und er hatte Freude an seiner Arbeit. Das allein zählte für mich, und darüber hinaus habe ich niemals groß nachgefragt. Das war vielleicht ein wenig feige von mir oder ignorant, dieses ›Was ich nicht weiß, muss mich auch nicht bekümmern‹, aber ich stehe dazu. Jan war ein Selfmademan und hat sich seinen Erfolg selbst aufgebaut. Er war stolz darauf, und ich war stolz auf ihn. So einfach ist das.«

»Rosalie und Jan waren unzertrennlich«, meinte Frau Auerswald. »Wann immer man die beiden zusammen gesehen hat, hielten sie Händchen wie verliebte Teenager.«

Clara hegte kaum einen Zweifel daran, dass die Rentnerin heute zum allerersten Mal von ihrem Nachbarn als Jan gesprochen hatte. Es suggerierte eine Vertrautheit, die mehr Schein als Sein war. Frau

Auerswald nahm Anteil an Rosalie Lückes Schicksal, aber wohl auch, weil sie sich dadurch wichtig fühlen konnte – erst recht vor Publikum.

»Wussten Sie von seinen Kunden?«, hakte Clara nach. Sie dachte an Clemens Dröscher, mit dem sie unbedingt auch noch sprechen mussten. »Von Problemen, die er vielleicht mit ihnen bekommen hatte? Von Kritikern oder Beschwerden?«

Frau Lücke schüttelte den Kopf. »Nein, das hat mich alles nicht gekümmert. Jan hat auch nie viel erzählt. Seine Arbeit basierte auf Diskretion, verstehen Sie? Das war sein Geschäft. Und das nahm er sehr ernst. Ich glaube, er hat *niemals* irgendjemandem gegenüber von seinen Klienten gesprochen.«

Zumindest das dürfte Herr Dröscher anders sehen, dachte Clara, behielt den Kommentar aber für sich. Sie erinnerte sich daran, dass sie dringend herausfinden musste, was eigentlich vorgefallen war.

»Wie sieht es mit Konkurrenten aus?«, wollte Jule wissen. »Mit Neidern, Wettbewerbern und dergleichen? Gab es die überhaupt? Hatte Herr Abel Feinde?«

»Feinde«, wiederholte die Witwe. Das Wort schien ihr groß vorzukommen, zu groß. »Nein, warum sollte er? Jan war ein guter Mann. Er lebte für mich und seine Arbeit. Das war alles, was ihn interessierte. Ich weiß nicht, ob er Wettbewerber hatte, doch falls ja, haben sie ihn nie sonderlich beeindruckt. Er war erfolgreich, und das bis zum Schluss.«

Clara lagen noch ein halbes Dutzend Nachfragen auf der Zunge, zögerte aber. Sie wollte die Geduld ihrer Gesprächspartnerin nicht überstrapazieren, zumal Rosalie Lücke alles andere als verpflichtet war, mit ihnen zu sprechen. Im Gegenteil: Die Frau brauchte Ruhe und Fürsorge, nichts weiter. Dass sie mit *Secret Solutions* nichts am Hut gehabt hatte, war offenkundig – genau wie die Liebe, die sie für den Verstorbenen empfand.

»Was haben Sie jetzt vor?«, fragte die Pastorin stattdessen. »Können wir irgendwie helfen?«

Rosalie Lücke lächelte wieder. Schwach, aber immerhin. »Danke«, sagte sie, und es klang herzlich. »Ich komme schon zurecht. Ich muss. Ich habe mir ein paar Tage freigenommen, um mich jetzt auf die Beerdigung zu konzentrieren. Da warte ich nur auf die Freigabe der Polizei, dann ist der Rest schnell organisiert.«

»Lassen Sie mich wissen, wann der Termin ist, ja?«, bat Clara und drückte zum Abschied die Hand der Trauernden. »Das würde mich freuen.«

Rosalie Lücke versprach es.

Carl Auerswald brachte Clara und Jule nach draußen, wo der alte Golf in der Sonne parkte. Einmal mehr staunte Clara, wie ruhig es in der Nachbarschaft der Abels war. Die Seebrücke und der Scharbeutzer Strand lagen nur einen Katzensprung entfernt, und doch drang kaum ein Geräusch hier herüber. Es war angenehm, so friedlich, und sie verstand, warum sich Menschen wie der verstorbene Jan Abel ausgerechnet hier niedergelassen hatten. Wer sich den Frieden leisten konnte, der tat dies auch.

»Danke für Ihre Zeit, Herr Auerswald«, sagte Jule. »Und für das gute Wort, das Sie für uns bei Ihrer Nachbarin eingelegt haben.«

»Und dafür, dass Sie nach Frau Lücke sehen«, betonte Clara.

Der Pensionär nickte nur. »Das ist doch selbstverständlich. Wir sind Nachbarn. Da steht man einander bei, erst recht in schweren Zeiten. Haben Sie denn alles für Ihren Artikel?«

»Das ist eine sehr gute Frage«, meinte Jule. »Ich glaube, wir fangen gerade erst an.«

»Suchen Sie diese Frau aus den Büschen«, meinte Auerswald. »Die, die hier tagelang herumgelungert hat. Das habe ich dem Kommissar ja auch schon gesagt: *Das* ist die richtige Fährte.«

»Haben Sie sie gestern auch gesehen?«, hakte Clara nach. »Oder heute?«

Er schüttelte den Kopf. »Nee. Seit dem Mord ist die wie vom Erdboden verschluckt. Auch das macht sie ziemlich verdächtig. Finden Sie nicht auch?«

Clara konnte nicht widersprechen.

KAPITEL 8

Auf der Rückfahrt kamen die Zweifel zurück. Es war absurd, aber Clara konnte es nicht verhindern.

Sie sah aus dem Autofenster auf den Niendorfer Hafen, den der Golf gerade passierte, und einmal mehr war sie in Gedanken wieder in ihrer nachtdunklen Küche – Auge in Auge mit Erich Konstantins Mörder. Seit dieser Nacht der Gefahren waren erst wenige Monate vergangen. War sie wirklich willens, erneut auf Mördersuche zu gehen?

Wir recherchieren nur, redete sie sich Mut zu. *Niemand sucht hier einen Mörder. Maximal Sören und seine Kripo.*

Aber das stimmte nicht, und im Grunde war ihr das klar. *Selbstverständlich* ermittelten sie ebenfalls. Für Jule war das wie ein zweites Hobby, ein aufregender Zeitvertreib, der Abwechslung von ihrem Alltag bot und ihr zudem Schlagzeilen versprach. Außerdem hatte sie es merklich genossen, ihrem Ex im Fall Konstantin eine lange Nase zu drehen.

Doch in Jules Küche hatte auch kein mordlüsterner Mann mit langem Messer gestanden. Sondern in Claras.

Ich bedauere das wirklich, hatte er gesagt, während sich fahles Mondlicht auf der zum Hieb erhobenen Klinge spiegelte. *Das müssen Sie mir glauben. Ich wollte nie, dass es so weit kommt.*

War es feige, wenn Clara das auch nicht wollte? Kein zweites Mal? Ein Mensch war gestorben, drüben in Scharbeutz. Sie hatte die Wunde an seinem Hinterkopf gesehen, die Tränen in den Augen seiner Witwe. Das hatte Bedeutung.

Sie hatte auch Sören gesehen, am vergangenen Tag im Präsidium. Sie wusste, dass Jan Abels Schicksal nicht ohne Folgen bleiben würde, so oder so. Die Polizei war an der Sache dran – ganz egal, was Jule und sie selbst taten oder ließen.

Erneut: War es feige, diesen Fall den Profis zu überlassen? Konnte sie das tun? *Wollte* sie es?

»Jan Abel war nicht meine erste Leiche«, murmelte sie und merkte erst dann, dass sie den Gedanken laut ausgesprochen hatte. »Aber er war anders als die anderen. *Das* ist der Punkt.«

Jule blieb auf der Bundesstraße und fuhr nach Süden, der Heimat entgegen. »Was murmelst du da? ›Anders‹ inwiefern?«

»Wenn du als Pastorin an ein Sterbebett kommst«, führte Clara bereitwillig aus, »dann weißt du in aller Regel, was dich erwartet. Der Tod überrascht dich nicht, verstehst du? Und in aller Regel kommt er auch nicht mit Gewalt und Blut um die Ecke, sondern als Erlöser. Als das *Ende* des Leidens, nicht als das Leiden selbst. Bei Herrn Abel war das nicht so.«

»Mhm.« Jule nickte zustimmend und trat erneut aufs Gas. »Das glaube ich gern.«

»Ich weiß nicht, ob wir das Richtige tun«, gestand Clara endlich. »Heute früh war ich noch überzeugt davon. Da hatte auch mich die Lust am Detektivspiel wieder gepackt, das gebe ich ehrlich zu. Aber dann …«

»Dann hast du in Rosalie Lückes Augen geschaut«, verstand Jule. »Und das hat's verändert.«

»Ein Mord ist nicht einfach nur ein Tod, Jule«, sagte sie. »Er ist Gewalt. Gewalt am Menschen. Mehr noch: am Leben, dem größten Geschenk der Schöpfung.«

»Und?«

Sie seufzte leise. »Und es gibt einfach Leute, die damit weitaus besser umgehen können als du und ich – weil sie in diesen Dingen geschult sind. Nimmst du mir das übel?«

Die Freundin schwieg einen Moment lang, während sie an Gneversdorfer Feldern vorbeischoss und weiter vorn die ersten Häuser von Travemünde in Sicht kamen. Dann brummte sie zustimmend.

»Ich rede mal mit Sören«, meinte sie. »Höre mal nach, wo die Kripo aktuell steht – ganz subtil und vorsichtig. Ich weiß schon, wie ich dem die Infos aus der Nase ziehe, ohne dass er es groß merkt. Dann schauen wir weiter, einverstanden? Dann wissen wir, ob wir gebraucht werden oder nicht.«

Dankbarkeit wallte in Clara auf. Sie fühlte sich verstanden und entschuldigt. Geborgen. »Sag ihm auch das mit der Unbekannten«, bat sie. »Die Beschreibung, die Auerswald uns gegeben hat, meine ich. Wahrscheinlich hat die Kripo die längst, aber es schadet ja nicht, auf Nummer sicher zu gehen.«

Jule versprach es und setzte den Blinker.

Als Clara die »Kircheninsel« in der Altstadt erreichte, ging es auf die Mittagsstunde zu. Eine Handvoll Marktstände waren vor dem alten Gotteshaus aufgebaut worden, und Touristen sowie Einheimische schlenderten zwischen ihnen umher, saßen auf der Bank neben der kleinen Bushaltestelle und auf den Stufen der Kirche selbst.

Die Pastorin gönnte sich eine kleine Pause und kaufte sich an einem der Stände ein Fischbrötchen. Frische Matjes waren eine absolute Delikatesse, wie sie nicht erst seit ihrer Ankunft an der Trave wusste, und der Fisch in ihrem Mittagsimbiss kam mit würzigen Zwiebeln und einer knackigen Gurke daher. Während sie aß – und einem kleinen Mädchen zuwinkte, das zu ihrer Gemeinde gehörte –, überlegte sie, wie der Rest ihres Tages aussehen sollte.

Jule fiel für die nächste Zeit aus. Sie hatte Clara an der Kirche abgesetzt und war gleich weitergefahren, denn in den beiden Ferienwohnungen oberhalb des *Schmökerhafens* stand ein Mieterwechsel bevor, und Jule musste noch die Betten frisch beziehen, die Mülleimer leeren und einmal durchwischen. Danach kam die Rasselbande aus der Schule. Frieke lag vermutlich noch immer verschnupft in den Federn, denn die Buchhandlung war auch heute geschlossen geblieben. Und Bengt …

Clara sah zur Kirchturmuhr. Im Leuchtturmmuseum war jetzt vermutlich Hochbetrieb, genau wie in den Restaurants auf der Vorderreihe. Bengt hatte sicher alle Hände voll zu tun, den Besuchern seine Exponate zu erklären. Da störte sie nur.

Sie warf ihre Serviette in den Abfalleimer am Bushäuschen und beschloss, im Inneren des Gotteshauses ein wenig nach dem Rechten zu sehen. Wenn sie schon einmal hier war und etwas Zeit hatte, dann …

Eine Bewegung im Augenwinkel ließ sie innehalten. Dann krochen kalte Schauer ihren Rücken hinauf.

An der Haltestelle war gerade der Bus vorgefahren. Gewohnt mühsam hatte er sich durch die engen Straßen des Viertels gekämpft, die nie für solch breite Fahrzeuge gedacht gewesen waren, und nun öffneten sich seine Türen. Und ein Mann stieg aus.

Er hatte kurzes blondes Haar, das perfekt frisiert war. Seine stahlbauen Augen und sein markantes, glatt rasiertes Kinn kündeten von einem starken Willen, sein wie maßgeschneidert wirkender Anzug von einem starken Portemonnaie. Der kleine Reisekoffer in seiner rechten Hand war aus teurem Leder.

»Stefan?«, murmelte Clara.

Kaltes Entsetzen stieg in ihr auf. Das musste eine Halluzination sein, richtig? Das war nie und nimmer ihr Ex aus Wiesbaden!

Ihre Schockstarre hatte bislang nur einen Sekundenbruchteil gedauert. Nun endete sie, und Clara tat, was ihre Reflexe ihr rieten:

Ohne nachzudenken, wich sie von der Haltestelle zurück und tauchte im Meer der Marktbesucher unter.

Nein. Das *konnte* nicht Stefan Faust gewesen sein. Warum in aller Welt sollte Stefan in Travemünde aufschlagen? Der Gedanke allein war ja schon absurd.

Und doch …

Ihr Herz pochte wie wild. Ihre Fingerkuppen kribbelten. Alles an und in ihr tat, als wäre sie einem Geist begegnet – oder etwas noch viel Schlimmerem. Dem Geist der Vergangenheit.

Am hinteren Ende der Kircheninsel blieb sie erst wieder stehen. Vorsichtig sah sie zurück in Richtung Haltestelle, konnte den blonden Mann im Anzug aber nicht mehr ausmachen. Die Passanten hatten ihn verschluckt wie das Meer einen hineingeworfenen Kiesel.

Du siehst Gespenster, Mädchen, tadelte sie sich.

Trotzdem wagte sie es nicht, zu ihrer Kirche zurückzugehen. Denn die Bushaltestelle lag direkt daneben, und sicher blieb sicher.

Stattdessen ging sie zur Fähre. Am Skandinavienkai legte gerade die *LÜBECK* an, als Clara um die Ecke kam. Die Pastorin kaufte sich sofort ein Ticket. Weg, Hauptsache weg.

Während sie an der Reling stand, das Wasser der Trave neben sich und die aufs Deck fahrenden Autos vor sich, beruhigte sie sich ein wenig. Das sanfte Tuckern des Motors und die Vibrationen unter ihren Füßen vermittelten ihr ein Gefühl von Sicherheit und Normalität, das sie, wie sie feststellte, dringend gebraucht hatte.

»Das war er nicht«, sagte sie leise.

Eine Möwe landete neben ihr auf der Reling, schenkte ihr und ihren Worten aber keinerlei Beachtung. Ein Mercedes rangierte ungeschickt und fuhr ihr fast über den Fuß.

»Das kann er gar nicht gewesen sein«, fuhr sie fort. »Das hier ist kein Ort für so einen wie ihn.«

Stefan Faust war die reinste Naturgewalt gewesen, ein unbezwingbarer König im Gerichtssaal und der wohl gefragteste Jurist der gesamten Wiesbadener Wilhelmstraße. Seine Kanzlei im Schatten des Hessischen Staatstheaters hatte Klienten aus Politik und Wirtschaft betreut, und nach Feierabend hatte er in den besten Lokalen der Stadt diniert. Clara wusste all dies aus erster Hand, immerhin war sie zehn Jahre lang mit dem Mann zusammen gewesen.

Sie hatte lächelnd danebengesessen, wenn er sich produzierte. Sie hatte ihn sogar bewundert, wenn er den großen Mann gab, und ihm die Rolle nicht weniger abgekauft als er selbst. Stefan hatte keine Schranken gekannt, und die Welt war seine Auster gewesen.

Als sie sich von ihm getrennt hatte, hatte ihn das mehr beleidigt als verletzt. Das wusste sie. Sie hatten einander geliebt, das schon, aber in seinem Schatten war Clara nie über das hinausgewachsen, was sie für ihn gewesen war: seine bessere Hälfte und nicht ein Ganzes für sich. Nur die Begleitung, gut fürs Auge und fürs Ansehen. Kein eigenständiger Mensch.

Das Angebot von der Nordkirche war ihr damals wirklich zur richtigen Zeit auf den Tisch geflattert. Es hatte ihr die letzten Ausreden genommen, bei ihm zu bleiben. In seinem Schatten.

Und nun war sie hier, eine neue Frau in einem neuen Leben. Travemünde, dieses angenehm übersichtliche Ferienidyll, war von der Wiesbadener High Society gefühlt so weit entfernt wie die Rückseite des Mondes von Friekes Buchhandlung. Nie und nimmer würde ein Stefan Faust auf den Gedanken kommen, hier nach ihr zu suchen – noch dazu an dem Ort, der wie kein zweiter mit Claras verstorbenem Vater verbunden war, einem weiteren »schwierigen« Mann aus ihrer Vergangenheit. Stefan *wusste* doch, wie sie zu Fritz Behrendt stand. Nie und nimmer würde er sie ausgerechnet am Ufer der Trave vermuten, zwischen Leuchttürmen, Strandcafés und verwaisten Bootsanlegern.

»Nie und nimmer«, wiederholte sie leise und sah zur Möwe, als suchte sie deren Bestätigung.

Das Tier krähte nur kurz und flog weiter, als die *LÜBECK* mit lautem Motorendröhnen vom »Skandikai« ablegte.

»Nie und nimmer.«

Erst am anderen Ufer fühlte Clara sich fast wieder wie sie selbst. Sie atmete tief durch, ließ die würzige Luft ganz tief in ihre Lunge und ging dann von Bord. Langsam schlenderte sie die Straße hinauf, die vom Hafen wegführte, und gelangte schließlich nach Hause. Zu ihrer Überraschung saß Frieke neben dem kleinen Zierteich, eine Decke auf den Knien und den treuen Rufus an ihrer Seite.

»Was machst du denn hier?«, staunte Clara. Sie sah den kleinen Berg an benutzten Taschentüchern auf Friekes Schoß und das fiebrige Glitzern in den Augen der Freundin. »Du gehörst doch noch gar nicht hierhin, Mensch.«

Frieke drehte den Kopf zur Seite und musterte die Pastorin. »Das Gleiche könnte man von dir behaupten. Hat der Papst dich gefeuert, oder warum bist du nicht bei der Arbeit?«

»Der Papst«, sagte sie, »hat mit meiner Arbeit nichts zu tun. Das weißt du genau.«

Die Buchhändlerin schmunzelte. »Und du weißt, dass mich eine schnöde Erkältung noch lange nicht kleinkriegt.« Dann hustete sie, bis ihr die Tränen kamen.

Clara strich Rufus über den Kopf, was der Labrador mit einem wohligen Schnauben quittierte. »Frauchen ist stur, hm?«

»Zäh«, korrigierte Frieke krächzend. »Das Wort, das du suchst, heißt ›zäh‹. Und lenk nicht vom Thema ab, Frau Pastorin. Was treibt dich so früh schon nach Hause? Ist der Fall gelöst?«

»Du weißt von dem Fall?«

»Wenn Jule etwas weiß, dann weiß es bald jeder«, gab Frieke zurück. Sie schnäuzte sich kurz. »Und ich muss schon sagen, Clara:

Nicht ich bin hier diejenige, um die wir uns Sorgen machen sollten. Du hast die Leiche gefunden und erzählst nichts?«

Clara nickte. Sie wollte das Erlebte nicht schon wieder durchkauen, doch als Frieke sie darauf ansprach, kam es wie von selbst aus ihr heraus. Sie begann mit dem geplanten Besuch in der Abel-Villa, schilderte das viele Blut auf der Terrasse, das Gespräch mit Sören und dann die Folgegespräche mit Auerswald und Rosalie Lücke. Auch ihre Zweifel verheimlichte sie nicht, nur Stefan erwähnte sie mit keinem einzigen Wort.

Warum auch, verflixt noch mal?, gab sie sich innerlich recht. *Der ist weit weg und vorbei, und damit basta.*

»Und jetzt bin ich wieder hier«, kam sie nach wenigen Minuten zum Schluss. »Um … Um nachzudenken, glaube ich. Darüber, was richtig ist. Und was ich eigentlich möchte.«

»Hm.« Frieke nickte. »Wenn ich nachdenken will, hilft mir meist ein Tapetenwechsel. Wie es der Zufall will, habe ich da vielleicht was für dich.«

Sie stand auf und ließ sich von Claras Protest nicht im Geringsten beeindrucken. Mit langsamen Schritten verschwand sie im Haus und kehrte nach wenigen Sekunden schon wieder zurück – nicht minder langsam, dafür aber nun mit einem Schlüssel in der erhobenen Rechten.

»Der ist von meiner Hütte«, erklärte Frieke, während sie mit leisem Ächzen wieder Platz nahm. »Drüben bei Brodten. Ich war länger nicht mehr da, aber vielleicht hast du ja Lust. Ruhe, Frieden und ein herrlicher Blick von der Steilküste hinunter aufs Meer. Einen besseren Ort zum Nachdenken kenne ich weit und breit nicht.«

»Du hast eine Hütte am Steilufer?« Staunend nahm Clara den Schlüssel entgegen. »Davon höre ich zum allerersten Mal.«

»Im Grunde ist es auch deine Hütte«, gestand Frieke. »Jedenfalls in meinen Augen. Immerhin hat dein Vater sie gebaut, Clara.

Ich wollte dir schon lange von ihr erzählen, aber irgendwie ergab sich das nie.«

Clara erschrak. *Fritz?*

Sie riss die Augen weit auf und starrte den silbernen Schlüssel an, als wollte er sie jeden Moment in die Finger beißen.

»Jetzt guck nicht so«, tadelte die Buchhändlerin. »Der tut nix. Und die Hütte tut dir auch nichts, verstanden? Wenn überhaupt, dann wird sie dir *gut*tun. Also geh hin.«

Frieke hatte Fritz gekannt; in seinen letzten Lebensjahren waren die beiden Eigenbrötler sogar so etwas wie befreundet gewesen. Clara hatte es erst erfahren, als sie bei Frieke eingezogen war. Sie wusste inzwischen, dass der Fritz Behrendt aus ihren frühen Kindheitserinnerungen und den seltenen Erzählungen ihrer Mutter ein anderer Mann war als der, an den Frieke sich erinnerte. Wie das zusammenging, war der Pastorin bis heute nicht so ganz klar. Auch, weil sie sich viel zu gerne vor dieser Frage drückte.

Frieke drängte sie auch nie. Claras Erinnerungen waren Claras Erinnerungen, das wusste sie. Genau wie Clara wusste, dass Frieke ihr erst dann mehr über den alten Fritz erzählen würde, wenn sie dazu bereit war. *Falls* sie dazu bereit war.

»Du bist in seine alte Heimat gezogen«, sagte die Buchhändlerin nun. »Du hast dich mit seiner alten Freundin angefreundet. Und beides hat dich kein bisschen umgebracht. Also? Dann schafft seine olle Hütte das auch nicht.«

Es stimmte. Ihr neues Leben in Travemünde hatte sie neu beseelt, nicht ausgebremst. Und sie konnte tatsächlich eine kleine Auszeit vertragen, oder etwa nicht? Ein paar stille Stunden, allein auf der Klippe. Zum Nachdenken. Fern von allen Mördern … und allen Geistern der Vergangenheit.

»Einverstanden«, sagte sie vorsichtig. »Ich schaue mir die Bude mal an. Zumindest das.«

Frieke nickte zufrieden – und landete prompt im nächsten, bislang heftigsten Hustenanfall. Er dauerte fast eine Minute, und als er vorüber war, schnappte die Siebzigjährige regelrecht nach Luft. Das blonde Haar klebte ihr schweißnass an der Stirn.

»Aber nur, wenn du zurück ins Bett gehst, verstanden?«, sagte Clara streng und drängte die nur noch leise protestierende Freundin wieder ins Haus.

Das Meer schien allgegenwärtig zu sein. Blau und endlos mutete es an, eine ewige Konstante unter der schroffen Klippe. Eine Urgewalt, die alles, was sie berührte, nach ihrem Bild prägte.

Clara saß auf einem Stein auf der Brodtener Steilküste und schaute zum Horizont. Ein sanfter, würzig duftender Wind spielte mit ihrem kastanienbraunen Haar, und die Nachmittagssonne wärmte ihre Schultern.

Sie hatte die Hütte mühelos gefunden. Das rechteckige Bauwerk war eingeschossig und etwa so groß wie ihr kleines Wohnzimmer in Friekes Scheune. Seine Außenwände bestanden aus schweren Holzbalken, von denen die einstmals pechschwarze Farbe bei jedem kräftigeren Windstoß mehr abbröckelte. Das Dach hatte ebenfalls schon bessere Tage gesehen – erst recht, seit ein dicker Ast darauf gefallen war –, wirkte aber noch immer stabil und dicht. Die zwei kleinen Fenster waren außen mit Sperrholzplatten abgesichert, und vor der Eingangstür hing ein unterarmdicker Eisenstab, dessen Enden von Sicherheitsschlössern fixiert wurden. Rechts, links und hinter der Hütte wucherten wilder Wald und mannshohes Buschwerk.

Clara hegte keinen Zweifel daran, dass Friekes Schlüssel in die beiden Schlösser passte. Dennoch hatte sie das Häuschen auch jetzt – eine gute halbe Stunde nach ihrer Ankunft – noch immer nicht geöffnet. Stattdessen verharrte sie auf ihrem Stein, wenige Meter weiter vorn, und sah in die andere Richtung. Als könnte sie ignorieren, was hinter ihr wartete, als hätte es schon seit Jahrzehnten nichts anderes getan.

Fritz, dachte sie wieder. *Papa.*

Was war es bloß immer mit diesen Nordmännern, hm? Jan Abel, Fritz Berendt, Bengt Hansen … Warum waren die nur alle so entsetzlich komplex?

»›Schwierig‹ trifft es eher«, murmelte sie. »Vor allem schwierig.«

Dann weckte der Anblick der Ostsee Erinnerungen an Carl Auerswald auf der Scharbeutzer Seebrücke in ihr – *Suchen Sie diese Frau aus den Büschen.* Das *ist die richtige Fährte* –, und sie gab auf. Bevor sie sich Abel und seinen Fragezeichen widmete – oder sich Stefan Faust erneut in ihr Bewusstsein schlich, Gott bewahre! –, konnte sie sich auch genauso gut ihren eigenen Fragezeichen stellen.

Sie steckte den Schlüssel ins erste Sicherheitsschloss, entfernte die Eisenstange und öffnete die Tür von Friekes Hütte. Der Geruch von abgestandener Luft und altem Holz schlug ihr von jenseits der Schwelle entgegen. Erst als sie das Handy aus der Tasche nahm und die Taschenlampe aktivierte, konnte sie das Innere des eingeschossigen Raumes genauer in Augenschein nehmen. Was sie fand, erstaunte sie.

Die Hütte war urgemütlich eingerichtet. An der hinteren Wand stand ein länglicher Tisch mit zwei Holzbänken, links davon ein alter Küchenschrank mit mehreren Schubladen. Auf der anderen Seite des Raumes, zwischen den beiden abgedeckten Fenstern, befanden sich der Holzofen, dessen Kaminrohr durchs Dach ins Freie verlief, und ein alter Sessel mit Kissen und Decken. An den Wänden hingen gerahmte Fotos von Männern in Seemannskleidung, von Fischern in irgendeinem Hafen und von der Vorderreihe. Ihnen allen war gemein, dass sie schon etliche Jahrzehnte auf dem Buckel hatten, wie die verblassenden Farben, die Frisuren und auch die Autos am Straßenrand klarmachten.

Neben den Fotos fand Clara auch einige Schiffswimpel an den Wänden, einen blau-weißen Matrosenkragen, der aus DDR-Zeiten stammen musste, und ein breites Holzbrett, auf dem Seemannsknoten aufgereiht hingen wie exotische Schmetterlinge in einem Naturkundemuseum. Bengt hätte seinen rechten Arm für diese Altertümchen gegeben, da war sie sich absolut sicher.

Oder wenigstens seinen kleinen Finger, dachte sie und war froh über das Schmunzeln, das der Gedanke an Bengt in ihr weckte.

Es fiel ihr immer noch schwer, den Fritz aus ihrer Erinnerung mit der Person zu vereinen, die in solch einer Hütte gesessen haben mochte. In den Erzählungen ihrer Mutter war Fritz Behrendt ein Lügner und Betrüger gewesen, ein trunksüchtiger Hallodri, treulos wie der Wind auf der Trave. Ein Mann, der ihr das Blaue vom Himmel versprochen und nichts davon gehalten hatte. Und doch …

Alles hier drin sprach eine andere Sprache, von den Fotos an den Wänden, auf denen Clara noch immer vergeblich nach dem jungen Fritz suchte, bis hin zu dem eigenartigen Gefühl, das sie dabei packte. Der Mann, der diese Hütte eingerichtet hatte, war ein melancholischer Mensch gewesen, oder etwa nicht? Jemand wie sie selbst, der an Erinnerungen hing und schätzte, was er hatte. Solche Personen waren in der Regel alles andere als treulos und flüchtig.

Abermals fragte sich Clara, ob sie den Mann, der ihr Vater war, je richtig gekannt hatte.

Sie ahnte, wie Frieke die Frage beantworten würde. Oh ja, das wusste sie sogar genau.

Die Brodtener Hütte lag abseits der üblichen Wanderwege, die von Travemünde aus an der Klippe entlang gen Niendorf führten. Zwar waren diese nur einen Katzensprung weit entfernt, doch lagen genug Bäume und dichtes Buschwerk zwischen ihnen und Friekes kleinem Refugium am Wasser, um die Hütte vor neugierigen Blicken und sich hierher verirrenden Spaziergängern zu schützen. Selbst Geräusche wehten kaum von den Wegen herüber, da der Wind meist aus Richtung des Ozeans kam.

Clara wuchtete eine der Sperrholzplatten aus dem Fensterrahmen, um mehr Licht ins Hütteninnere zu bekommen. Dann widmete sie sich dem Küchenschrank. Welche Erinnerungsstücke da wohl noch auf sie warten mochten? Sie fühlte sich ein bisschen wie Fritz Behrendts Biografin, als sie die Schranktüren öffnete, das alte Geschirr betrachtete, die Gabeln und Messer. In einer der Schubladen fand sie weitere Fotos, und auf einem von ihnen glaubte sie sogar, den jungen Fritz und ihre blutjunge Mutter am alten Hafen von Travemünde zu erkennen. Sie legte es für eine genauere Betrachtung zur Seite, öffnete die nächste Schublade … und stutzte.

Da waren Briefe, bestimmt zwei Dutzend. Ein Teil von ihnen war an Fritz adressiert, die andere Hälfte wies seine unverkennbare Handschrift auf.

Clara nahm den erstbesten Brief heraus, trat ans Fenster, um mehr Licht zu haben, und erstarrte.

Lieber Papa, stand dort – an Fritz gerichtet und definitiv nicht von ihrer eigenen Hand verfasst. *Ich vermisse Dich so sehr! Sag, wann sehen wir uns wieder?*

KAPITEL 9

Haberkamp.

Ich lasse den Namen in meinem Kopf widerhallen wie ein Echo. Ha-ber-kamp. Ich drehe ihn im Geiste von links nach rechts, von oben nach unten, betrachte ihn von allen Seiten. Und dann? Dann schüttele ich den Kopf. Der Kerl sagt mir nichts.

Doch ich sehe ihn. Jetzt in diesem Moment sehe ich ihn, im Eingang seiner Polizeizentrale. Er steht da, im Gespräch mit einem stämmigen Kollegen in schlecht sitzendem Anzug. Und er weiß gar nicht, dass ich ihn sehe. Dass ich hier bin, an dieser Bushaltestelle in Lübeck. Ganz in seiner Nähe. Ganz unauffällig.

Haberkamp. Ich lache leise auf und schenke dem alten Mann auf der Sitzbank der Haltestelle einen tadelnden Blick, als er mich deswegen seltsam anschaut. Sören Haberkamp. Na, einen Kommissar hätte ich mir anders vorgestellt. Irgendwie … Ja, wie nennt man das? Patenter?

Darauf läuft es nämlich hinaus, oder etwa nicht? Dieser Kerl dort vorne mit dem blonden Vollbart und den Zügen, die so sanft erscheinen wie die eines dummen Jungen … Der wirkt nicht gerade wie ein Meisterdetektiv auf mich. Sondern eher wie jemand, der den Meisterdetektiven Haftpflichtversicherungen andrehen will. Er wirkt ahnungslos. Überfordert mit seiner Aufgabe.

Das ist gut, denke ich. Gut für mich … und auch gut für ihn. Denn was Haberkamp nicht schafft, das kann Haberkamp auch nicht gefährlich werden. Nie und nimmer wird dieser Milchbubi mich finden. Ich stehe ja quasi schon direkt neben ihm, und selbst dann sieht er mich nicht. Armer kleiner Haberkamp.

Sei froh, dass du nicht patent bist, *denke ich und trete einen Schritt zurück, als der Bus an die Haltestelle fährt.* Denn dann bekommen wir beide kein Problem miteinander.

Ich steige in den Bus. Keine Ahnung, wohin er fährt. Hauptsache weg. Ich habe gesehen, was ich sehen wollte, und das genügt mir voll und ganz. Zufrieden nehme ich auf einem freien Sitz Platz.

Es ist gut, wie es ist. Das weiß ich jetzt.

Es ist alles in bester Ordnung.

KAPITEL 10

Ivendorf lag im Süden von Travemünde und an der Stelle, wo der alte Fluss in das stille Wiek überging. Die kleine Ortschaft, die vom Bahnhof Skandinavienkai nur eine kurze Wanderung weit entfernt war, zeichnete sich vor allem dadurch aus, dass Dänemark-Fähren an ihrem Hafen ablegten und dass ihr weitläufiger Campingplatz jahrein und jahraus Touristen aus aller Welt beherbergte. Der Sportpark lag an ihrem äußersten Rand.

»Ich muss schon sagen«, meinte Jule Haberkamp. »Mit dir hatte ich heute nicht mehr gerechnet. Über kurz oder lang schon, denn ich weiß, dass du nicht anders kannst. Aber heute? Auf gar keinen Fall. Du überraschst mich, Frau Pastorin. Auf positivste Weise, versteht sich.«

Clara brummte ungehalten.

Die beiden Freundinnen hatten Jules Golf auf dem unbefestigten Weg abgestellt, der zum Sportplatz führte, und nahmen die letzten Meter nun zu Fuß. Schon von Weitem konnte Clara das Fußballfeld sehen, auf dem Kinder in bunten Trikots einem Ball nachhechteten, während eine kleine Handvoll Eltern – zumeist Väter – ihnen von jenseits des hohen Begrenzungszauns zuschauten. Der Platz lag angenehm idyllisch, flankiert von einem Wäldchen und mehreren Feldern. Selbst hier, ein gutes Stück vom Wasser entfernt, konnte die Pastorin das Wiek noch riechen.

»Wie kommt's zu diesem Sinneswandel?«, setzte Jule nach.

»Hattest du nicht vor Stunden noch gesagt, du hättest die Nase voll vom Detektivspielen?«

Es stimmte, und das wussten sie beide. Aber seitdem war auch viel passiert, fand Clara. Viel zu viel.

»Ach, ich weiß auch nicht«, antwortete sie. »Wann immer ich mich auf etwas anderes konzentriere als auf Jan Abel, wird's noch schlimmer. Erst sehe ich das Gespenst von Stefan an einer Bushaltestelle, dann stolpere ich über Fritz ...«

Jule blieb stehen. Entsetzt sah sie Clara an. »Moment, Moment. Jetzt mal ganz langsam, Mädchen. Du hast deinen Ex gesehen? Diesen Anwalt, der dich nicht gehen lassen wollte?«

»Nein.« Sie winkte ab. »Ich *dachte*, ich hätte ihn gesehen. Das ist ein Unterschied, zum Glück. Aber es genügte, um mir einen gehörigen Schreck einzujagen.«

»Glaub ich gern.« Jule seufzte. »Und was ist das jetzt noch mit Fritz?«

Clara hatte ihr nie viel von ihrem Vater erzählt. Zum einen, weil sie das Thema generell vermied, wo sie nur konnte, und zum anderen, weil es auch nie viel zu erzählen gegeben hatte. Fritz Behrendt hatte ihre Mutter und sie verlassen, als sie noch ganz klein gewesen war, und sie war in der Gewissheit aufgewachsen, dass sein Weggang kein großer Verlust gewesen war – ganz im Gegenteil. Der heutige Fund in der Hütte unterstrich diese Wahrheit mit einigem Nachdruck.

»Er ...« Clara zögerte. Es fiel ihr eigenartig schwer, die Worte auszusprechen, die ihr auf der Zunge lagen. »Er hatte noch eine Familie, Jule. Neben uns. Ich hab's schwarz auf weiß.«

Die Betreiberin des *Travemünder Boten* hob beide Brauen. Doch bevor sie ein Wort sagen konnte, brandete lauter Jubel vom Sportplatz herüber. Ein Junge im Trikot hatte den Ball offenbar soeben in das Tor eines anderen Jungen im Trikot befördert, und der Rest der Anwesenden konnte sich vor Begeisterung kaum halten.

»Entschuldigung«, erwiderte Jule. Ungläubig starrte sie Clara an, den Jubel in ihrem Rücken völlig ignorierend. »Du hast *was*?«

Clara winkte ab. Es gab viel, was sie der Freundin sagen konnte, doch nichts davon würde etwas ändern. Fritz Behrendt war ein Mann des Nordens gewesen, so einfach war das. Sie hatte es stets gewusst, und der kurze Ausflug in seine Hütte hatte ihr jegliche Illusionen genommen, dass ihr Bild von ihm vielleicht doch das falsche war. Nordmänner logen. Das traf auf ihren Vater genauso zu wie auf Jan Abel … und vielleicht auf noch jemanden.

Deshalb war sie hier, allein deshalb. Damit endlich die Wahrheit gewann, wenigstens jetzt.

»Ist nicht wichtig, echt«, meinte sie. »Ich erzähl's dir später mal, ja? Lass uns jetzt nach Herrn Dröscher sehen, bitte. Ich will nicht über Fritz nachdenken, sondern …«

»Sondern Wahrheiten finden«, beendete Jule den Satz. Manchmal verstand sie Clara besser als diese sich selbst. »Den nächsten Lügner enttarnen.«

»Oder so«, murmelte Clara, und es klang wie eine Bestätigung.

»Was das angeht …«, wechselte Jule dankenswerterweise das Thema. »Ich habe Sören die Rasselbande wieder aufs Auge gedrückt, ja? Er hat natürlich protestiert und seine Arbeit vorgeschoben, doch ich habe ihm das diesmal nicht durchgehen lassen. Und wo ich ihn schon mal an der Strippe hatte, habe ich gleich nachgefragt, wo die Kripo in der Sache ›Abel‹ steht.«

Clara verschränkte die Arme vor der Brust. »Und?«, wollte sie interessiert wissen.

»Es gibt tatsächlich Neuigkeiten«, begann Jule. »Jan Abel wurde definitiv ermordet, daran besteht kein Zweifel. Die Gerichtsmedizin geht davon aus, dass er von einer Kugel getroffen wurde und dann mit dem Hinterkopf gegen das Geländer seiner eigenen Terrasse geknallt ist.«

Clara erschrak. »Er wurde erschossen?«

»Die Kugel hat ihn am Hinterkopf erwischt und muss dann noch weitergeflogen sein«, sagte die Freundin. »Die Spurensicherung sucht nach wie vor nach ihr. Allem Anschein nach kippte Abel dann zur Seite und schlug mit dem wunden Schädel auch noch unglücklich gegen sein Terrassengeländer.«

Clara schluckte trocken. »Und weiter?«

»Die Witwe können wir von der Liste der Verdächtigen nehmen. Sie erzählte uns ja, sie sei arbeiten gewesen, und die Angestellten im *OstseeBeach* bezeugen es, sagt Sören.«

»Verstehe.« Sie nickte knapp. »Frau Lücke hatte ich ohnehin nicht im Visier. Ihr Schmerz heute Morgen … Das war nicht gespielt.«

»Ganz meine Meinung.« Jule seufzte. »Und das, meint Sören, macht die Sache so kompliziert. Abel hatte wohl Dutzende aktiver Klienten, dazu zahlreiche ehemalige. Und sie alle haben Angehörige, die dank *Secret Solutions* belogen und angeflunkert wurden – mitunter jahrelang und ganz schön heftig. Du weißt, was das bedeutet.«

»Dass die Polizei noch immer jede Menge Befragungen vor sich hat«, bestätigte Clara. »Weil es viele, viele potenzielle Täter gibt. Lauter Leute, die einen Grund hätten, sich an unserem Alibi-Abel rächen zu wollen.«

»Zumal Jan Abel seine Unterlagen wohl nur digital speicherte«, wusste die Freundin. »Das liegt alles in der Cloud, sagt Sören. Nicht auf irgendwelchen Festplatten in seinem Büro, nicht in Aktenschränken. Es gibt schlicht keinen Papierkram bei *Secret Solutions*, und die Cloud ist passwortgeschützt. Selbst die Kripo weiß noch gar nicht, wen sie alles abarbeiten muss. Die Techniker beißen sich wohl gerade die Zähne an diesem Passwort aus, und Sören war ziemlich genervt.«

»Umso besser, dass er jetzt eine Auszeit bekommt«, fand Clara, »und der Rasselbande bei den Hausaufgaben hilft, anstatt Mörder zu suchen. Letzteres übernehmen wir dann einfach. Denn einen Klienten von *Secret Solutions* kennen wir sogar namentlich, auch ohne Cloud. Er hat allen Grund der Welt, einen Groll gegen Abel zu hegen, und er wohnt quasi in der Nachbarschaft.«

Clara hatte Helga Dröscher gefragt, wo ihr Enkel zu finden sein mochte – noch vom Rückweg über die Brodtener Wanderwege aus. Die Rentnerin aus der Altstadt hatte ihr daraufhin den Platz am Wäldchen und den Iverdorfer Sportverein genannt. Seit sein Traum von der Profiliga geplatzt war, sei Clemens nicht mehr in Lübeck aktiv, sondern engagiere sich wieder in seinem alten Heimatclub, so die besorgte Großmutter. Dort stünden gerade die Trainingseinheiten der Jugend an. Als Clara nun weiterging, fand sie den Gesuchten tatsächlich am Spielfeldrand.

Auch Clemens Dröscher freute sich über das Tor. Er lief vor der schmalen Trainerbank auf und ab, reckte beide Arme in die Höhe und ließ sie dann wieder sinken, um die Kinder, die vom Platz gelaufen kamen, begeistert abzuklatschen. Das Tor schien die Trainingsrunde beendet zu haben, und das auf fulminante Weise.

»Herr Dröscher?«, fragte Jule.

Clemens Dröscher drehte sich um. Er war ein Mann von Anfang zwanzig, stellte Clara fest. Sein Haar war stoppelkurz und braun, seine Augen dunkel, sein Gesicht schmal. Er hatte einen sportlichen Körper, was nicht überraschte, und sah im Grunde aus, als könnte er kein Wässerchen trüben. Aber erste Eindrücke, das wusste Clara inzwischen, konnten trügerisch sein. Also sparte sie sich ein Urteil und hörte einfach zu.

»Ja?«, erwiderte Dröscher. Skepsis zog über sein Gesicht, als er die zwei ihm unbekannten Frauen musterte, und sein Ton wurde defensiv. »Wer sind Sie?«

»Haberkamp und Clüver«, antwortete Jule. »Wir kommen aus Travemünde. Ihre Großmutter meinte, wir würden Sie hier finden.«

»Ach so?« Er griff nach einer Sporttasche, die auf der Trainerbank lag, und machte sich auf, den Kindern zu folgen. Sie verschwanden gerade im Vereinsheim am oberen Spielfeldrand, wo die Kabinen liegen mussten. »Und weshalb wollen Sie mich finden? Ich kenne Ihren Namen, Frau Haberkamp. Sie machen den *Boten*, richtig? Ich spreche nicht mit der Presse, und meine Oma sollte das eigentlich wissen!«

»Wir kommen nicht wegen eines Artikels«, erwiderte Clara schnell. »Wirklich nicht. Sondern wegen eines Mordes.«

Fragend runzelte er die Stirn. »Wie bitte?«

»Jan Abel«, sagte Jule. »*Secret Solutions*, drüben in Scharbeutz. Es tut mir leid, aber Herr Abel wurde gestern umgebracht.«

»Halleluja«, kam es über Dröschers Lippen. Dann lachte er ungläubig. »*Was* ist los?«

Mit wenigen, an Details bewusst armen Worten beschrieb Jule dem jungen Sportler, was vorgefallen war. Clemens Dröscher schien zum ersten Mal von dem Geschehen zu hören, und als Jule zum Ende kam, setzte er sich auf die Bank.

»Uff«, sagte er leise und kein bisschen defensiv. »Das ist jetzt … Uff.«

»Frau Dröscher meinte, Sie hätten Herrn Abels Dienste in Anspruch genommen«, wagte Clara sich vor. Dabei ließ sie das Gesicht des Mannes nicht aus den Augen, suchte nach verräterischen Regungen. »Sie sagt, Sie und er seien nicht im Guten auseinandergegangen.«

»Dann untertreibt sie«, bestätigte der Fußballer bereitwillig. »Ich habe diesem Mann die Pest an den Hals gewünscht, Frau Clüver. Das gebe ich zu – aber nur inoffiziell, klar? Ich rede nicht mit Journalisten vom *Travemünder Boten*, sondern mit Freundinnen meiner Oma.«

»Ehrensache«, versprach Jule und hob die Hand wie zum Schwur. »Wir suchen nur die Wahrheit, keine Skandalgeschichten.«

»Ha.« Er lachte bitter. »Da sind Sie aber die Minderheit.«

»Was ist vorgefallen zwischen Ihnen und Jan Abel?«, fragte Clara. »Wären Sie bereit, es uns zu erzählen? Privat, nicht als Interview?«

Clemens Dröscher schwieg einen Augenblick. Hinter ihm kehrten die ersten Jungs aus der Kabine zurück, frisch umgezogen und lachend. Sie hielten auf den Zaun zu, wo ihre Väter warteten, und winkten ihrem Trainer zum Abschied. Clara sah, dass einige Väter den jungen Mann skeptisch beäugten. Auch Clemens Dröscher schien es zu bemerken, denn er ließ die Schultern hängen und senkte den Blick.

»Tschö, Trainer!«, rief ein Knirps gerade, der in Timos Alter sein musste. Er hatte schwarzes Haar und eine Schramme über der Augenbraue. »Bis nächste Woche.«

»Bis dann, Matheo«, grüßte Clemens Dröscher zurück. Dann sah er zu den beiden Frauen, die geduldig neben ihm ausharrten. »*Das* ist passiert. Ich bin jetzt kein Feldspieler in Lübeck mehr, sondern Jugendtrainer meines alten Heimatvereins. *Aushilfs*jugendtrainer, um genau zu sein. Und selbst das war ein ganz schöner Kampf, das muss ich Ihnen sagen.« Er seufzte. »Wer stellt schon jemanden ein, über den die Magazine solche Artikel schreiben? Jemanden, den die großen Vereine gar nicht mehr mit dem Arsch ansehen, geschweige denn anrufen? Die Leute wollen nicht … Ach, die wissen gar nicht, was sie wollen.«

Er begann zu erzählen. Von seiner Kindheit, seiner Liebe zum Fußball und von dem Talent, das er ganz offenkundig besaß. Ein Talent, das ihn schon in jungen Jahren von seinen Teamkameraden abgesetzt hatte.

»Mein allererster Trainer hier auf dem Platz«, fuhr er fort, »der hat das schon zu mir gesagt: ›Clemens, aus dir wird was.‹ Und in den Jahren danach stimmten ihm immer mehr Menschen zu. Ich war nur ein Dreikäsehoch, aber ich wurde richtiggehend gefördert, verstehen Sie? Und ich *wollte* diese Karriere. Doch ich hatte auch stets Ausbilder und Berater, die sie *für* mich wollten. *Mit* mir. Meine Oma meint, ich hätte schon in der Grundschule auf die Frage nach meinem Berufswunsch mit ›Michael Ballack‹ geantwortet – als wäre das ein Beruf.«

Jule lachte leise.

»Ich konnte mir nie etwas anderes für mich vorstellen«, gab er zu. »Nie, wirklich. Und die Welt, so schien es mir zumindest, sah das ganz ähnlich. All die Chancen, die ich bekam, nur weil ich Tore schießen konnte …«

Er schüttelte den Kopf, als wäre er selbst erstaunt über die eigene Vergangenheit. »Ich habe in Lübeck auf dem Rasen gestanden, noch bevor die Tinte auf meinem Abschlusszeugnis richtig trocken war. Beim VfB, können Sie sich das vorstellen? Das volle Programm: Jugendmannschaft, ein paar kleinere Turniere, dann sogar Trainingslager mit den Profis aus der ersten Mannschaft. Und auch dort sagten mir alle eine steile Karriere voraus. Wenn ich nur weiter fleißig bin, nur weiter das Ziel im Auge behalte …«

»Und was ist dann passiert?«, wollte Clara wissen. Sie verstand wenig von Fußball, aber sie wusste, wie Lebenswege sich ändern konnten und die Zukunft zu etwas wurde, was der eigenen Hoffnung widersprach.

»Dann bekam ich kalte Füße«, gestand der junge Mann. »Ich ließ zu, dass man mir den Wind aus den Segeln nahm. Weil ich unsicher war, Frau Clüver, und auf die falschen Leute hörte.« Sein Blick ging ins Leere. »Ein Mediziner aus dem Verein nahm mich zur Seite, drüben in Lübeck. Er wusste Bescheid und riet mir, im Falle einer echten Profikarriere von vornherein *richtig* vorzugehen. ›Im Big Business darf man nicht angreifbar sein‹, hat er gesagt. Und mit dem, was meine Privatsache ist, *wäre* ich das. Er warnte mich, verstehen Sie? Die Presse, aber auch Teile der Fans, würden jemanden wie mich in der Luft zerreißen, wenn ich erst ganz oben mitspiele. Das hat er gesagt, und zwar aus ehrlicher Sorge. Er wollte helfen, das wusste ich, und ich glaubte ihm. Ich war ahnungslos genug dafür. Ich bräuchte eine Art Schein-Identität, hat er gemeint. Nur für die Öffentlichkeit. Nur um ungewollte Fragen abzuwiegeln, bevor sie überhaupt aufkommen.«

Clara verstand. »Fragen über Ihre sexuelle Orientierung?«

Dröscher nickte. »Ich hatte bis dahin gar nicht daran gedacht, dass das irgendwen jucken könnte. Und ich hielt den Vorschlag zuerst für total absurd. Was hat denn mein Privatleben mit meiner Torstatistik zu tun? Damit, wie gut ich Bälle annehmen und Eckstöße verwandeln kann?«

»Aber?«, hakte Jule nach.

»Aber er erklärte mir, was Sache ist«, antwortete er trocken. »Toleranz ist überall gern gesehen, Frau Haberkamp, und wir sind eine moderne Gesellschaft. Doch manchmal … Manchmal sind wir das leider nur auf dem Papier. Und wenn ich *wirklich* mal Deutscher Meister werden will, so meinte der Mediziner damals, dann muss ich von Anfang an gezielt an meinem Image arbeiten. Nicht nur an meiner Kondition.«

»Ich vermute, das Vereinsumfeld stellte den Kontakt zu *Secret Solutions* her?«, fragte Jule.

»Ganz genau.« Er schnaubte. »Ich hatte noch nie von Alibi-Agenturen gehört, das können Sie mir glauben. Doch dieser Abel war sofort bei der Sache. Das sei ein Kinderspiel, behauptete er. Solche Aufträge gehörten zu seinem täglich Brot. Ich könne mir gar nicht vorstellen, für wie viele Bundesliga-Stars er schon ›Weiber-Pakete‹ geschnürt hätte. Das war sein original Wortlaut: ›Weiber-Pakete‹.« Er lachte humorlos. »Reden konnte der, das muss ich ihm lassen. Der verkaufte sich perfekt.«

Clara runzelte die Stirn. Irgendwas an Dröschers Art ließ sie stutzen. Einerseits ging dieser Mann erstaunlich offen mit ihnen um. Andererseits konnte sie sich des Gefühls nicht erwehren, dass er ihnen trotzdem keinen reinen Wein einschenkte. War das verrückt? Bildete sie sich das nur ein?

»Was genau ›bestellten‹ Sie denn bei ihm?«, hakte sie nach und beobachtete ihn dabei ganz genau. »Und wie ist Abel dann gescheitert?«

Der junge Mann seufzte angestrengt. »Abels Agentur heuerte eine Schauspielerin für mich an. Ein liebes Mädchen in meinem Alter – Carina Seelges. Sie wurde gebucht, um sich hin und wieder mit mir zu zeigen, verstehen Sie? Mal beim Abendessen im Restaurant, mal bei einer Sportlergala drüben in Hamburg. Natürlich steckte Abel das dann auch stets der Fußballpresse, damit diese Fotos machte und darüber berichtete. Aber er steckte es ihr so, dass sie gar nicht merkte, dass der Termin lanciert war.«

Er schüttelte den Kopf. »Die Fotografen glaubten, sie bekämen anonyme Hinweise und landeten einen Scoop. In Wahrheit machte *Secret Solutions* sie zu unwissenden Handlangern unserer ›Wir machen den Dröscher bekannt‹-PR-Kampagne. Hat auch gut funktioniert. Im Nu war Wunderkind Clemens Dröscher für die Branche ein Wunderkind mit Beinahe-Verlobter. Jemand, der ins Schema passte. Ein guter, ›gesunder‹ Junge auf dem Weg nach oben.«

»Und diese Frau Seelges spielte da mit?«, wunderte sich Clara.

»Sicher«, antwortete er. »Das war eine Rolle für sie, weiter nichts. Ein Job, den Abel ihr auch gut bezahlte. Der Deal mit ihr war wohl langfristig angelegt. Abel meinte, sie hätte gleich für mehrere Jahre unterzeichnet – vorausgesetzt, wir verstünden uns menschlich. Was wir taten. Carina ist echt nett.«

»Aber nicht Ihr Typ«, meinte Jule.

Er hob amüsiert eine Braue. »Mein Typ hat Bartwuchs, Frau Haberkamp.«

»Und wo war das Problem?«, hakte Clara nach. »Vom Moralischen jetzt mal abgesehen?« Abermals kam ihr der Mann vor, als hielte er etwas vor ihnen geheim. Als gäbe es da etwas, von dem er trotz aller Offenheit nicht sprechen wollte.

»Moral.« Dröscher lachte wieder. »›Moral‹ ist auch nur so ein Wort. Aber ich sag Ihnen gern, wo das Problem lag. Abels Diskretion war schlechter als ihr Ruf. Man hatte mir einen Stümper empfohlen, keinen Könner.«

Er zögerte kurz, sammelte seine Erinnerungen. Dann fuhr er fort: »Das Spiel mit Carina und der Presse funktionierte eine Weile gut, wirklich gut. Ich überzeugte parallel weiterhin auf dem Platz, versteht sich, ging meinen Weg und bekam sogar erste Anfragen von Talent-Scouts. Von richtig großen Vereinen der Bundesliga, auch außerhalb von Schleswig-Holstein. Man warf ein Auge auf mich, sozusagen, und einmal mehr standen meine Chancen gut. Das Schema passte, wie gesagt. Und ich hatte schon als Kind davon geträumt, mal beim HSV zu spielen, wissen Sie?«

»Aber?«

»Aber dann verlor Jan Abel sein Handy.« Frustriert vergrub er das Gesicht in den Händen, schwieg wieder kurz. »Können Sie sich das vorstellen? Dieser ach so tolle Profi ließ irgendwo sein Smartphone liegen, und ausgerechnet ein Journalist hat es gefunden. Irgendein Schmierfink vom *Lübecker Tageblatt*. Der wollte es schon zum Fundbüro bringen, da entdeckte er einen Chatverlauf auf dem Ding, der ihm die Spucke verschlagen haben muss.«

Clara verstand. »Er fand die Wahrheit über Sie.«

»Ganz genau.« Clemens Dröscher stieß seufzend die Luft aus. »Schnelle, kleine Nachrichten von Carina an *Secret Solutions*. Ungesichert und offen für alle. Abel, dieser Idiot, hatte nicht einmal die Bildschirmsperre aktiviert. So nachlässig wird man wohl, wenn man sich für unfehlbar hält. Na, jedenfalls ist mein Leben seitdem gehörig auf links gedreht worden. Statt des HSV rufen jetzt Boulevardmedien bei mir an. Statt im Sportteil mache ich in der Klatschpresse Schlagzeilen. Ich bin untendurch, Frau Clüver. Nicht nur, weil ich schwul bin, sondern auch, weil ich professionell gelogen habe. So steht es in den Blättern: ›professioneller Lügner‹. Das liest sich halt auch leichter als das, was diese Gangster *wirklich* schreiben wollen.«

»Dass in der Bundesliga kein Platz für homosexuelle Männer wäre«, sagte Jule kopfschüttelnd.

»Die sollten sich alle was schämen …« Clemens Dröscher seufzte wieder. »Abel hat sich nie bei mir entschuldigt. Können Sie sich das vorstellen? Als das auf einmal losging, als diese Skandalschlagzeilen über mich hereinbrachen … Da war der einfach nicht mehr erreichbar. Ich habe bestimmt ein Dutzend Mal bei ihm angerufen, bin zu seiner Villa in Scharbeutz rausgefahren und habe sogar mit einem Anwalt gedroht. Aber nichts da. Kein Abel weit und breit. Wann immer ich mit ihm sprechen wollte, war dieses Wiesel wie vom Erdboden verschluckt.«

»Waren Sie sehr wütend auf ihn?«, fragte Jule.

»Machen Sie Witze?«, gab er zurück. »Na sicher war ich das. Bin ich nach wie vor, so leid es mir tut. Fehler sind vielleicht menschlich, Frau Haberkamp. Aber sein Fehler hat mich meine Chance gekostet, und der Typ hatte nicht einmal das Rückgrat im Leib, mir danach noch einmal in die Augen zu schauen.«

Clara hatte noch immer das Gefühl, dass Dröscher mehr auf der Seele hatte. Doch zumindest wusste sie nun im Detail, was überhaupt vorgefallen war. Dies war die Geschichte, die Helga Dröscher motiviert hatte, mit ihr zu sprechen. Dies war der Grund für die Bitten der alten Frau aus ihrer Gemeinde. Dröschers Großmutter hatte gehofft, Abel könne seine Unachtsamkeit und ihre tragischen Folgen irgendwie ungeschehen machen – genauso gekonnt, wie er vorher die Lügen über Clemens Dröscher konstruiert und verkauft hatte. Und sie hatte geglaubt, ihre Pastorin hätte das Zeug dazu, ihm entsprechend ins Gewissen zu reden. Ihn zu motivieren.

»Was wurde aus der Schauspielerin?«, fragte Clara. »Aus Frau Seelges? Hat sie sich entschuldigt?«

»Ungefähr fünftausend Mal.« Er lachte humorlos. »Carina trifft aber keine Schuld, Frau Clüver. Das weiß sie, und das weiß ich auch. Sie spielt heute in Bad Segeberg eine Karl-May-Squaw und ist froh, wenn irgendwann Gras über die ganze Sache wächst. Auch sie hat nie *auf diese Weise* Schlagzeilen machen wollen.« Dann stand er auf, griff erneut nach der Sporttasche. »Jetzt muss ich aber wirklich weiter. Haben Sie die Antworten, die Sie suchen, meine Damen?«

Jule und Clara wechselten einen schnellen Blick. Danach wagte Jule sich vor. »Eine Frage hätte ich noch, Herr Dröscher«, sagte sie. »Wo waren Sie am Montagmorgen, als Jan Abel starb?«

Der junge Mann lachte ungläubig. Dann stutzte er. »Meinen Sie das ernst?«

Clara nickte. »Seien Sie so gut. Erleuchten Sie uns.«

»Gute Frage«, meinte er und deutete auf das Wäldchen jenseits des Vereinsheims. »Irgendwo da. Ich jogge morgens immer hier im Wald. Und bevor Sie auch das noch fragen: allein. Das kann niemand bezeugen, nicht einmal die Klatschpresse.«

»Schade«, kam es Clara über die Lippen.

Sie wusste nicht genau, was sie von Dröschers Alibi halten sollte. Einerseits war es natürlich plausibel, und sie durfte und wollte dem Mann nichts unterstellen. Andererseits hätte es jedoch vieles vereinfacht, wenn sie mehr als seine Aussage als Beleg dafür hätten. War Clemens Dröscher verdächtig oder nicht? Die Antwort darauf hatte sie auch nach dem langen Gespräch hier auf dem Sportplatz noch immer nicht gefunden.

»Aber ich war bestimmt nicht der einzige Klient, der schlecht über Abel gedacht hat«, meinte der Fußballer. Er schien zu zögern, rang mit sich. Dann erst sprach er weiter. »Das kann ich mir nämlich nicht vorstellen, echt. Wenn Sie die Wahrheit suchen, dann werfen Sie ruhig einen Blick in seine Kundenkartei.«

»Das würden wir sehr gerne«, gab Jule zu. »Doch die steckt leider in der Cloud und …«

»Ach, brauchen Sie das Passwort?«, bot Dröscher an.

Clara wurde erst nach mehreren Sekunden klar, dass ihr vor Staunen der Mund offen stand.

Es ging mit großen Schritten auf den Abend zu. In den Restaurants am Fluss saßen die ersten Urlauber schon bei Fisch und Schnitzel, und drüben vor der Mole stellte die kleine Personenfähre allmählich ihre Fahrten für heute ein. Im winzigen Hinterhausbüro des *Travemünder Boten* lag der Feierabend aber noch in weiter Ferne, und Clara Clüver wusste nicht, was sie davon halten sollte.

»So geht das nicht, Jule«, sagte sie. Sie saß auf einem Klappstuhl vor dem Regal, das Jules umfangreiche Fotoausrüstung beherbergte, und konnte kaum still sitzen vor innerer Anspannung. »Was wir hier versuchen, ist falsch. Es steht uns einfach nicht zu.«

»Ist mir bewusst«, gab ihre Freundin lapidar zurück. »Und?«

Jule stand am Schreibtisch, auf dem ihr Computer ruhte. Neben ihr saß Bengt auf dem klapprigen Schreibtischsessel. Seine Finger verharrten dicht über Jules Tastatur, und sein konzentrierter Blick haftete auf dem Monitor. Letzterer zeigte eine Eingabemaske, die das Logo von Jan Abels Agentur trug.

»Und trotzdem wollt ihr weitermachen?«, klagte Clara.

»Von ›wollen‹ kann gar keine Rede sein«, antwortete Bengt. Er sah nun zu den Frauen, und auf seinen Zügen lag fast so etwas wie Neugierde. »Ich finde, ihr *müsst* sogar. Wie sonst soll Jan Abels Mörder je gefunden werden?«

»Vielleicht von der Polizei?«, gab Clara zurück. Es klang schärfer als beabsichtigt, doch der Tadel in ihrem Tonfall war trotzdem angebracht. »Dafür ist die da, schon vergessen?«

Clemens Dröscher hatte ihnen ein Passwort genannt, das angeblich die Cloud von *Secret Solutions* entsperrte. Der junge Sportler behauptete, es durch puren Zufall gesehen zu haben, als er vor Monaten in Abels Büro gewesen war.

»Ich stand mal hinter ihm, als er es eingab«, so hatte Dröscher es vorhin erklärt. »Ich glaube, der hat gar nicht gemerkt, dass ich ihm in dem Moment über die Schulter schauen konnte. Und ich habe auch nicht spioniert oder so, ehrlich! Was kümmert mich Abels Computer? Das geschah ohne jede Absicht, darauf gebe ich Ihnen mein Ehrenwort. Aber ich habe das Wort gesehen und es seitdem auch nicht wieder vergessen. Weil es so albern war, verstehen Sie? Und, nun ja, vielleicht hilft es Ihnen beiden ja weiter, wenn Sie es ebenfalls kennen.«

Clara und Jule hatten noch gestaunt, als sie zurück nach Travemünde gefahren waren. Auch Bengt hatte seinen Ohren zunächst kaum getraut. Doch dann war der gleiche Jagdinstinkt in ihm erwacht, der auch Jule antrieb – sehr zu Claras Bedauern.

»Die Polizei macht ihre Arbeit«, sagte er nun, »und ihr macht eure. Das ist ja auch kein Wettbewerb, sondern ein gegenseitiges Unterstützen. Falls das hier funktioniert, gebt ihr Sören einfach Bescheid, und *alle* kommen weiter.«

»Ganz meine Meinung«, stimmte Jule ihm erneut zu. Sie lächelte. »Wir helfen bei den Ermittlungen, Clara. Weiter nichts. Wir haben hier eine echte Chance, mehr über Abel zu erfahren. Darüber, ob es noch weitere Klienten gibt, die im Streit mit ihm auseinandergegangen sind. Und ich finde, wir sollten sie zumindest mal ausprobieren.«

»Aber …«

»Kein Aber«, schüttelte sie den Kopf. »Sören freut sich, wenn wir ihm die Lösung auf dem Silbertablett präsentieren. Das garantiere ich. Und bevor wir ihn ins Boot holen, können wir ja wenigstens mal unter uns austesten, ob das Boot überhaupt schwimmt.«

»Ihr macht mich fertig«, murmelte Clara. Seufzend stand sie auf und ging ebenfalls zum Schreibtisch. »Und was ist mit Datenschutz? Wenn das Passwort stimmen sollte, dringen wir hier in die Privatsphäre von Leuten ein, die das weder wollen noch verdient haben.«

»Also, ich schweige wie ein Grab«, versicherte Jule mit einem Augenzwinkern. »Das schwöre ich hoch und heilig, Frau Pastorin.«

Bengt grinste. »Und ich war sowieso nie hier.«

»Na ja«, gab sie widerwillig nach. »Wahrscheinlich stimmt das Passwort ohnehin längst nicht mehr. Von daher …«

»Gesprochen wie eine wahre Meisterdetektivin«, lobte Jule und legte ihr freundschaftlich den Arm um die Schultern.

»Ha, ha«, erwiderte Clara brummend. »Ich werde für euch beten, hört ihr? Und das meine ich ernst!«

Bengt sah auf den Zettel, den Jule ihm neben die Tastatur gelegt hatte und auf dem das Passwort stand: *KAIN2DREI*. »Das passt ohnehin«, sagte er. »Immerhin geht dieser Abel hier ja voll in den Bibelmodus. War der auch in deiner Kirche, Clara?«

»Ich weiß nicht mal, ob der *je* in einer war«, gab sie zurück. »Würde ich aber bezweifeln, bei dem Moralverständnis.«

Mit einigem Magengrummeln sah sie zu, wie Bengt das Passwort in die Eingabemaske tippte. Jule griff zeitgleich nach der Rückenlehne seines Sessels – so fest, dass die klapprige Lehne beinahe aus der Halterung fiel. Die Anspannung im Raum war offenkundig.

Dann passierte … nichts.

Die Grafik auf dem Monitor veränderte sich kein bisschen. Nirgends ploppten geheime Kundenakten auf, nirgendwo erschien eine Liste mit potenziellen Mordverdächtigen. Clara war gleichermaßen erleichtert wie enttäuscht.

»War wohl nichts mit Dröschers Passwort, hm?«, murmelte sie.

»So ein Mist!«, grummelte Jule. »Ich hatte echt geglaubt …«

»Moment«, unterbrach Bengt sie. »Muss man vielleicht noch auf *Return* drücken?«

»Machst du Witze?« Jule verpasste ihm einen tadelnden Stüber gegen den Hinterkopf. »Mach hinne, du Lachmöwe.«

Er zwinkerte Clara zu und betätigte die Taste. »Geht nichts über ordentlichen Spannungsaufbau.«

»Wann ist der eigentlich Komiker geworden?«, fragte Jule ihre Freundin. »Ist das dein schlechter Einfluss, oder wie?«

Clara hob beide Hände. »Ich kann nichts dafür.«

Einen Sekundenbruchteil später wich die Eingabegrafik auf dem Bildschirm einer endlos scheinenden Liste von Dateiordnern. Die Ordner waren alphabetisch sortiert und nicht gerade klein. Bengt stieß einen anerkennenden Pfiff aus, und Jule hob die Hand zum Mund – halb entsetzt und halb begeistert.

»Bingo«, murmelte sie.

»Freut euch nicht zu früh«, warnte Bengt. »Wenn ich das richtig sehe, sind die einzelnen Ordner ebenfalls noch mal gesichert.«

»Aber ein Anfang ist gemacht«, fand Jule. »Du meine Güte, wir sind drin!«

Clara nickte. Es war ihr unangenehm, all die Namen auf dem Monitor zu sehen. Bengt scrollte sich gerade durch die Liste, und einmal mehr kam sie sich vor, als wühlte sie in der Schmutzwäsche fremder Menschen. Ob Jan Abel damit je Probleme gehabt hatte? Vermutlich nicht, sonst hätte er *Secret Solutions* nie gegründet.

»Der Kerl war gut im Geschäft«, sagte Bengt. »Zumindest hatte er ganz schön viele Kunden. Hey, kenne ich den Namen hier nicht irgendwoher?«

Jule beugte sich vor und sah auf den Ordner, auf den er deutete. »Dees, Anja«, las sie vor. Dann stutzte auch sie. »Die aus dem Fernsehen? Von *Anjas Arche*?«

»Das kann auch ein Zufall sein«, ging Clara dazwischen. Sie kannte die Sendung aus dem Kinderprogramm und wusste beim besten Willen nicht, weshalb deren grundsympathische Moderatorin ein Alibi brauchen könnte. »Eine andere Anja Dees.«

»Möglich«, erwiderte Jule. »Doch das beweist noch nichts. Auch Prominente haben Geheimnisse. Vielleicht sogar vor allem die.«

Clara seufzte. »Ist euch eigentlich klar, was das da bedeutet?«, fragte sie und sah in Richtung Computer. »Die Liste möglicher Täter ist gerade um das x-Fache angewachsen. Alle diese Namen müssten zumindest mal überprüft werden, um sicherzugehen. Um zu schauen, ob da Verdächtige lauern. Mordmotive und Mordgelegenheiten.«

»Klar«, sagte Jule. »Das wussten wir aber auch vorher. Abels Klienten waren von Anfang an Personen von Interesse. Sie haben jetzt nur Namen bekommen, weiter nichts.«

»Aber wir haben doch auch so schon Namen«, erwiderte die Pastorin. »Und die wenigsten von denen konnten wir bisher von der Liste der Verdächtigen streichen, wenn ich ehrlich sein soll. Nimm nur mal Clemens Dröscher. Der macht keinen Hehl daraus, dass er Abel nicht mehr ausstehen konnte.«

»Kann ich ihm auch nicht verdenken«, warf Bengt ein. »Bei der Vorgeschichte.«

»Und sein Alibi?« Clara hob die Schultern. »Er war angeblich allein im Wald. Wollen wir ihm das einfach so glauben? Können wir das?«

»Wie ein Mörder kam er mir nicht gerade vor«, bemerkte Jule.

»Mir auch nicht, doch was heißt das schon?«, gab sie zurück. »Wenn wir wirklich Detektive sein wollen, brauchen wir Beweise und keine Fragezeichen. Oder nimm dir Abels Nachbarn, diesen Auerswald. Der linst den ganzen Tag neugierig zu Abel herüber und bemerkt jeden schief stehenden Gartenzwerg in seiner Straße. Aber ausgerechnet dann, wenn Abel ermordet wird, hat auch er nichts beizutragen. Glauben wir ihm das?«

Jule schwieg. So hatte sie die Sache noch gar nicht gesehen, das merkte Clara ihr an.

»Und was ist mit Auerswalds mysteriöser Unbekannten?«, fuhr Clara fort. »Mit der Frau, die er angeblich mehrfach vor Abels Haus herumlungern sah. Kennen wir inzwischen ihren Namen? Wissen wir, wo sie wohnt, was sie wollte, ob es sie tatsächlich gegeben hat? Nichts davon wissen wir, Jule! Da sind wir keinen Millimeter weiter.«

»Und denkt an Abels Wettbewerber«, sagte Bengt. Er hatte sich im Schreibtischstuhl umgedreht und sah Clara und Jule interessiert zu. »Auch da könnte ein Verdächtiger lauern, bei den unternehmerischen Konkurrenten von *Secret Solutions*. Wenn dieser Abel keine Skrupel hatte, das Umfeld seiner Kunden anzulügen, dann ging der bestimmt auch nicht allzu sanft mit seiner Konkurrenz um.«

»Genau.« Clara nickte dankend. »Wir kennen noch nicht einen einzigen Wettbewerber. Null. Alles, was wir bislang aufzuweisen haben, sind neue Namen, Jule. Nur eine noch längere Liste. Und du sagst, wir hätten ein Händchen für so etwas? Pah.«

Jule schwieg einen Moment lang. Nur das leise Surren des Computerturms war im Inneren des kleinen Büros noch zu hören – und das Quietschen der Räder unter Bengts Sitz, als er die Beine übereinanderschlug.

Clara bedauerte den Ausbruch sofort. Sie hatte nicht wütend klingen wollen, doch sie war frustriert. Der Anblick der vielen Namen hatte irgendetwas in ihr ausgelöst, und sie ahnte, was es sein musste. Seit dem Morgen auf Jan Abels blutiger Terrasse hatte dieser Mord ihr Leben gekapert wie ein Pirat ein friedliches Handelsschiff. Anstatt in Ruhe und Frieden ihre Kirchenarbeit zu erledigen, die sie liebte und für die sie buchstäblich lebte, war sie auf verkappter Mördersuche. Und als wäre das noch nicht genug, hatte Fritz sich mal wieder negativ in ihr Bewusstsein gedrängt – gerade dann, als sie geglaubt hatte, ihm näherzukommen. Ihn endlich zu verstehen.

Und fang mir bloß nicht mit Phantom-Stefan an, erinnerte sie sich. *Den habe ich ja auch noch zu sehen geglaubt: den Geist meines Ex-Freundes.*

»Irgendwo müssen wir beginnen«, sagte Jule dann. Sie sprach leiser als vorher, hatte einiges an Dampf verloren, und ihr verständnisvoller Tonfall biss sich mit dem leichten Tadel in ihrem Blick. »Und Namen sind besser als keine Namen. Ich gebe das Passwort an Sören weiter, Clara. Die Kripo hat die Manpower und nicht zuletzt dank unserer Vorarbeit auch sicher das technische Geschick, diese vielen Ordner zu öffnen und durchzuackern. Wir *sind* einen Schritt weiter, ob du es nun glaubst oder nicht. Und auch die anderen Fährten sind nicht vergessen. Wir können nur alle keine Wunder wirken. Auch nicht du, Frau Pastorin. Wir müssen mit dem arbeiten, was wir haben. Und darauf vertrauen, dass es uns zum Ziel führt.«

»Wunder, Vertrauen, Ziele …« Bengt schmunzelte. »Gesprochen wie eine wahre Priesterin. Bist du sicher, dass Clara nicht auf *dich* abfärbt?«

»Ihr habt beide recht«, gab Clara zerknirscht zu. »Tut mir leid. Ich weiß auch nicht, was das sollte. Ich brauche wohl eine Pause.«

»Und ich weiß, wie die aussieht«, sagte Bengt. Er stand auf und schaltete Jules Zeitungscomputer ab. »Ich lade dich zum Abendessen ein, jetzt sofort und draußen am Wasser. Danach bringe ich dich nach Hause, wir sehen nach Frieke, und dann legst du dich wieder schlafen. Morgen ist auch noch ein Tag.«

»Essen?« Clara runzelte die Stirn. Einerseits gefiel ihr der Vorschlag sehr, andererseits … »Und was ist mit den Dateien aus der Cloud?«

»Um die kümmert Sören sich schon«, stimmte Jule zu. »Ich muss ihn ohnehin bald ablösen und die Rasselbande ins Bett bringen. Wir nehmen uns die Zeit jetzt einfach, Clara. Für heute ist Feierabend, die Mörder können warten.«

»Und du schuldest mir ohnehin noch ein Date«, meinte Bengt. »Ein richtiges, mit Speisekarte und so.«

Dem wusste selbst die Pastorin nichts mehr entgegenzuhalten. Dankbar ließ sie sich von ihm aus dem kleinen Hinterhaus des *Schmökerhafens* führen – und in den beginnenden Abend am Meer.

KAPITEL 11

Der Fisch im *Störtebekers* war tatsächlich nicht übel. Erst recht, wenn man ihn in angenehmer Gesellschaft und mit Blick auf die Travemündung genoss.

Sie hatten einen der letzten freien Tische auf der Terrasse des Lokals bekommen und sahen bei Weißwein und leiser Lounge-Musik dabei zu, wie die Lichter auf Travemündes Strandpromenade nach und nach erloschen. Die Temperaturen waren noch immer vertretbar, doch hier am vorderen Ende des Priwalls, wo die Masten der kleinen Nobeljachten im trägen Takt der Wellen schwankten, gewann der vom Meer hereinkommende Nachtwind allmählich an Fahrt. Clara war froh, als Bengt ihr seine dünne Jacke anbot.

»Ich muss schon sagen«, gestand er und beugte sich in seinem Sitz vor. Das Licht der Lampions, die die Grenze des Außenbereichs säumten, spiegelte sich in seinen dunklen Augen. »Hier ist es netter, als ich dachte. Diese neuen Feriensiedlungen meide ich eigentlich wie die Pest, aber der Laden ist echt okay.«

Clara fuhr sich mit der Stoffserviette über den Mund und legte Messer und Gabel zur Seite. Sie verstand ihn gut. Das gesamte »alte« Travemünde stand mit den Neubauten der jüngsten Vergangenheit auf dem Kriegsfuß. Einerseits waren sie ein absoluter Gewinn für den hiesigen Tourismus und sorgten dafür, dass ganz neue Bevölkerungsschichten ihren Urlaub an der Ostsee buchten.

Andererseits raubten sie Travemünde natürlich auch ein Stück Charakter, zumindest etwas von seinem romantischen Zauber.

Von den pittoresken Altbauten rings um Claras Kirche waren die neuen Betonklötze am Priwallufer jedenfalls weiter entfernt als die katholische Kirche von Frauen am Altar. Und eine Helga Dröscher konnte sich keine Jacht der Welt leisten.

»Einmal mehr durchläuft deine Heimat einen Wandel, hm?«, sagte die Pastorin wissend. »Erst vom Fischerdorf zum Touristenidyll, und nun vom Touristenidyll zum ...«

»Society-Hotspot«, meinte er, als sie noch nach den richtigen Worten suchte. »Zum neuen *place to be*. Gott bewahre.«

Sie lächelte. Es tat gut, so entspannt mit ihm zu sprechen. Einfach im Moment zu sein. Weshalb kam sie sich eigentlich manchmal so ungeschickt vor, wenn sie ihn sah? Dafür gab es doch gar keinen Grund.

»Und es ist nicht nur *meine* Heimat, schon vergessen?«, fuhr er fort. »Du lebst auch hier.«

»Gott sei Dank«, betonte sie, nahm ihren Mut zusammen und griff nach seiner Hand, die auf dem Tisch neben seinem Weinglas ruhte. Ganz einfach.

Er lächelte, und die Masten tanzten dabei.

Seit dem Gespräch im *Travemünder Boten* war eine gute Stunde vergangen. Den Großteil dieser Zeit hatte Clara keinen einzigen Gedanken mehr an Jan Abel, Fritz Behrendt und all die anderen Lügner des Nordens vergeudet. Auf der Fähre, die Bengt und sie zum Priwall gebracht hatte, hatte sie noch mit ihrem Handy das Internet befragt und andere Alibi-Agenturen recherchiert.

Doch die Ergebnisse ihrer kurzen Internet-Suche waren arg übersichtlich gewesen, und die zwei Telefonnummern, die sie – trotz Bengts sanftem Tadel – kurzerhand angerufen hatte, hatten sich als Sackgassen herausgestellt. Eine hatte eine Kölner Vorwahl gehabt, die zweite eine Münchner, und in beiden Fällen war nicht einmal ein Anrufbeantworter geschaltet gewesen. Es blieb also dabei: Feierabend war Feierabend – für Detektivinnen genauso wie für Pastorinnen.

»Wie war dein Tag eigentlich?«, fragte sie nun. »Du hast dir geduldig angehört, was Jule und ich so treiben. Aber was ist mit dir? Alles okay am Leuchtturm?«

Er nickte. »Bestens. Ich hatte heute wieder eine Rentnerin, die mir mit einem Anwalt drohen wollte, weil der Turm nicht barrierefrei ist und sie mit Rollstuhl da leider nicht weit kommt. Und ich hatte eine Schulklasse, die nach zehn Minuten im Museum schon keine Lust mehr hatte. Alles wie immer.«

»Wie bitte?« Claras Augen wurden groß. »Die Rollstuhlfahrerin droht dir mit einem Anwalt?«

Er winkte ab. »Manche Leute verstehen einfach nicht, dass der Museumsleiter nichts für sein Gebäude kann. Alte Leuchttürme waren nie für Rollstühle entworfen worden. Das ist einfach Fakt, so leid es mir tut. Aber es gibt Menschen, deren Anspruchsdenken übersteigt jede Logik.«

»Du meine Güte«, murmelte sie.

Bengts Museum lag im Inneren des Turmes. Wer es besuchte, musste die lange Wendeltreppe hinauf und hinunter, die schon die Leuchtturmwärter vergangener Jahrhunderte benutzt hatten. Einen Fahrstuhl gab es nicht. Schon allein der Denkmalschutz machte ihn unmöglich. Das war bedauerlich, aber nun einmal nicht zu ändern. Und es lag auch nicht an Bengt.

»Und du?«, erwiderte er gelassen. »Mal abgesehen von Alibi-Abel und der Liste der Verdächtigen, wie geht's dir so?«

Sie überlegte kurz, ob sie ihm heute von Fritz' Briefen erzählen wollte. Von der heimlichen Zweitfamilie, die ihr Vater allem Anschein nach gehabt hatte, und von den Halbgeschwistern, die sie dadurch haben musste, ohne sie auch nur ansatzweise zu kennen. Doch sie entschied sich dagegen. Der Abend war zu schön für derart ernste Themen, und sie wollte sich nicht schon wieder über lügende Nordmänner ärgern. Nicht, wenn sie das Gegenteil von ihnen direkt vor der Nase sitzen hatte.

»Besser«, antwortete sie. »Jetzt geht's mir besser.«

Bengt lächelte wieder.

Einen Herzschlag später klingelte Claras Handy.

Als Pastorin war sie stets erreichbar, das gehörte für sie einfach dazu. Die Sterbebegleitung war ein wichtiger Teil ihrer Arbeit und meist eine große Hilfe für betroffene Familien aus der Gemeinde. Daher zögerte sie auch jetzt nicht und nahm das kleine Gerät mit einem entschuldigenden Blick aus der Hosentasche. Dann stutzte sie, denn die Nummer auf dem Display war aus Köln.

»Ist das die Agentur?«, wunderte sich Bengt.

»Sieht ganz so aus«, murmelte sie und hob ab. »Clüver?«

»Werner Lenz hier«, meldete sich eine ebenso markante wie geschäftstüchtig wirkende Männerstimme. Der rheinische Dialekt war unüberhörbar. »Agentur *Heimliche Helfer*. Frau Clüver, ich grüße Sie. Sie hatten vorhin bei uns angerufen? Was kann ich für Sie tun?«

»Sie …« Clara hob erstaunt die Brauen, schaltete das Gerät auf Lautsprecher und legte es auf den Tisch. »Sie sind gründlich, Herr Lenz. Ich dachte, Sie hätten schon Feierabend.«

»Das Böse schläft nie«, erwiderte er und lachte über den eigenen Scherz. »Und unsere Klienten verdienen es, dass wir stets für Sie bereitstehen. Wie kann ich helfen?«

Clara zögerte nur kurz. Mit knappen, aber sehr klaren Worten erklärte sie dem Mann aus Köln, dass sie die Dienste seiner Agentur gar nicht in Anspruch nehmen wollte. »Stattdessen geht es mir eher um eine Art Auskunft, wenn das für Sie okay ist«, sagte sie. »Um Recherche.«

»Hm«, machte Lenz. Mit einem Mal klang er weit weniger begeistert. »Kommt drauf an, was Sie wissen möchten.«

»Ich interessiere mich für Alibi-Agenturen allgemein«, sagte sie. Es war zumindest nicht *ganz* gelogen und daher hoffentlich vertretbar. »Und ich frage mich, wie viele von ihnen es überhaupt gibt. Bis vor wenigen Tagen war mir diese Branche noch völlig unbekannt.«

Lenz lachte. »Das wundert mich nicht. Wir sind nicht allzu viele, soweit ich das überblicke. Vielleicht ein, zwei Handvoll Agenturen bundesweit? Zehn Stück? Das könnte in etwa hinkommen.«

»Dann herrscht bei Ihnen vermutlich kein großes Konkurrenzdenken, oder?«

»Konkurrenz?« Der Mann aus Köln klang verblüfft. »Na, Sie stellen ja Fragen. Nee, sonderlichen Wettkampf spüre ich nicht. Dafür habe ich auch viel zu viel zu tun. Ich schätze, das geht den anderen Agenturen ähnlich. Wir sind alle Einzelkämpfer, und gerade weil wir so weit verstreut sind, nehmen wir uns gegenseitig auch nie die Butter vom Brot. Denn ob Sie es nun glauben oder nicht, Frau Clüver: Es gibt immer Menschen, die anderen etwas vorspielen wollen. Überall. Das gehört in meinen Augen zur menschlichen Natur, wissen Sie? Das können wir gar nicht ablegen, selbst wenn wir es wollten.«

»Steile These«, murmelte Bengt so leise, dass nur sie es hören konnte.

Clara nickte. »Kennen Sie denn Ihre Kollegen?«, fragte sie vorsichtig. »Wenigstens ein paar von diesen zehn?«

»Puh, ›kennen‹«, wiederholte Lenz. »Nee, begegnet bin ich da nie groß jemandem. Warum auch? Das ist kein Ausbildungsberuf, Frau Clüver. Da arbeitet jeder *learning by doing*. Da trifft man sich weder in irgendwelchen Messehallen noch bei Gewerkschaftstagungen oder auf der Weihnachtsfeier der Handwerkskammer.«

Er lachte und sprach dann weiter. »Ich zum Beispiel war mal Journalist, hier in Köln beim *Express*. Über den Handel kam ich auch zu meinen ersten Klienten, als ich mich mit der Agentur selbstständig machte – ich sprach einfach gezielt ein paar Promis an, die ich aus meinen Schlagzeilen kannte, und fragte sie, ob ich ihnen helfen könne, in Zukunft solche Schlagzeilen zu vermeiden. Garantieren kann ich's Ihnen zwar nicht, aber ich würde echt wetten, dass die meisten von uns Alibisten solche Quereinsteiger wie ich selbst sind. Die kamen alle von irgendwo, wo sie zum Teil schon mit der Thematik und der Materie zu tun hatten. Vielleicht aus der PR, vielleicht aus irgendwelchen Redaktionen, aus dem Marketing …«

Lenz senkte die Stimme, schien kurz mit sich selbst zu sprechen. »Na ja, alle bis auf diesen Holste, heißt das. Der war schon anders drauf.« Abermals musste er lachen.

Fragend sah Clara zu Bengt, doch er hob ratlos die Schultern. »Verzeihung«, wandte sie sich erneut an Lenz. »Wen meinen Sie?«

»Ach, nur so 'n Jungspund«, erklärte er. »So einen Möchtegern-Wichtigtuer oben aus Lübeck. Falls Sie sich für Konkurrenz in der Branche interessieren, ist der vielleicht ein Ansprechpartner für Sie. Linus Holste heißt der Knabe.«

Abermals hob Clara den Blick.

»Lübeck?«, wiederholte Bengt lautlos.

»Der rief hier vor ein paar Wochen an«, fuhr Lenz fort. »Aus heiterem Himmel, genau wie Sie. Ein ziemlich arrogantes Kerlchen, wenn ich das so sagen darf. Sehr unsympathisch. Er meinte, er habe einem Kollegen von mir eine Weile bei der Arbeit über die Schulter geschaut und wolle ihn nun vom Thron stoßen. Sich selbstständig machen und den Kollegen unternehmerisch vernichten, verstehen Sie? Ihn ablösen, zur Not auch mit brachialen Mitteln. Und er fragte mich allen Ernstes, ob ich ihm dabei helfen würde. Seine Feinde seien ja schließlich auch meine Feinde.« Darauf folgte ein ablehnendes Schnauben, das lauter war als Lenz' Worte zuvor.

»Wissen Sie zufällig, wie dieser Kollege hieß?«, fragte Clara. Ihr Herz pochte plötzlich sehr schnell, und ihre Fingerkuppen kribbelten vor Nervosität. »Der, bei dem dieser Holste ausgeholfen haben will?«

»Nee«, antwortete Lenz. »Hat mich auch null interessiert, zumal ich mir sicher bin, dass ich nicht die erste Agentur war, die er mit diesem Stuss behelligte. Wie ich schon sagte: Ich habe keine Konkurrenz, Frau Clüver. Und erst recht keine Feinde. Ich mach einfach nur meine Arbeit. Und dieser Jungspund wollte mehr als nur das, verstehen Sie? Der wollte Blut sehen.«

Bengt lehnte sich in seinem Sitz zurück, das Gesicht ein einziges Entsetzen.

»Und Sie haben keinen Namen für mich?«, fragte Clara erneut.

»Bedaure«, antwortete Lenz. »Ich weiß nur, dass der Typ, den Holste ins Fadenkreuz nehmen wollte, auch da oben an der Ostsee sitzt. In – Moment, wie hieß das noch – Scharbeutz oder so? Gibt es da ein Kaff namens Scharbeutz?«

KAPITEL 12

Sie wurde beobachtet!

Clara wusste nicht, woher sie die Gewissheit nahm. Das Gefühl war einfach da, von einem Augenblick auf den anderen, und es ließ ihre inneren Alarmsirenen schrillen wie schon lange nichts mehr.

Der nächste Morgen war über dem Priwall angebrochen. Nach einer leidlich geruhsamen Nacht, die sie allein in ihrer Scheunenwohnung verbracht hatte, war die Pastorin aufgestanden und im kleinen Bad verschwunden. Nun stand sie in der Küche, kämpfte mit einem störrischen Wasserkocher und hatte gerade begonnen, sich Kräuterfrischkäse auf eine Scheibe Schwarzbrot zu schmieren, als ihr Spidey-Sinn sich meldete: *Achtung! Gefahr!*

Fragend drehte sie sich um. Hinter ihr war das kleine Fenster, das auf Friekes Hof und die Büsche an der Grundstücksgrenze hinausging. Doch so aufmerksam sie auch ins Freie schaute, sie konnte nichts Ungewöhnliches erkennen.

»Siehst du mal wieder Gespenster?«, murmelte sie.

Damit kehrte sie zu ihrem Frühstück zurück. Sie goss sich Teewasser in ihre Lieblingstasse, nahm einen Beutel Darjeeling aus der Pappschachtel und …

Da! Das Gefühl kehrte zurück, stärker und dringlicher denn je. Es klang absolut absurd, doch Clara spürte regelrecht, dass etwas nicht in Ordnung war. Dass das Bild vor ihrem Küchenfenster log.

Auch die Nervosität war wieder da. Wer einem messerschwingenden Mörder gegenübergestanden hatte – Auge in Auge bei mondloser Nacht –, den verließ sie wohl nie mehr so ganz.

»Mach doch keinen Quatsch, Mädchen«, tadelte Clara sich leise.

Trotzdem griff sie nach dem Fischmesser, das im Messerblock auf der Arbeitsplatte ruhte, und ging durch den kleinen Flur ihrer Bleibe ins Wohnzimmer. Dort gab es ein deutlich größeres Fenster, von dem aus man nahezu den kompletten Hof einsehen konnte, nicht bloß einen Teilbereich.

Sie hatte es noch nicht ganz erreicht, da hörte sie Rufus schon bellen. Der Labrador klang nicht gerade freundlich.

Clara umfasste den Griff ihres Messers fester, schlich ans große Fenster und wagte einen neuen Blick ins Freie.

Dann erstarrte sie.

»Auf gar keinen Fall!«, sagte sie, als sie auf dem Hof ankam. Sie keuchte ein wenig, und vor lauter Anspannung zitterten ihr die Knie. »Sag, dass das nicht wahr ist, Stefan!«

Stefan Faust stand neben Friekes kleinem Zierteich wie ein Schmutzfleck auf einem ansonsten makellosen Bild. Der Fünfundvierzigjährige hatte sich in den vergangenen Monaten keinen Deut verändert. Das blonde Haar saß makellos, genau wie sein teurer Anzug. Auf dem Leder seiner italienischen Halbschuhe prangte kein einziges Staubkorn, und der genervte Ausdruck auf seinem sonnengebräunten Gesicht war ebenfalls ganz der Alte.

»Sag du *ihm* lieber, dass er sich benehmen soll«, verlangte er, doch es klang gepresst. Dabei wich er abermals einen Halbschritt von Rufus zurück. »Ich schwöre dir, wenn der mich anspringt, dann gibt's hier bald Besuch vom Tierheim!«

Der Labrador ließ sich von Drohungen nicht beeindrucken und bellte tapfer weiter. Für jeden Zentimeter, den Stefan vor ihm kapitulierte, ging er zwei auf den Mann aus Wiesbaden zu. Clara kam nicht umhin, den Hund für seine Menschenkenntnis zu bewundern. Witterten Labradore es, wenn jemand ein Problem darstellte?

»Ist schon gut, Rufus«, sagte sie und nahm den Hund am Halsband. Dankbar strich sie ihm über den Hals, während er sich an ihr Bein schmiegte, ohne Stefan aus den Augen zu lassen. »Der Mann geht jetzt wieder.«

»Was?« Stefan lachte spöttisch – und, wie sie fand, hörbar erleichtert. »Nichts da, Clara. Ich bin eben erst gekommen. Weißt du eigentlich, wie schwer das war, dich ausfindig zu machen? Travemünde! Darauf wäre ich im Leben nicht gekommen, echt. Ausgerechnet du in Travemünde.«

»Du hast hier nichts verloren, Stefan«, sagte sie fest.

»Ach, du etwa?«

Er steckte eine Hand in die Hosentasche. Wie immer, wenn er einen lässigen Auftritt absolvieren wollte. Die andere Hand schwebte dabei gern in der Luft vor seinem flachen Bauch, damit die goldene Uhr am Gelenk hin und wieder zur Geltung kam. Auch das, wusste Clara, gehörte bei ihm zum Standard. Stefan war so darauf geeicht, sein Gegenüber zu blenden und zu beeindrucken, dass ihm beides zur zweiten Natur geworden war. Er machte es ganz automatisch. »Wow-Effekt«, so hatte er es immer genannt.

An seinem frustrierten Seufzer war aber wenig wow. »Clara«, tadelte er. Jede Silbe war eine Anklage, jede Bewegung ein stummes Urteil. »Seit Wochen telefoniere ich dir hinterher. Wochen! Und du? Du gehst nicht einmal ran. Ich weiß nicht, wo du steckst. Nicht einmal, was zur Hölle du treibst. Selbst deine alte Dienststelle wollte es mir nicht verraten.«

Gut so, dachte sie.

Es war ihr albern vorgekommen, Stefans Nummer nach der Trennung auf ihrem Handy zu blockieren. Nun aber begriff sie, dass es dringend nötig gewesen war. Ein Stefan Faust verlor nicht gern, so einfach war das. Und er sah in einem Nein keine Antwort, sondern nur eine neue Herausforderung.

»Frag dich mal, warum«, sagte sie.

Er schnaubte spöttisch. »Verflucht, was soll das hier? Pastorin an der Ostsee? Hast du sie noch alle? Was ist das gerade, deine Midlife-Crisis? Ich dachte, die hätten nur Männer.«

Seine Wut war echt, auch nach all der Zeit. Genauso echt wie sein unfassbarer Anblick auf Friekes Hof. Clara hatte keinen blassen Schimmer, wie er sie gefunden haben mochte. Aber sie spürte, dass es ihm ernst war. Dass die Sache noch immer nicht beendet war, nicht in seinen Augen.

Über seine Enden entscheidet Stefan Faust immer noch selbst, dachte sie. Die Formulierung klang in ihrem Kopf so albern, dass sie fast aufgelacht hätte. *Und er kommt nicht, um zu verlieren.*

»Was willst du von mir?«, fragte sie. Ihr war, als verknoteten sich gerade Teile ihrer Eingeweide zu einem Ball, der jederzeit in Flammen aufgehen konnte. Erinnerungen brachen über sie ein wie Wellen über einen Bootsanleger – manche gut, viele nicht. »Was in Gottes Namen ...«

»Na, das fragst du noch?« Er trat einen Schritt vor, aufgebracht und zugleich entschlossen. Doch Rufus begann zu knurren, und Stefan wich sofort zurück. »Ich will, dass du Vernunft annimmst, Mensch! Dass du mir zuhörst und begreifst, was für einen hanebüchenen Unfug du hier veranstaltest. Weißt du eigentlich, wie das aussieht? Wie sie daheim über dich reden – über *uns*, Clara? Die bessere Hälfte des besten Anwalts der Stadt, die bei Nacht und Nebel die Koffer packt und geht. Weißt du, wie das wirkt?«

»Ich war nie deine bessere Hälfte«, erwiderte sie und staunte ein wenig, dass die Worte ihr gar nicht wehtaten. »Das bist du schon selbst, und das warst du von Anfang an.«

Er lachte ungläubig und sah zu Friekes Bäumen, als müssten sie ihm jeden Augenblick zustimmen.

»Hast du auch nur die geringste Ahnung, wie übergriffig das gerade ist?«, setzte sie nach. Ein Mut, den sie früher nicht an sich gekannt hatte, stieg plötzlich aus ihrer Kehle und drang über ihre Lippen. Die Knoten brannten wohl schon. »Bist du jetzt Stalker, oder was? Spionierst du mir nach?«

»Siehst du? Genau das meine ich.« Die Hand mit der goldenen Uhr zuckte vor, deutend wie bei einem Schlussplädoyer. »Lächerlich. Du merkst gar nicht, wie lächerlich du dich verhältst. ›Spionieren‹, von wegen. Ich will doch nur …«

»Stefan«, unterbrach sie ihn lauter als gedacht. »Was du willst, ist mir herzlich egal. Begreif das endlich. Wir sind nicht mehr zusammen, und das hier ist mein Zuhause. Meins, Stefan. Ich habe dich nicht hergebeten, und du hast hier nichts verloren. Du …«

»Unter gar keinen Umständen!«, fiel ihr eine neue Stimme ins Wort. Sie war hinter ihr erklungen, und Clara erkannte sie sofort. »Hören Sie? Nein, nein und nochmals nein.«

Frieke trat aus ihrem Haus. Sie trug eine weite Bluse zu einer dunklen Hose, und ihr Haar war leicht zerzaust. Ihr Blick war noch ein wenig glasig, und ihr Tonfall hatte dieses Brüchige, das hartnäckige Erkältungen gern als Andenken zurückließen. Aber sie wirkte deutlich kräftiger als an den Tagen zuvor.

»Was?« Stefan verzog das Gesicht. »Wer sind Sie denn jetzt? Kommen Sie, lassen Sie uns in Ruhe, ja? Das geht Sie nichts an.«

»Und ob!«, widersprach Frieke. Mit schnellen, entschlossenen Schritten kam sie näher, und Rufus trottete zu ihr. »Sie stehen nämlich auf meinem Grund und Boden, Freundchen. Und wenn ich das richtig sehe, will meine Mieterin Sie hier nicht haben. Also? Dampfen Sie ab, aber *pronto*!«

»Clara!«, tadelte er und sah sie anklagend an.

»*Pronto,* hab ich gesagt«, wiederholte Frieke. Rufus knurrte wieder, als wollte er ihre Worte unterstreichen. »Spricht man in Wiesbaden kein Italienisch?«

»Geh, Stefan«, sagte Clara. Das Zittern war zurück, doch diesmal entsprang es nicht ihrer Überforderung. Es kam aus ihrem Feuer. »Verschwinde von hier. *Bitte!*«

Er zögerte kurz, und sein Mund zuckte. Alles in ihm schien zu kämpfen – gegen den Moment ebenso wie gegen den Widerwillen vor der eigenen Kapitulation. Er rang mit sich, wie Clara es noch nie an ihm gesehen hatte.

Neuland, dachte sie mit fast so etwas wie Ehrfurcht. *Stefan betritt gerade Neuland.*

Dann deutete er mit ausgestrecktem Zeigefinger auf sie, Frieke und zurück auf sie. »Das ist nicht vorbei, Clara. Verstanden? Ich komme wieder.«

»Nein«, widersprach Frieke fest. »Das tun Sie nicht.« Abermals machte sie einen Schritt nach vorn, und Rufus ging mit ihr. »Verstanden?«

Stefan schnaubte abfällig, drehte sich um und verließ den Hof ohne ein weiteres Wort.

KAPITEL 13

»Du machst Witze!«

Clara schüttelte den Kopf. »Schön wär's. Ich kann es dir beim besten Willen nicht erklären, aber er war da. Direkt vor meiner Tür.«

»Stefan aus Wiesbaden?« Jule hob die Hand zum Mund. »*Der* Stefan? Ach du meine Güte.«

Seit dem unangenehmen Besuch aus der Vergangenheit waren zwei Stunden vergangen. Clara hatte mit Frieke Tee getrunken und geredet, bis ihre Knie nicht länger gezittert hatten. Stefan war kein zweites Mal aufgetaucht, wenigstens das. Dann hatte sie Jule angerufen und ihr von Werner Lenz und Linus Holste berichtet, um Stefan auch in ihren Gedanken mit etwas Neuem zu überschreiben. Mit Wichtigerem.

Im Nu hatte Jule eine Adresse im Osten Lübecks recherchiert, die zu Holstes Namen passte. Sie war mit dem Golf auf den Priwall gekommen, und nun bogen Clara und sie auch schon in Holstes Straße ein, die im Viertel Marli und nur wenige Blocks entfernt vom Tor der Hoffnung lag. Mehrfamilienhäuser mit langen Fassaden säumten hier den Weg, durchsetzt mit vereinzelten Altbauten aus der Gründerzeit und kleinen Rasenflächen, von denen die Pastorin angenehm viele sah.

»Und der hat sich einfach wieder getrollt?«, fragte Jule gerade. »Freiwillig?«

»›Einfach‹ ist gut.« Sie rieb sich die Nasenwurzel, doch der Schmerz hinter ihrer Stirn blieb. »Frieke hat den regelrecht rausgeworfen. Platzverweis, würde Clemens Dröscher wohl dazu sagen. Ich bezweifle aber, dass Stefan sich lange daran hält. So etwas beeindruckt den nicht.«

»Unfassbar«, fand die Freundin. »Wie so ein richtiger Psycho!«

»Stefan verliert nicht gern«, sagte sie. »Hat der noch nie. Und er ist es auch nicht gewohnt zu verlieren.«

»Aber er *hat* doch längst verloren«, betonte Jule. »Das mit euch ist vorbei!«

»Ja.« Clara seufzte wieder. »Das hier hätte selbst ich ihm nicht zugetraut. Keine Ahnung, was das soll.«

Wenn sie ehrlich zu sich war, hatte sie Mitleid mit ihm. Denn es tat weh, ihn so zu erleben – so verbissen und, ja, auch irrational. Es verdarb den Teil ihrer Erinnerungen an ihn, der gut gewesen war, und dieser Teil war nicht klein. Immerhin hatte sie diesen Mann einmal geliebt, und das aus guten Gründen.

»Wir sind wohl alle nicht mehr die, die wir mal waren«, fuhr sie fort, leise und fast wie zu sich selbst.

Jule hörte es trotzdem. »Das will ich meinen. Wir sind die *neue* Version, klüger und besser und eine gewaltige Schippe attraktiver!«

Trotz der Umstände – oder gerade wegen der Umstände – musste Clara lachen. »Attraktivität wird in Schaufeln gemessen?«

»Wusstest du das nicht?«, gab Jule ganz selbstverständlich zurück. »In Bengts Fall sogar in Schaufel*baggern*. Müsste dir doch vor allen anderen klar sein.«

»Ha, ha«, spottete Clara, dankbar über die kleine Aufmunterung.

Dann erreichten sie die Adresse, die Jules altes Navi ihnen anzeigte. Linus Holste wohnte in einem der grau-gelben Mietskasernen, die das Straßenbild prägten. Das Haus war lang gezogen, hatte drei Etagen und beherbergte, nach der Anzahl der Balkone zu urteilen, gut ein Dutzend Parteien.

»Und da klingeln wir jetzt einfach?«, fragte die Pastorin. Sie sah zu Holstes Eingangstür. »Und fragen ihn, ob er Jan Abel ermordet hat?«

»Wir fragen ihn *nach* Jan Abel«, korrigierte Jule und zog den Zündschlüssel mit einigem Nachdruck ab. »Das ist ein Unterschied, und jetzt komm.«

Sie hatten sich telefonisch angekündigt. Jule hatte den *Boten* vorgeschoben und um ein Interview zum Thema Alibi-Agenturen gebeten, und der junge Mann aus Lübeck hatte begeistert zugesagt. Wie Clara von ihr wusste, lag Abels Klientenkartei nun auch der Kripo vor. Sörens Leute hatten wohl erste Erfolge vorzuweisen und arbeiteten sich gerade systematisch durch die Unterlagen des Ermordeten. Ob sie dabei aber nennenswerte Fährten entdeckten, blieb abzuwarten. Momentan fand Clara die Fährte »Holste« ohnehin weit interessanter, und Jule schien es da ähnlich zu gehen.

Die Wohnung des Mannes lag im zweiten Stock. Linus Holste begrüßte seinen Besuch an der Tür. Clara schätzte ihn auf Ende zwanzig. Sein Haar war fast schulterlang und seitlich gescheitelt, und ein modisch gemeinter Dreitagebart bedeckte sein Kinn. Die dunklen Augen waren wachsam, und das helle Hemd, das er trug, schien frisch gebügelt zu sein. Er wirkte ein wenig zu jung für den Eindruck, den er erwecken wollte, fand Clara. Wie ein Kind, das den großen Macher spielte. *Fake it till you make it.*

»Frau Haberkamp, Frau Clüver«, sagte er so geschäftsmäßig, als würden sie einander längst kennen, und schüttelte ihnen beiden die Hand. »Wie schön. Kommen Sie doch einfach rein.«

Sie setzten sich in Holstes »Arbeitszimmer«, ein überwiegend leeres Kabuff jenseits des fensterlosen Bads, in dem außer einem Klapptisch mit Laptop und einer Couch, die jedem Sperrmüll zur Ehre gereicht hätte, nichts stand. Holste war eifrig, bot Kekse und Getränke an. Dann setzte er sich an den Klapptisch.

»So«, begann er. »Entschuldigen Sie bitte die Räumlichkeit, ich suche gerade erst nach etwas Passenderem. Aber schießen Sie gerne los. Wie kann ich helfen?«

Jule brauchte keine zweite Einladung. Geschickt fabulierte sie eine Geschichte zusammen, laut der sie einen Artikel für den *Travemünder Boten* plane und von *Secret Solutions* gehört habe. Sie erwähnte Jan Abel und dessen tragisches Schicksal mit keinem Wort und fragte stattdessen ganz blauäugig nach, ob es stimme, dass Holste die Scharbeutzer Agentur kenne und in gleichen beruflichen Gefilden unterwegs sei.

»Und ob ich das bin!«, antwortete der junge Mann. »Nein, das stimmt nicht: in besseren. Kennen Sie Jan Abel? Das ist der Chef von *Secret Solutions*. Ich weiß zwar nicht, woher Sie das haben, aber: Ja, ich bin ihm eine Weile zur Hand gegangen, um das Metier besser kennenzulernen. Nur ein paar Wochen, voriges Frühjahr. Doch in seinem Schuppen in Scharbeutz war ich nie mehr als ein besserer Praktikant. Dabei steht mir der Sinn nach Höherem, Frau Haberkamp. Immer schon.« Er lachte leise. »Na ja. Seit ich bei Abel war, weiß ich zumindest, was ich *nicht* will.«

Clara entging nicht, dass Holste im Präsens von dem Toten sprach. Der Mord hatte zwar in den lokalen Tageszeitungen gestanden, doch hatte kein einziger Artikel, der Clara untergekommen war, Abels Identität oder auch nur seinen Beruf genannt. War Holstes Unwissenheit echt?

»Wusste Herr Abel, dass Sie in seine Fußstapfen treten wollten?«, fragte sie.

Holste nickte. »Ich glaube, genau deswegen hat der mich so klein gehalten, als ich bei ihm war. Bei *Secret Solutions* bekam ich nie die Chance, mich zu beweisen. Abel nahm meine Hilfe gern, doch wann immer ich selbstständiger sein oder gar eigene Ideen einbringen wollte, hat der sofort blockiert. Dann durfte ich plötzlich nur Kaffee kochen und Papierkram schreddern. Der wollte mich als Lohnsklaven, nicht als Konkurrenten. Und als er merkte, dass ich nur bei ihm war, um mir bei ihm etwas abzugucken, war auch schnell Feierabend mit unserer Zusammenarbeit.«

Jule hatte sich Notizen gemacht, sah nun aber auf. »Abel hat Sie rausgeworfen?«

»Achtkantig«, bestätigte Holste. »Der ist neidisch auf mich, Frau Haberkamp. Darauf, dass ich jünger bin als er. Hungriger. Der hat gespürt, dass ich ihm über kurz oder lang das Wasser abgraben werde, und das hat dem nicht gepasst.«

»Herr Holste«, begann Clara. Sie versuchte, das Gespräch auf die nächste Stufe zu heben, und war gespannt, wie er reagieren würde. »Herr Abel ist vor wenigen Tagen verstorben. Ich bedaure, Ihnen das mitteilen zu müssen.«

Im ersten Moment prustete der junge Mann los. Dann stutzte er und sah sie staunend an. »Ist das Ihr Ernst?«

Sie nickte. »Mord.«

»Mord?« Holstes Augen wurden groß. Er stieß einen anerkennenden Pfiff aus und rieb sich die Handflächen an den Oberschenkeln. »Alter Schalter …«

»Ehrlich gesagt, bin ich erstaunt, dass Sie das noch nicht wissen. Ich dachte, die Polizei hätte bereits mit Ihnen sprechen wollen.«

Ein Kopfschütteln, dazu erhobene Brauen. »Mit mir? Nee, weshalb denn? Ich hab keinen einzigen Bullen gesehen – und auch den Abel seit Monaten nicht mehr, falls das Ihre nächste Frage sein sollte.«

»Wo waren Sie denn am Montag?«, wollte Jule wissen. Sie ließ die Frage ganz beiläufig und unaufgeregt klingen. »So morgens, zum Beispiel.«

Holste biss mühelos an. »Na, hier«, antwortete er. »In der City. Ich hab mir einige Räumlichkeiten angesehen, drüben beim Holstentor. Als Office Space, verstehen Sie? Schließlich will ich in ein paar Wochen gründen.«

Jule stutzte. »Sie waren Büros besichtigen?«

»Ja, sicher.« Er lächelte ein ausgesprochenes Yuppie-Lächeln. »Sag ich ja, ich suche neue Büroräume. Und ich weiß, wer hier im Ort die geilen Listings hat, das können Sie mir glauben.«

»Dann kann Ihr Makler das Alibi bestätigen?«, fragte Clara.

Abermals prustete Holste los. »Alibi? Sie klingen ja, als wäre ich verdächtig. Ja, sicher kann er das. Möchten Sie seine Nummer haben? Mensch, Sie hören sich ja fast so an, als wären Sie selbst ein Bulle ...«

Der Rest ihres Gesprächs dauerte nicht mehr lange. Holste beschrieb die Agentur, die er zu gründen beabsichtigte, und erzählte mehr über seine Zeit bei *Secret Solutions*. Jan Abel schilderte er dabei als stutenbissigen Unternehmer, der Angst vor werdender Konkurrenz gehabt und längst nicht so souverän gearbeitet habe, wie er es seine Kunden glauben ließ. Er sei schlampig gewesen, so Holste. Und wütend, wenn man ihn darauf angesprochen hatte.

Als sie gehen wollten, senkte der junge Mann verschwörerisch die Stimme. »Übrigens«, sagte er. »Von mir haben Sie das nicht, okay? Aber dieser Clemens Dröscher, der momentan in den ganzen Fußballblättchen steht. Dieser Homo im Trikot ... Der war auch Klient bei Abel. Und jetzt raten Sie mal, wer den in die mediale Scheiße geritten hat?«

Wie es schien, war Linus Holste noch immer gewillt, Jan Abel das Leben schwer zu machen. Dass Abel gar nicht mehr lebte, spielte da gar keine Rolle.

KAPITEL 14

Die Rechtsmedizin liegt in der Nähe des St.-Jürgen-Rings, umgeben von Krankenhausbauten, Arztpraxen und studentischen Wohnhäusern. Eine gewaltige Photovoltaik-Anlage ziert ihr flaches Dach, und auf ihrer nahezu vollverglasten Fassade spiegelt sich das Licht der Vormittagssonne. Es blendet.

Ich stehe auf dem Hinterhof, halb verborgen zwischen mannshohen Abfall- und Altpapiercontainern. Seit knapp einer Stunde warte ich nun schon hier auf dem spröden Asphalt, und noch immer hat mich niemand bemerkt oder gar weggejagt. Das ist ein gutes Zeichen, oder? Ja. Sogar ein sehr *gutes.*

Der Hinterhof selbst ist nicht der Rede wert. Auch das ist ein Glück. Wo ich auch hinsehe, finde ich nur die schmucklosen Rückwände der Nachbargebäude, bröckelnden Putz und vergessenen Sperrmüll. Ein paar Pkw stehen auf den eingezeichneten Parkflächen, eine herrenlose Katze streunt die Zufahrt zur Hauptstraße entlang. Kein Mensch, der noch halbwegs zurechnungsfähig ist, hält sich hier länger auf als unbedingt nötig. Keiner außer mir. Lübeck hat wunderschöne Ecken zu bieten, aber auch den ein oder anderen Schmutzwinkel, und die quadratische Fläche hinter dem rechtsmedizinischen Institut gehört definitiv zu Letzteren.

Außerdem ist sie der Zugang zur Rampe.

Ich jubele innerlich, als der weiße Transporter endlich in die Zufahrt einbiegt. Nach all der Zeit hatte ich schon fast nicht mehr daran geglaubt. Jetzt muss ich aufpassen. Wenn ich jetzt laut lache, bemerkt man mich vielleicht doch. Das darf nicht sein.

Der Wagen wendet auf dem Hof, fährt dann rückwärts bis ans Gebäude. Ich gehe sicherheitshalber in die Hocke, denn ich will auf den letzten Metern nicht doch noch jemandem ins Auge fallen. Aber ich krieche ein Stück weiter vor, auch wenn es schwerfällt. Die Position ist gut gewählt, schließlich hatte ich lange genug Zeit, sie mir zu überlegen. Und das zahlt sich nun aus, denn auf einmal … ist er *da.*

Ich weiß es einfach. In dem teuren Sarg, den zwei Männer in Overalls gerade an die Rampe rollen, kann nur Jan liegen. Der ach so arme Abel.

Aus dem Transporter steigt ebenfalls ein Mann aus. Er ist bärtig und hat einen Bauch. Sein Poloshirt weist Schweißflecken auf, die ich sogar aus mehreren Metern Entfernung noch deutlich sehen kann. Seine Schirmmütze wirkt kaum weniger speckig als er selbst.

Ich lache leise. Das ist also das letzte Geleit für den feinen Herrn Abel – zwei Schwachmaten im Blaumann und ein Bud Spencer für Arme. Auch das, denke ich, hat sich der Tote sicher anders vorgestellt. Zu Lebzeiten hätte er Männer wie diese sicher nicht einmal mit dem Allerwertesten angesehen. Und jetzt tragen sie den seinen von A nach B, achtlos wie weiteren Sperrmüll.

Der Sarg wird in den Transporter geladen. Ich kann nicht hören, was die Männer sagen, doch ich stelle mir vor, dass sie von Fußball sprechen, von ihren hässlichen Frauen, ihren liebsten Biersorten oder anderen Details ihrer durch und durch nutzlosen Leben. Small Talk im Stil des Pöbels. Bestimmt grunzen sie dabei auch angestrengt. Machen das nicht alle ihrer Art?

Als der Sarg verladen ist, schlägt Bud Spencer die Hecktüren des Transporters zu. Er winkt den Kollegen, fischt eine Zigarette aus der Gesäßtasche und setzt sich wieder hinters Steuer. Als er anfährt, hupt er zum Abschied, und die beiden Blaumänner winken ihm kurz nach.

Dann ist es auch schon vorbei. Jan Abel has left the building – *und das auf die vielleicht würdeloseste Art überhaupt. Die Erkenntnis wärmt mich mehr, als die Sonne es je könnte.*

Ich richte mich auf. Das Warten hat sich gelohnt.

Einmal mehr weiß ich, dass ich das Richtige getan habe. Nein, ich bereue nichts.

KAPITEL 15

Das Ferienhaus lag abseits der belebten Straßen, gut versteckt zwischen dem Scharbeutzer Golfplatz und dem nahezu verwaisten Hundestrand. Es war eingeschossig und alt, roter Backstein unter einem bezaubernd authentischen Reetdach, und Katrin Schnause liebte es abgöttisch.

Die siebenundvierzigjährige Altenpflegerin verbrachte ihre freien Wochen erstmalig an der Ostsee und war mehr als begeistert von der Atmosphäre, die hier herrschte. Doch sie schnaufte, als sie zur Haustür kam. Die Wanderung in der Mittagshitze war keine sonderlich gute Idee gewesen, und Katrin Schnause sehnte sich schon seit einigen Kilometern nach einer wohlverdienten Pause. Sie wollte sich nur kurz abkühlen, bevor sie zum Strand hinüberging – mit klarem, kaltem Wasser und vielleicht auch einem kleinen Aperol. Immerhin war sie im Urlaub.

»Urlaub verpflichtet«, murmelte Katrin Schnause und fischte den Schlüssel, den sie von ihrem Vermieter erhalten hatten, aus der viel zu engen Jeans. »Und wat mutt, dat mutt.« Dann lachte sie leise und öffnete die Haustür.

Sofort schlug ihr herrlich kühle Luft entgegen. Wie machten diese Nordlichter das nur immer? Insbesondere die alten Reethäuser hier oben schienen besser für die Sommermonate gerüstet zu sein als jede teure Klimaanlage. Oder kam ihr das nur so vor?

Katrin Schnause warf die Tür hinter sich zu, schlüpfte aus den Sandalen und ging durch den Flur ins Bad. Dort drehte sie den Hahn auf und spritzte sich mehrere Hände voll eiskalten Wassers ins Gesicht, fuhr mit der feuchten Hand über ihren verschwitzten Nacken. Was für eine Wohltat!

»Jetzt noch ein Aperölchen«, murmelte sie, »und ich fühle mich fast schon wieder wie ein richtiger Mensch.«

Gut gelaunt kehrte sie zurück in den Flur, von dem auch die beiden Schlafzimmer abgingen, und bog nach rechts, wo die große Wohnküche mit der schönen Terrasse davor wartete. Katrin Schnause liebte den Raum vor allem wegen der bequemen Sofamöbel, auf denen sie erst gestern wieder mit An…

Der Gedanke verpuffte in ihrem Geist, noch bevor sie ihn beenden konnte, und wurde ersetzt durch einen anderen. Einen, der keinerlei Aufschub duldete.

Stand die Terrassentür schon die ganze Zeit über auf?

Katrin Schnause konnte es sich nicht vorstellen. Anja und sie waren vieles, aber ganz bestimmt nicht achtlos. Nie und nimmer würden sie aus ihrer heimeligen Bleibe aufbrechen, ohne vorher alle Luken dicht zu machen.

Fragend trat sie auf die Tür zu. Dann bemerkte sie das gesplitterte Holz des Rahmens.

Die wurde aufgebrochen!

Sie kannte den Anblick aus den TV-Krimis, die Anja so mochte und die sie selbst kaum ertrug. Genau so sah es aus, wenn Einbrecher zu Werke gegangen waren. Die Tür, die einen verdächtigen Spalt offen war – nicht weit genug, um die Nachbarn zu verwirren – und das zerstörte Holz dort, wo eigentlich die Verriegelung hingehörte. Irrte sie sich, oder waren da sogar die Reste von Fußspuren am Boden zu sehen? Kleine Dreckkrümel, die flinke Füße hinterlassen hatten. Füße, die hier auf gar keinen Fall hingehörten.

Der Anblick war surreal wie das Bild eines Albtraums. Dennoch wusste Katrin Schnause, dass er echt war. Dass das hier wirklich passierte.

Einen Sekundenbruchteil später hörte sie das Knarren.

Es kam aus dem hinteren Bereich des Hauses, aus Richtung der beiden Schlafzimmer. So klang es, wenn jemand betont vorsichtig über alte Bodendielen trat. Richtig? Wenn jemand sich bewegte, dabei aber nicht auffallen wollte.

Sofort war ihr klar, was das nur bedeuten konnte. Der Einbrecher war noch immer im Haus!

Mit einem Mal war ihr wieder warm. Ihr Mund wurde trocken, und sie wagte kaum, einen Atemzug zu machen. Hatte der Unbekannte sie bemerkt? Sie war nicht gerade leise gewesen, oder? Das Rauschen des Wassers im Bad konnte man kaum überhört haben, außerdem hatte sie beim Waschen vor sich hin gemurmelt – und sogar schon draußen auf dem Weg. Gingen die beiden Schlafzimmer nicht ohnehin zum Garten raus? Wenn sich dort jemand versteckt hielt, musste er also schon blind sein, um sie nicht kommen gesehen zu haben.

Hier ist jemand, und er weiß von mir, schoss es ihr durch den Kopf, jedes Wort wie ein Schlag in die Magengrube. *Er weiß, dass ich heimgekommen bin.*

Der logisch abwägende Teil ihres Verstandes schaltete sofort in den Überlebensmodus. Er riet ihr – nein: schrie sogar –, dass sie auf der Stelle raus auf die Terrasse laufen und irgendwie versuchen sollte, durch die das Grundstück begrenzende Berberitzen-Hecke zu brechen. Die Hecke war stachelig und dick, aber alles schien ihr besser zu sein als eine Begegnung mit dem Einbrecher, oder? Weg, schrie die Logik. Nur weg, und zwar so schnell und so weit wie irgend möglich.

Doch wenn sie in Panik geriet, war Logik oft das Letzte, auf das Katrin Schnause noch hörte. Das sei ein sehr ungesunder Charakterzug, so hatte es ihr vor Jahren schon eine Therapeutin bescheinigt. Damals war Katrin Schnause so beleidigt gewesen, dass sie nach dieser Sitzung kein weiteres Mal in die Praxis der Dame gegangen war. Nun aber, Auge in Auge mit einer waschechten Gefahr, musste sie an sie denken.

Und nicht einmal das genügte.

Mein Handy, überlegte die Altenpflegerin. *Ich muss die Polizei rufen.*

Das Mobiltelefon lag auf der Anrichte im Flur, oder? Sie hatte es doch dort abgelegt, bevor sie im Bad verschwunden war. Wenn sie es richtig anstellte, konnte sie es vielleicht holen, bevor sie das Haus verließ. Verflucht, mit ein wenig Glück konnte sie es holen *und* das Haus durch die Haustür verlassen – ohne den Widerstand etwaiger Hecken überhaupt fürchten zu müssen. Und ohne dass der Unbekannte im Schlafzimmer ihr in die Quere kam.

Oder ich ihm.

Es war riskant. Der logisch abwägende Teil ihres Verstandes wusste das. Aber ihr Herz pochte viel zu sehr, als dass sie ihn noch groß hätte hören können. Die Panik war lauter.

Im Geiste ging sie die nächsten Schritte durch. Es waren angenehm wenige. Sie würde sich das Handy schnappen, mit diesem weiterlaufen und dabei die Polizei alarmieren. Noch bevor sie das Grundstück verlassen hatte, würde die Scharbeutzer Wache Bescheid wissen und mit Blaulicht und Sirenen hergerast kommen. Alles würde gut werden, verstanden? Absolut alles.

Katrin Schnause schluckte die Angst hinunter, ballte die Hände zu Fäusten und drehte sich zum Flur um. Dann lief sie los, so lautlos sie nur konnte.

Ein schneller Blick zur Seite genügte, um ihr zu zeigen, dass die Schlafzimmertüren geschlossen waren. Auch das, fand sie, war gut. Es spielte ihr in die Hände.

Weiter, Mädchen, feuerte sie sich an. Ihr Herz schlug wie wild, und ihr Atem ging schwer. Jeden Augenblick konnte der Unbekannte aus einem der Zimmer kommen. *Einfach weiter. Alles wird gut, schon vergessen?*

Sie behielt die Türen im Auge, blieb aber nicht stehen. Dann erreichte sie die Anrichte.

Das Handy war nicht da.

Verdutzt runzelte sie die Stirn, starrte auf die Stelle und traute ihren Augen nicht. Sie *hatte* es doch dort abgelegt, oder?

Eine Bewegung in ihrem Augenwinkel ließ sie innehalten. Durch die noch immer offene Tür des kleinen Bads konnte sie den Spiegel über dem Waschbecken sehen. Und die fremde Hand, die dort – so demonstrativ, dass es nur Absicht sein konnte – ihr Smartphone präsentierte.

»Was …?«, murmelte Katrin Schnause und schrie auf, als der Einbrecher ihr auch noch seine zweite Hand zeigte – mitsamt dem schon zum Schlag erhobenen Brecheisen.

So schnell sie nur konnte, rannte sie zum Ausgang des kleinen reetbedeckten Hauses. Doch sie erreichte ihn nicht.

KAPITEL 16

Das Gespräch mit Linus Holste hatte Claras Fragen nicht beantwortet – im Gegenteil. Seit sie aus Lübeck zurück war, ging ihr die Begegnung mit dem jungen Möchtegern-Unternehmer nicht aus dem Sinn. Holstes Art – halb arrogant, halb aggressiv – gefiel ihr nicht, und sein Alibi bedurfte ohnehin noch einer genaueren Überprüfung. Jule kümmerte sich gerade darum, wie Clara wusste, und brachte Sören dabei auch auf den neuesten Stand.

Der Abstecher nach Lübeck lag gut zwei Stunden zurück. Clara hatte den Großteil der Zeit im Pfarrbüro verbracht und sich um administrative Aufgaben gekümmert, die trotz aller Ermittlungsfortschritte ebenfalls nicht warten konnten. Der nächste Gemeindebrief musste noch geschrieben werden, der morgige Schulgottesdienst wartete zudem auf seine Vorbereitung, und in anderthalb Monaten stand auch schon das traditionelle Pfarrfest an – erstmals unter der Leitung von »Pastorin Clüver«. Clara hatte fest vor, es zu einem Erfolg zu machen. Allerdings hatte sie nicht mit den Tücken der lokalen Vereinsmeierei gerechnet.

»Erklären Sie mir das noch einmal, Frau Boehring«, bat sie. »Wo liegt denn da überhaupt das Problem?«

Karen Boehring war Anfang sechzig und seit Jahrzehnten die gute Seele des Travemünder Pfarrbüros. Die stets ein wenig zu grell geschminkte Frau saß auf der anderen Seite von Claras Schreibtisch, die Beine übereinandergeschlagen und eine Tasse starken

Kaffee in der einen Hand. Sie seufzte. »Im Kern, fürchte ich«, setzte sie neu an. »Sie wollen unsere Vereine der Altstadt auf dem Pfarrfest präsentiert wissen. Richtig? Den Shanty-Chor, die Sportsegler, den Angelclub, die Sportschützen ... Alle Vereine sollen ihre Fahnen dort wehen lassen und sich in Szene setzen dürfen.«

»Ganz genau.« Clara nickte. »Das fände ich schön. Ein Gemeindefest sollte die gesamte Gemeinde in den Mittelpunkt stellen, nicht nur die Kirchgänger und ihr ›Mutterschiff‹. Die Gemeinde in all ihrer Vielfalt und ihren Farben.«

Den Gedanken hegte sie schon eine ganze Weile. Clara schwebte ein Fest vor, auf dem sich die Aktiven Travemündes mit eigenen Inhalten einbrachten – mit Markt-, Essens- und Infoständen, Bühnendarbietungen und dergleichen, je nach Verein. Sie wusste, dass das Pfarrfest in den Vorjahren stets ein großer Erfolg gewesen war, und sie wollte die unbestreitbare Reichweite der Veranstaltung nutzen, um die gesamten Facetten und Stärken ihrer sakralen Gemeinschaft in den Fokus zu stellen. Die Kirche als Bühne für alle.

»Schön wäre es«, bestätigte Frau Boehring. »Allerdings erweist es sich hauptsächlich als ganz schön schwierig. Sehen Sie, Frau Clüver: Die Shantys können die Sportsegler auf den Tod nicht ausstehen. Immer schon. Die würden eher zu Hause bleiben, als auf ein und derselben Veranstaltung wie die Segler aktiv zu werden. Da gehe ich jede Wette ein. Und der Angelclub hält ausgesprochen wenig von den Shantys. In den Augen des Vorsitzenden sind die ein affektierter Altherrenverein, dessen Wirken ›zu Ohrenbluten führt‹ – so seine originalen Worte. Ich kann natürlich noch versuchen, die Schachfreunde und die Damen vom Bob-Ross-Malzirkel von ihren Absagen abzubringen ...«

Clara hob beide Brauen. »Was in aller Welt stört denn die Schachfreunde an meiner Festidee?«

»Das Fest als solches«, antwortete die Angestellte. »Die Schachfreunde bleiben gern unter sich. Jubel und Trubel seien zu ablenkend, wurde mir mitgeteilt. Schach sei eine Frage der Konzentration. Man danke für die Einladung, wolle der Veranstaltung aber lieber fernbleiben.« Sie rollte sichtlich mit den Augen. »Und die Künstlerfrauen sind beleidigt, weil Pastor Kruse ihr großes Vorbild mal als ›Aushilfshippie mit Pinsel‹ bezeichnet hat. Das ist Jahre her, aber die Damen verstehen keinen Spaß, wenn es um Bob Ross geht.«

Clara kannte ihren Amtsvorgänger Kruse primär aus den Geschichten, die man sich in Travemünde über ihn erzählte. Es überraschte sie nicht, dass er es sich mit Teilen seiner Gemeinde verscherzt hatte. Kruse galt als ziemlicher Stinkstiefel. Und trotzdem …

»Befindlichkeiten«, erkannte sie. Resigniert sah sie auf das Klemmbrett vor sich auf dem Schreibtisch, wo die einzelnen Posten der Fest-Planung notiert waren. Der Bleistift neben der Liste schien nur darauf zu warten, sie allesamt durchzustreichen. »Mein Pfarrfest scheitert an simplen Befindlichkeiten.«

»Nun ja«, widersprach Karen Boehring sanft. »Wir können natürlich ein Pfarrfest feiern. So wie immer, verstehen Sie? Ohne Vereinspräsentationen und dergleichen. Einfach nur mit ein wenig Musik, den Kindern aus der KiTa, dem Kirchenchor … Das funktioniert, das garantiere ich Ihnen.«

»Doch es bildet keine Gemeinschaft«, sagte Clara. »Es weitet sie nicht aus. Ich will neue Leute ansprechen, nicht nur dem Chor predigen. Und …«

Sie kam nicht dazu, den Satz zu beenden. Denn das Telefon auf ihrem Tisch klingelte plötzlich.

Sofort stellte Frau Boehring die Kaffeetasse ab. »Soll ich?«, fragte sie eifrig.

Clara winkte ab. »Lassen Sie nur.« Dann griff sie selbst nach dem Hörer. »Evangelisches Pfarramt, Clüver?«

»Clara!«, rief Jule. Sie klang mehr als nur aufgeregt. »Da steckst du! Mensch, ich suche dich schon überall!«

Die Pastorin runzelte die Stirn. »Ich bin Seelsorgerin, schon vergessen? Wo soll ich sonst sein? Und was ist überhaupt los?«

»Der Teufel, Frau Seelsorgerin«, antwortete Jule. »Der leibhaftige Teufel. Du musst unbedingt herkommen – *asap*.«

So schnell wie möglich, decodierte Clara die englische Abkürzung. Allmählich machte sie sich Sorgen. »Wohin denn? Und warum, Jule?«

»Na, nach Ivendorf, Mensch«, gab die Freundin zurück, als wäre das allgemein bekannt. »Der Dröscher hat wieder zugeschlagen. Beeil dich!«

Clara war so verblüfft, dass ihr beinahe der Hörer aus der Hand fiel.

Sie nahm den Bus bis zu den Schrebergärten am Ortsrand, dann ging sie zu Fuß landeinwärts. Der Sportpark Ivendorf lag nur einen kleinen Spaziergang entfernt. Als sie ihn erreichte, wurde ihr klar, dass sie gerade noch rechtzeitig kam.

Zwei Einsatzfahrzeuge der Polizei standen neben dem mannshohen Gitterzaun, der das Fußballfeld begrenzte. Außerdem konnte Clara einen dunklen Audi sehen, den sie als Sören Haberkamps Dienstwagen wiederzuerkennen glaubte, und einen weißen Renault, dessen Heckklappe das Logo eines lokalen Radiosenders zierte. Clara kannte das Programm von *Antenne Kücknitz* nicht gut, wusste aber, dass sich der kleine Sender durch Werbepartnerschaften finanzierte und es laut und schrill mochte.

Vor der offenen Tür des Vereinsheims standen zwei Beamte in Uniform. Einer von ihnen hatte einen blonden Vollbart und einen Ohrring, die andere trug Pferdeschwanz.

»Sie können hier nicht rein«, sagte Vollbart, als Clara sich dem Heim näherte. »Polizeieinsatz.«

»Ich weiß«, bestätigte sie. »Deswegen bin ich hier. Clara Clüver mein Name.«

Die Kollegin des Vollbarts verstand. »Ah, die Pastorin aus Travemünde.« Ihre Mundwinkel zuckten spöttisch. »Sankt Sherlock, erinnerst du dich?«

»Nee, im Ernst?« Vollbart schien sich zu amüsieren. »Die mit den Mordfällen, die uns die Arbeit abnimmt.« Er nickte Clara zu, und sein Tonfall troff vor Arroganz. »Das ist nett von Ihnen, echt. Aber wir dürfen Sie trotzdem nicht reinlassen. Die Profis waren diesmal schneller, verstehen Sie?«

»Und die Profis«, erklang prompt Widerspruch aus dem Inneren des Gebäudes, »haben Frau Clüver hergebeten.«

Sören trat aus den Schatten. Er wirkte ernst. In der Hand hielt er einen durchsichtigen Plastikbeutel. Darin steckte etwas, was Clara mit ein wenig Fantasie als Aufnahmegerät identifizierte. Es wirkte ramponiert.

»Komm, Clara«, sagte er schlicht und in einem Ton, der klarmachte, wie wenig er von dem Verhalten seiner Kollegen in Uniform hielt. »Hier geht's lang.«

Die zwei Streifenbeamten schwiegen, als sie an ihnen vorbeitrat und dem Kommissar folgte. Sören führte die Pastorin durch einen fensterlosen Flur, dessen Boden gefliest und der kaum länger als ein paar Meter war.

»Na, für mordverdächtig halten die beiden mich jedenfalls nicht«, sagte Clara mit einem Schmunzeln.

Sören schüttelte den Kopf. »Sie und auch sonst niemand bei der Truppe, zumindest nicht offiziell. Jan Abel wurde von hinterrücks erschossen, Clara. Das steht inzwischen fest. Und die Mordwaffe suchen wir noch immer. Da du sie am Montag nicht bei dir hattest, bist du auf der Liste der Tatverdächtigen nicht mehr oben.«

Sie war erleichtert. »Ich hätte sie verstecken können. Schnell, bevor ihr kamt.«

»Die Frau, die wir am Montag abgeführt haben?« Sören lachte. »Ich habe sie gesehen, Clara. Mit eigenen Augen. Die war so perplex, die hätte nicht einmal ihre eigene Nase im Gesicht finden, geschweige denn in aller Eile eine Mordwaffe verstecken können.«

Hinterrücks erschossen, dachte Clara. *Auf der eigenen Terrasse.*

Abermals fragte sie sich, wer so etwas tat. Wer konnte so kalt sein, so herzlos?

»Hilft euch die Kugel denn weiter?«, erkundigte sie sich. Sie wusste nicht, woher die Frage kam. Sie war plötzlich einfach da.

Sören ließ ein leises Seufzen hören. »Schön wär's. Die haben wir gefunden, draußen auf der Wiese. Sie ist seitlich durch Abels Schädel, was sie wohl schon ordentlich abgebremst hat, und dann gegen einen der Findlinge in Abels Garten. Davor lag sie dann auf dem Rasen im Dreck. Die Mädels und Jungs von der Ballistik haben getan, was sie konnten, aber mehr als das Kaliber konnten sie mir auch nicht sagen. Und das ist, so leid es mir tut, erschreckend langweilig.«

An den Flur schlossen sich einige Büroräume an, deren Türen geschlossen blieben, und eine Mannschaftsumkleide. Letztere war Sörens Ziel.

»Du weißt, worum es hier geht?«, fragte er, kurz bevor sie sie erreichten.

»Jule hat nur etwas angedeutet«, gab sie zurück. Sie war froh, nicht länger über Schusswunden und Co. nachdenken zu müssen. »Es gibt Probleme mit Clemens Dröscher?«

Sie traten über die Schwelle, und sofort fiel Claras Blick auf den jungen Fußballer. Dröscher hockte auf einer Holzbank an der hinteren Wand, eine Reihe von metallenen Spinden im Rücken. Er war vornübergebeugt, das Gesicht in den Händen vergraben, und schien sich weit wegzuwünschen. Neben ihm saß Jule, die ihn mit fragender Miene studierte.

Auf der anderen Seite des Sportlers, unter den Deckenfenstern, ging ein aufgebrachter Mann mittleren Alters auf und ab. Clara kannte ihn nicht. Er trug einen Anorak, hatte schütteres Haar und einen Walrossschnäuzer. Außerdem hielt er sich ein blutverschmiertes Stofftaschentuch unter die Nase. Zwei weitere Polizeibeamte saßen auf einer Bank und wirkten unbeteiligt.

»Damit das klar ist«, sagte der Mann gerade. Seine freie Hand zuckte vor und deutete auf Dröscher. »Das gibt eine saftige Strafanzeige. Mindestens!«

»Jetzt warten Sie doch mal, Herr Gries«, erwiderte Sören. »Es ist ja nichts passiert.«

»Machen Sie Witze?« Gries hob das Taschentuch von der Nase und präsentierte es, als wäre er Anwalt und der blutige Fetzen ein entlastendes Beweisstück. »Das sieht meine Nase anders, Herr Kommissar. Und mein Anwalt sicher auch, wenn ich erst mit ihm spreche. Ziehen Sie sich warm an, Dröscher! Das wird kein Spaziergang für Sie, und mein Sender wird über jeden einzelnen Schritt berichten, so wahr ich hier stehe.«

Während Sören auf den Radioreporter zuging, schaute Clara zur Seite. Jule trat gerade zu ihr und senkte sofort die Stimme.

»Clemens Dröscher hat einem Reporter das Mikro ins Gesicht geschlagen«, berichtete die Freundin leise. »Das da ist Ole Gries aus Kücknitz, ein unangenehmer Typ. Hat wohl von Abels Tod erfahren und leider auch davon, dass Dröscher bei Abel Kunde war. Dann hat er eins und eins zusammengezählt und ist hier aufgetaucht, weil er hoffte, Clemens Dröscher zu begegnen. Die Hoffnung wurde erfüllt, und als Gries unseren Schlagzeilenkönig auf seine Beziehung zu Abel ansprach, hat Dröscher allem Anschein nach rotgesehen.«

»Buchstäblich«, murmelte Clara. Erschrocken sah sie zu dem Blut auf dem Taschentuch, mit dem Gries in der Luft herumfuchtelte. Mit einem Mal war ihr klar, was Jule so alarmiert hatte. »Ich hatte Sie gar nicht als gewalttätig eingeschätzt, Herr Dröscher«, wandte sie sich an den Fußballer.

Clemens Dröscher nahm das Gesicht aus den Händen und sah zu ihr. Er wirkte niedergeschlagen, irgendwie enttäuscht und, ja, auch grimmig. »Bin ich auch nicht«, sagte er. »Eigentlich …«

Clara deutete auf den freien Platz an seiner Seite. »Darf ich?«

Er nickte stumm.

»Also dann«, begann sie und setzte sich. Sie musste an die alte Dame aus ihrer Kirche denken und an ihr eigenes Bild von Clemens Dröscher. An die Fragen, die sie immer noch zu seiner Person hatte. »Ich will mich nicht aufdrängen, doch ich bin ganz Ohr. Falls Sie reden wollen, versteht sich.«

Gries und die beiden Haberkamps standen inzwischen bei den Polizisten. Der Mann vom Radio genoss sichtlich die Aufmerksamkeit, die ihm hier zuteilwurde. Ständig faselte er von seinem Anwalt und dem »Gerichtshof der öffentlichen Meinung«, an dem er einen Prozess gegen Clemens Dröscher führen wolle, gegen den jede Strafanzeige ein Sonntagsspaziergang sei. Das offenbar seinem Sender gehörende Mikrofon wollte er polizeilich als Beweisstück gesichert wissen.

Sören versuchte bislang vergeblich, ihn von der Palme zu holen, auf die er sich sichtlich gern gebracht hatte.

»Ich habe genug von der Presse«, begann Clemens Dröscher. Er achtete kaum noch auf Gries und die anderen. Seine Worte galten allein der Pastorin. »Zumindest von so einer. Sie und Frau Haberkamp waren nett. Bei Ihnen hatte ich den Eindruck, dass Sie an meiner Geschichte interessiert waren. An dem Menschen *hinter* den Schlagzeilen. Aber der Kerl da drüben …« Ein Kopfschütteln folgte. »Ich wollte das nicht, Frau Clüver. Wirklich.«

»Erzählen Sie's mir«, schlug sie vor. »*Ihre* Perspektive, nicht seine.«

Clemens Dröscher atmete tief durch. »Ich kam gerade zum Platz, da stand er plötzlich vor mir. Gries. Ich kannte den Namen natürlich, und ich weiß auch, wie der Schuppen arbeitet, bei dem er angestellt ist. Unparteiisch ist *Antenne Kücknitz* nicht gerade. Na, jedenfalls hielt er mir sein Mikro ins Gesicht und verlangte von mir ein Statement zum Mordfall ›Abel‹.« Er schnaubte. »Der hat mich allen Ernstes gefragt, ob ich was mit Abel gehabt hätte, Frau Clüver! Ob das eine Tat aus Eifersucht gewesen sei oder ob ich generell keine Moral besäße, weil ich ja auch ›heimlich‹ schwul gewesen sei.«

Clara verzog das Gesicht. Sie verstand, was den jungen Mann so gereizt hatte.

»Und dann ging's einfach mit mir durch«, gestand er. »Das lag vielleicht auch an all dem Stuss, der seit Wochen über mich geschrieben wird. Irgendwann platzt dann etwas in dir, schätze ich. Und dieses Irgendwann war jetzt. Ich habe reagiert, ohne nachzudenken. Hab ihm eine verpasst, direkt und auf der Stelle. Keine Ahnung, was mich da geritten hat. So bin ich sonst nicht.«

»Sie bedauern den Ausbruch«, stellte Clara fest. »Das ist schon mal ein Anfang.«

Doch er schüttelte den Kopf. »Soll ich Ihnen was sagen? Es tut mir nicht mal sonderlich leid. Der Typ ist ein Arschloch, das weiß jeder, der *Antenne Kücknitz* hört. Ich bereue nicht meine Tat, Frau Pastorin. Sondern nur, dass ich so dumm war, mich von ihm provozieren zu lassen. Jetzt hat der Wicht ja erst recht Munition gegen mich. Ich wette, auf seinem Sender laufen die Dröscher-Skandalnachrichten bald im Halbstundentakt. Das werde ich so schnell nicht mehr los, und dann kann ich mir selbst den Gnadenjob als Jugendtrainer in die Haare schmieren. Die Leute hier gucken ja ohnehin schon, wenn sie mich kommen sehen.«

Clara wusste nicht, wie sie ihm widersprechen konnte. Seine Befürchtungen klangen plausibel, auch wenn die Erkenntnis schmerzte. Sie unterhielten sich noch einen Moment weiter, dann kam ein Polizist, um Clemens Dröscher mit auf die Wache zu nehmen. Gries habe darauf bestanden, und Dröscher wehrte sich nicht. Die ganze Angelegenheit schien ihm zumindest peinlich zu sein. Andererseits hegte Clara keinen Zweifel daran, dass er in ähnlicher Lage auch wieder ähnlich handeln würde. Das sagte ebenfalls etwas über ihn aus, fand sie.

»Starker Tobak, hm?«, murmelte Jule, als Clara und sie den anderen hinaus ins Freie folgten, wo die Autos warteten. »Dröscher lässt die Fäuste schwingen. Und du weißt ja, dass er nach wie vor kein belastbares Alibi für die Tatzeit hat.«

Clara nickte. »Da ist er jedoch nicht der Einzige.«

»Klar, aber trotzdem.« Jule blieb standhaft. »Das hier hilft ihm kein Stück weiter, so viel steht fest. Findet Sören übrigens auch, bei allem Verständnis für den Unmut. Wenn Dröscher derart auf Reporter losgehen kann, wer sagt uns, dass er dann nicht auch bei Jan Abel mal eben rotgesehen hat? Joggen im Wald? Das kann jeder behaupten.«

Mit wenigen Worten schilderte Jule ihr, wie sie von dem Vorfall erfahren hatte. Sie hatte sich gerade mit Sören getroffen, um über Holste und den Stand der Ermittlung zu sprechen, als ihr Ex eine Meldung der lokalen Polizeistreife bekommen hatte. Der Name Dröscher hatte die Kollegen von der Wache wohl aufhorchen lassen. Deshalb hatten sie umgehend die Kripo informiert. Als Sören dann aufgebrochen war, war Jule kurzerhand mitgefahren.

»Wir kamen hier an«, sagte sie, »da gingen Gries und er noch immer aufeinander los wie alte Streithähne. Ernsthaft, das war heftig. Gries hat den Kerl andauernd neu angestachelt und sich dabei diebisch amüsiert. Der sah aus, als feilte er im Geiste schon an dem Bericht über den Zwischenfall, den er seinen Chefredakteuren für die Sendung vorlegen will.« Sie schüttelte empört den Kopf. »Und obwohl die Beamten ständig dazwischengingen und auf Deeskalation setzten, kam auch Dröscher einfach nicht zur Ruhe. Der hat *getobt*, Clara. Kein Vergleich zu dem Häufchen Elend da vorne.«

Clara sah, was einige Meter vor ihr vor sich ging. Tatsächlich wirkte der Fußballer, den die Kollegen gerade auf die Rückbank eines Einsatzwagens verfrachteten, nun wie zehn Tage Regenwetter. Gries hingegen grinste zufrieden, als er sich seinem Dienstwagen näherte. Er drehte den Kopf dabei in Sörens Richtung.

»Ach, Herr Kommissar?«, rief der Reporter. »Auch von Ihnen nehme ich übrigens jederzeit gern einen O-Ton zum Fall ›Abel‹ entgegen. Insbesondere zu der Verbindung zwischen dem Toten und unserem heißblütigen Fußballgott hier.«

»Sparen Sie sich die Mühe, Gries«, meinte Sören. »›Kein Kommentar‹ heißt ›kein Kommentar‹.«

Dann kam er zu den beiden Frauen herüber. Den Plastikbeutel mit Gries' Interviewausrüstung – der Tatwaffe, wie Clara nun wusste – hielt er immer noch in der Hand.

»Schöner Mist, hm?«, meinte er. »In Dröschers Haut möchte ich jedenfalls nicht stecken. Das gibt mindestens eine Anzeige wegen Körperverletzung, wenn nicht noch mehr.«

»Trotzdem beweist es nichts«, beharrte Clara. »Nicht in der Sache ›Abel‹.«

»Hörst du mir nicht zu?« Jule sah sie fragend an. »Ich habe doch eben gesagt, dass Dröschers Ausbruch höchst verdächtig ist. Er könnte auch bei *Secret Solutions* die Beherrschung verloren haben und …«

»Er war das nicht, Jule«, unterbrach sie sie sanft. »Clemens Dröscher ist kein Mörder, sondern ebenfalls ein Opfer hier. Nichts anderes als das.« Clara wusste nicht genau, woher sie diese Gewissheit nahm. Vielleicht ließ sie sich von dem Mitleid blenden, das Dröschers Situation in ihr weckte. Vielleicht lag es auch daran, dass sie das Gesicht der sympathischen Großmutter des Fußballers nicht aus dem Kopf bekam. Konnten derart sympathische Omas überhaupt mit Mördern verwandt sein? So oder so – sie hielt

Clemens Dröscher für unschuldig am Mord an Jan Abel. Die fehlenden Beweise dazu würden sich schon einstellen.

Andererseits: Jeder Mensch lügt, dachte sie.

Mit einem Mal standen Fritz' Briefe wieder vor ihrem geistigen Auge. Briefe an Kinder, von denen Clara nie zuvor gehört hatte und die er »seine« Kinder nannte. Die Pastorin hatte den kleinen Stapel mit den Umschlägen noch immer nicht durchgearbeitet. Der erste Brief, der ihr in Fritz' Hütte in die Hände gefallen war, reichte ihr völlig, um zu wissen, dass sie gar nicht mehr erfahren, nicht mehr lesen wollte.

Jeder lügt, wiederholte sie in Gedanken.

»Aber vielleicht«, wandte sie sich an Sören und nahm das vorher Gesagte wieder etwas zurück, »schaut ihr ihn euch trotzdem noch genauer an. Nur zur Sicherheit.«

Der Kommissar nickte. »Tun wir, keine Sorge. Ich habe ohnehin ein paar Fragen an den Herrn – erst recht, seit wir dank euch Zugriff auf Abels Klientenkartei haben.«

»Stehen da eigentlich noch interessante Neuigkeiten drin?«, fragte Jule neugierig und ein bisschen scheinheilig. »In den Daten von *Secret Solutions*? Finden sich bekannte Persönlichkeiten auf der Liste eurer Verdächtigen?«

Sören schnaubte belustigt. »Selbst wenn, dürfte ich es dir nicht sagen, und das weißt du genau. Außerdem erzähl mir bloß nicht, ihr hättet die Namen der Ordner in Abels Cloud nicht längst gelesen.«

Jule hob abwehrend die Hand. »Maximal die Namen. Und selbst das würde ich, wenn es so wäre, dir nie sagen, und das weißt du genau.«

»Ja, ja.« Sören winkte ab. »Ist auch besser so.«

Dann gingen sie zu seinem Wagen.

KAPITEL 17

Die unerwartete Begegnung mit Stefan hatte wahre Wunder gewirkt, jedenfalls bei Frieke Kroon. Denn als Clara nach dem kurzen Abstecher nach Ivendorf wieder zur Vorderreihe kam, hatte der *Schmökerhafen* geöffnet – zum ersten Mal seit Jule und sie dort ausgeholfen hatten. Sofort trat sie in den lang gezogenen Laden.

Frieke stand mit völliger Selbstverständlichkeit hinter der Kasse und bediente eine Kundin. Doch als sie Clara bemerkte, lächelte sie breit. »Schon Feierabend, Frau Pastorin?«

»Sag du mir lieber, wie es dir geht«, gab diese zurück, gefolgt von einem Lächeln und einem kritischen Blick. »Ich dachte, du kurierst dich noch aus.«

»Ach, das geht schon«, winkte die ältere Frau ab. Sie verabschiedete die Kundin herzlich und kam dann um den Tresen herum auf Clara zu. »Ich muss ja nur hier stehen und darf Leuten helfen. Das geht auch mit verstopfter Nase. Und die Vorderreihe braucht ihre Bücher, Clara. Die kann gar nicht ohne.«

»Genauso wenig wie du.«

Clara war froh, die Freundin zu sehen. Frieke machte einen deutlich besseren Eindruck als vorher. Ihr Blick war nicht länger glasig, ihre Stimme nur noch ein klein wenig rau, und die heimelige Atmosphäre hier im *Schmökerhafen* half vermutlich ebenfalls bei ihrer Genesung. Schließlich waren das Geschäft und seine Kunden Friekes Ein und Alles.

Momentan hielt sich der Betrieb in Grenzen. Ein schnauzbärtiger Mann älteren Semesters stand am Pressetänder und wühlte sich durch die neuesten Heftromane. Ein junges Pärchen mit süddeutschem Akzent betrachtete Friekes Auswahl an Ansichtskarten mit Trave-Motiven, und vor dem Regal mit den Kochbüchern blätterte ein Herr mit gestreiftem Shirt in einem Band über Aufläufe. Dabei wirkte er, als wartete jede neue Seite für ihn mit immensen Überraschungen auf.

»Hast du Lust auf einen Tee?«, fragte Frieke.

Clara folgte ihr zum Wasserkocher und sah zu, wie die Freundin eine Kräutermischung aufbrühte.

Dann senkte Frieke die Stimme. »Bevor du fragst: Stefan hat sich nicht wieder blicken lassen. Weder daheim noch hier im und um den Laden. Ich halte schon die ganze Zeit Ausschau nach ihm, und ich glaube, er wäre mir aufgefallen.«

Erleichtert griff Clara nach ihrer Tasse. »Das ist ein Anfang, schätze ich. Zumindest nährt es die Hoffnung, dass er nicht unmittelbar vor unserer Nase lauert.«

»Vielleicht ist er gar nicht mehr in der Gegend«, meinte die Buchhändlerin. »Vielleicht hat er sich einfach vom Acker gemacht, und sei es nur aus verletzter Eitelkeit. Immerhin warten daheim die Klienten auf ihn, oder?«

Sie schüttelte den Kopf. »Nicht Stefan. Der gibt nur auf, wenn er es will. Nicht, wenn er muss.«

»Irgendwie kann ich's immer noch nicht ganz fassen«, sagte Frieke. »Dein Ex, bei mir auf dem Hof. Die Szene hätte jeder Seifenoper zur Ehre gereicht, echt. Oder jedem Schnulzenschmöker.«

Die letzte Bemerkung hatte schon einem anderen Thema gegolten, wie Clara klar wurde, als Frieke sich plötzlich einem Kunden zuwandte. Der schnauzbärtige Mann war an ihre Kasse getreten, einen Heftroman unter dem Arm. Der Schmöker schien sich um

Herzschmerz-Angelegenheiten zu drehen, zumindest legten Cover und Titel dies nahe.

»Haben Sie was gefunden, Herr Kiefer«, sagte Frieke und gab den Kaufbetrag in die Registrierkasse ein. »Das ist ja schön. Dann steht dem Lesenachmittag am Strand nichts mehr im Wege, hm?«

»Das reicht nicht für den ganzen Nachmittag«, widersprach Kiefer mit einem Lächeln. »Die Heftchen atme ich jede Woche regelrecht weg. Zwei, drei Stunden, Frau Kroon. Dann bin ich immer durch.«

»Na, in dem Fall nehmen Sie vielleicht lieber zwei?«, erwiderte Frieke. Sie deutete in Richtung des Pressesortiments. »Noch habe ich Auswahl da.«

»Nee«, meinte der Kunde. Er sah fragend zu Clara. »Dann kaufe ich lieber das Klatschblättchen da drüben. Das mit der Dees auf dem Cover.«

Sofort griff Clara nach dem gewünschten Magazin. Es handelte sich um eine typische Klatschillustrierte, wie sie zu Dutzenden in Arztpraxen und Lesezirkeln auslagen. Und auf dem Cover prangte tatsächlich die bekannte Moderatorin von *Anjas Arche*. Hatte ihr Name nicht auch in Jan Abels Kartei gestanden?

»Vielleicht nutzt mir die Lektüre ja noch etwas«, meinte Kiefer. Dankbar nahm er das Magazin und zahlte seinen Einkauf. »Schließlich wird ja erzählt, die Dees sei ebenfalls gerade hier oben im Urlaub. Drüben in Timmendorfer Strand ist sie wohl gesehen worden. Und falls sie mir zufällig am Strand über den Weg läuft, bin ich top informiert.«

»Na, dann Petri Heil beim Promiangeln.« Frieke lachte. »Und weiterhin einen schönen Urlaub.«

Erst als Herr Kiefer den *Schmökerhafen* verlassen hatte, drehte sie sich wieder zu Clara um. Ihre Augen wurden groß. »Ist etwas? Du guckst gerade, als wäre dir ein Gespenst begegnet …«

»Und ich sag's auch noch!«, murmelte Jule Haberkamp. Dabei schlug sie mit der flachen Hand auf das Lenkrad, als müsste sie die Worte mit Gesten unterstreichen, damit sie Wirkung zeigten. »Klipp und klar gesagt hab ich's. Und jetzt? Jetzt stimmt es.«

Clara lächelte. »Zumindest klingt es wie eine Möglichkeit.«

»Papperlapapp, Möglichkeit!« Jule setzte den Blinker und bog von der Bundesstraße ab. »Vollkommen logisch ist das. Erstens: Anja Dees macht Urlaub in Timmendorfer Strand.«

»Gerüchten zufolge«, warf Clara ein, ganz *advocatus diaboli*. Sie war ebenfalls Jules Meinung, aber es machte Spaß, die Freundin ein wenig zappeln zu lassen.

»Zweitens«, fuhr Jule mit einem Nachdruck fort, der jeden Einwand ignorierte, »Anja Dees steht in Jan Abels Kundendaten. Und drittens, du ungläubiger Thomas: Just *als* Anja Dees in Timmendorfer Strand Urlaub macht, liegt Jan Abel plötzlich tot auf seiner Terrasse. Komm schon, Mädchen, das siehst du doch auch: Das ist keine Möglichkeit mehr, sondern eine brandheiße Spur!«

Noch vom *Schmökerhafen* aus hatte Clara die Freundin informiert. Jule hatte eigentlich gerade die Rasselbande aus der Hausaufgabenbetreuung abholen wollen, aber keine zweite Einladung gebraucht. Sichtlich erfreut hatte sie Timo und Lea für den Nachmittag bei der wiederauferstandenen Frieke im Laden »geparkt« und war mit Clara losgefahren – »der Wahrheit entgegen«, wie sie es vollmundig angekündigt hatte. Clara und sie hatten keinen blassen Schimmer, wie sie Anja Dees aufspüren sollten. Auch wussten sie nicht, ob die Moderatorin überhaupt Lust auf ein Gespräch mit ihnen hatte. Clara hegte diesbezüglich sogar arge Zweifel. Aber all das, so fand Jule, würde sich schon finden.

»Wo bleibt dein Gottvertrauen, Frau Pastorin?«, so hatte sie gefragt und Clara schmunzelnd mit dem Ellenbogen angerempelt. »Wart's nur ab, das wird.«

Also wartete Clara ab. Sie kannte den Küstenort gut, in dem die TV-Persönlichkeit gesichtet worden war. Timmendorfer Strand lag etwa mittig zwischen Scharbeutz und Niendorf. Es schien ihr stets, als stiegen dort deutlich betuchtere Urlauber ab als in den anderen Gemeinden der Lübecker Bucht. Wann immer sie in Timmendorfer Strand durch die Straßen schlenderte oder im dortigen Kurpark auf einer Bank saß und las, begegneten ihr fast ausschließlich Menschen älteren Semesters. Urlauber mit Geld, goldenen Uhren, Perlenketten und teuren Sonnenbrillen. Die Touristen am Niendorfer Hafen oder auf der Brodtener Hermannshöhe sahen anders aus.

Im Grunde ist das hier der perfekte Platz für Stefan, dachte sie nun, während die ersten Häuser ihres spontanen Reiseziels vor Jules Wagen sichtbar wurden. *Nicht Travemündes Vorderreihe und erst recht nicht mein harmloser Priwall. Wer etwas auf sich hält, steigt hier ab.*

Das mochte auch erklären, warum Frieke ihn nicht wiedergesehen hatte. Falls Stefan in Timmendorfer Strand abgestiegen war, konnte die Buchhändlerin sich auf der Vorderreihe dumm und dämlich suchen.

Clara beschloss, an diesem Nachmittag nicht nur nach Anja Dees, sondern auch nach ihrem wild gewordenen Ex Ausschau zu halten. Vielleicht erledigten sich dann ja gleich zwei Baustellen auf einmal – der Mordfall »Abel« und ihre ganz eigene Lust, Stefan Faust zu ermorden.

Wenigstens ein bisschen, entkräftete sie den letzten Gedanken für sich, als prompt christliche Reue in ihr aufstieg. *Nur ganz leicht.*

Dann erreichten sie das Zentrum. Auf einem halb verwaisten Hotelparkplatz nahe dem Sportpark stellte Jule den Golf ab. Zu Fuß gingen sie weiter und hielten sich dabei wie selbstverständlich in Richtung Strand.

»Ist nur logisch«, fand Jule. »Wenn die Dees tatsächlich hier ist, wird sie früher oder später am Meer auftauchen. Niemand macht bei uns Urlaub, ohne ans Wasser zu gehen.«

»Und selbst wenn nicht«, stimmte Clara ihr zu. »Vielleicht finden wir am Strand jemanden, der uns sagen kann, wo sie steckt.«

Anja Dees. Clara wusste nicht allzu viel über die Moderatorin. War sie vielleicht die Frau, die Carl Auerswald an Abels Villa beobachtet hatte? Clara suchte in ihrer Erinnerung nach der Beschreibung. »Weißt du noch«, wandte sie sich dann an Jule, »was Herr Auerswald über unsere mysteriöse Unbekannte gesagt hat? Kann das Anja Dees gewesen sein?«

»Aha.« Jule lächelte triumphierend. »*Jetzt* sprichst du endlich meine Sprache.« Sie zog ein Notizbuch aus der Jackentasche und schlug die Information kurzerhand nach. »Rotblondes Haar, normaler Wuchs, etwa in unserem Alter«, zählte sie dann auf.

Clara runzelte die Stirn. »Kann das passen?«

Anja Dees musste ein paar Jahre älter als sie sein, aber nicht viel. Vielleicht Mitte vierzig? Im Fernsehen wirkte sie dauerjugendlich, allerdings auf eine angenehm natürliche Art, die kein bisschen anstrengend war.

Ihre Sendung *Anjas Arche* war seit Jahrzehnten eine feste Größe im Kinderprogramm und so ziemlich die einzige Produktion dieses Segments, mit der die Privatsender den Stars der Öffentlich-Rechtlichen ernsthafte Konkurrenz machten. »Die Anja«, wie sie auf der Mattscheibe gerufen wurde, galt ihrem jungen Publikum als vertrauensvolle Freundin, und es hätte Clara nicht überrascht zu erfahren, dass inzwischen schon die zweite Generation von Kindern mit *Anjas Arche* aufwuchs. Die Sendung hatte Preise gewonnen, das wusste selbst sie, und sie wurde in aller Regel in einem Atemzug genannt mit der *Sendung mit der Maus* oder *Löwenzahn*. Selbst Lea besaß ein *Arche*-Shirt, wie Clara wusste.

»Auerswald ist nicht mehr der Jüngste«, meinte Jule. »Ich habe bei ihm auch keinerlei Fotos von Kindern oder Enkelkindern gesehen. Durchaus möglich, dass er eine Anja Dees gar nicht als Prominente erkennt, wenn er sie sieht. Sondern einfach nur als eine ihm unbekannte Person.«

»Aber ist die rotblond?«

»Jetzt warte doch mal«, beharrte die Freundin. »Auch da kann unser Zeuge sich schließlich irren, oder?«

Sie erreichten den Strand. Auf dem breiten Sandstreifen jenseits der Promenade herrschte gemäßigter Betrieb. Nur vereinzelt saßen Urlauber in den Strandkörben. Eine ältere Dame schlief mit offenem Mund, während Kaffee aus ihrer umgefallenen Thermoskanne suppte. Ein Geschwisterpaar, das kaum älter als die Rasselbande zu sein schien, spielte im seichten Bereich des Meeres mit einem quietschbunten Wasserball. Zwei junge Männer ließen wuchtige Drachen steigen, und ein rüstiger Herr in kariertem Hemd fuhr Clara fast mit seinem Miet-Fahrrad über den Haufen, während sie den Blick über den Strand schweifen ließ. Der Mann klingelte erst, als er leise schimpfend an ihr vorbeiradelte, und das Hündchen, das vorn im Korb seines Lenkrads saß, bellte sie anklagend an.

»Willkommen in Timmendorfer Strand«, murmelte Jule, schaute ihm nach und rollte dabei mit den Augen. »Wo das Geld Vorfahrt hat.«

»In Ordnung«, kam Clara zurück zum Thema. »Ich sehe nirgendwo eine Frau aus dem Fernsehen. Und was jetzt?«

»Jetzt ändern wir das«, antwortete Jule schlicht.

Dann ging sie los, den ersten Strandkörben entgegen.

Der Plan erwies sich als ausgesprochen mühsam. Vermutlich, weil er den Namen gar nicht verdient hatte. Seit gut anderthalb Stunden streiften Clara und Jule nun schon über den Strand und die Promenade, hielten Passanten an und störten Urlauber auf ihren Decken und Handtüchern – ohne Erfolg. Selbst bei der DLRG, die das Geschehen im Wasser von hohen Türmen aus überwachte, hatten sie sich bereits erkundigt. Überall gab man ihnen gerne Auskunft, doch niemand erinnerte sich daran, Anja Dees gesehen zu haben.

»Im Fernsehen, klar«, so hatte der Rettungsschwimmer augenzwinkernd geantwortet. »Aber hier auf meinem Strandabschnitt? Nee, die wäre mir aufgefallen. Dieser Typ von RTL war aber letztens mal hier, der alte Nachrichtensprecher. Hilft Ihnen das weiter?«

Allmählich war Clara überzeugt, dass sie ihre Zeit verschwendeten. *Nichts gegen einen Ausflug,* dachte sie, *aber mein Pfarrbüro sieht mich schon seit Tagen seltener als sonst, und die nächste Predigt schreibt sich leider auch nicht von allein.*

Zumal sie noch immer nicht wusste, ob Anja Dees tatsächlich zu Auerswalds Beschreibung passte. Jule hatte schon ganz recht: Selbst wenn nicht, musste das kein Nachteil sein. Niemand hatte bewiesen, dass die mysteriöse Frau aus dem Scharbeutzer Villenviertel überhaupt mit Jan Abels Tod zusammenhing. Die Wahrheit mochte ganz anders aussehen und harrte nach wie vor ihrer Entdeckung. Doch es hatte auch noch niemand bestätigt, dass der Ordner in Abels Cloud tatsächlich zu einer Moderatorin aus dem Kinderfernsehen gehörte. Es gab sicher mehr als eine Anja Dees auf der Welt. Und keine von ihnen musste zwangsläufig eine Mörderin sein.

Just als Clara endgültig aufgeben wollte, drang Jules begeisterter Ruf an ihre Ohren.

»Hier hinten! Ich hab sie, Clara. *Ich hab sie!*«

Fragend drehte sich die Pastorin um. Jule stand inzwischen an einer der kleinen Imbissbuden, die nahezu jeden Strand der Lübecker Bucht zierten. An den übersichtlichen Ständen bekam man frische Matjes im Brötchen, Backfisch mit Remoulade, Getränke und kleine Knabbereien; mitunter übernahmen sie auch die Vermietung der Strandkörbe. Die Bude, vor der Jule fast schon ekstatisch winkte, trug den Namen *»Leuchtfeuer«* und war kleiner als Claras Küche. Ein junger Mann mit sonnengebräuntem Oberkörper und mit mehr Gel als Haaren auf dem Kopf stand hinter dem Tresen. Er winkte ebenfalls, als Clara ihn fragend ansah, und so ziemlich alles an ihm wirkte schmierig, nicht bloß die zur Schau gestellten Bauchmuskeln.

Fragend ging sie zu ihm und der Freundin.

»Ich hab sie«, wiederholte Jule. Dann deutete sie auf den jungen »Checker«, als wäre er ein besonders schönes Museumsexponat oder Gottes Geschenk an den weiblichen Teil der Schöpfung. »Besser gesagt hat *er* sie. Also, gesehen und so. Komm, Eike. Erzähl Clara, was du mir gerade erzählt hast.«

»Die Anja ist tatsächlich hier«, stimmte *Leuchtfeuer*-Eike zu.

Dabei schenkte er Jule ein Lächeln, von dem sowohl er als auch Clara wussten, dass es ihr Herz zum Schmelzen brachte. Vermutlich fuhr er damit nicht schlecht bei der Kundschaft, zumindest beim weiblichen und alleinstehenden Teil. Clara schauderte bei dem Gedanken. Solche Typen erwartete man weit eher in der Südsee und am Mittelmeer, oder?

»Schon seit zwei Wochen oder so«, fuhr er fort. Dabei beugte er sich verschwörerisch vor, und ein schelmisches Funkeln erschien in seinem Blick. »Ich habe sie ein paar Mal gesehen, auch drüben beim Bäcker *Junge* und am Samstag sogar im Supermarkt. Prominenz spricht sich hier immer schnell rum, wisst ihr? Erst recht so eine. Die Anja ist echt ein Feger.«

»Grundgütiger …«, murmelte Clara so leise, dass nur Jule es hörte.

»Lass doch«, tadelte diese prompt und widmete ihre Aufmerksamkeit erneut dem Burschen im *Leuchtfeuer*.

»Angeblich hat sie das Ferienhaus drüben beim Hundestrand gemietet«, wusste Eike. »Das von der alten Bleekmann. Aber da wurde wohl gerade eingebrochen, und seitdem macht die Anja sich rar. Keine Ahnung, was genau da los ist. Ich hoffe, es geht ihr gut.«

»Wärst du so nett, uns den Weg zu diesem Haus zu beschreiben?«, fragte Jule.

Einmal mehr war Eike voll in seinem Element. »Zwei so hübschen Strandnixen wie euch?«, sagte er und legte mehr Timbre in seine Stimme als menschenmöglich schien. »Na, ausnahmsweise.« Dann zwinkerte er Clara zu – auf eine Weise, die selbst den Tänzern der Chippendales die Schamesröte ins Gesicht getrieben hätte.

Ich bin fast doppelt so alt wie du, Jungchen, dachte sie und fragte sich, ob sie lachen oder die Augen verdrehen sollte.

Jule nahm ihr die Entscheidung ab und dankte ihm einfach. Überschwänglich.

Keine Minute später spazierten sie am Wasser entlang gen Hundestrand. Das Haus, das der ölige junge Mann meinte, lag an einer unbefestigten Straße, die landeinwärts führte und zu schmal für Autos war. Rechts und links von ihr warteten hübsche alte Reetdach-Häuschen, die samt und sonders renoviert und gut in Schuss wirkten, grüne Zierwiesen und eine verlassen wirkende Scheune. Wie Clara einem Wegweiser entnahm, war auch ein Golfplatz nicht mehr weit, und nicht nur die Ruhe, die über der gesamten Nachbarschaft lag, erinnerte stark an das Scharbeutzer Villenviertel. Einmal mehr verstand die Pastorin, was Urlaub in Timmendorfer Strand bedeutete: Geld.

Vor Frau Bleekmanns Ferienhaus standen mannshohe Hecken, durch die ein kleines Tor aufs Grundstück führte.

Jule öffnete es wie selbstverständlich und hielt auf die blau gestrichene Haustür zu. »Frau Dees?«, rief sie dabei. »Sind Sie zu Hause?«

Frechheit siegt, hm?, dachte Clara und folgte ihr zögernd.

Tatsächlich kam eine Frau um die Hausecke herum, merklich alarmiert von Jules Rufen. Doch es handelte sich nicht um die Moderatorin der *Arche*, sondern um eine stämmigere Person mit schulterlangem schwarzen Haar. Ein breites Pflaster verunstaltete ihre Stirn, und die Hand, die sie zur Faust geballt hatte, entspannte sich nur langsam wieder.

»Oh, Verzeihung«, bat Jule schnell. »Da sind wir wohl falsch. Heißen Sie Dees?«

»Nein«, gab die Angesprochene zurück. »Aber wer will das wissen?«

Clara beschloss, endlich einzuschreiten. »Mein Name ist Clüver, bitte entschuldigen Sie die Störung. Das ist Jule Haberkamp. Wir kommen aus Travemünde und hätten gern mit Anja Dees gesprochen.«

Die Schwarzhaarige schüttelte den Kopf. »Hier gibt es niemanden, der so heißt.«

Jule gab noch nicht auf. »Da sind wir anders informiert worden. Wir kommen wegen eines Mannes, den sie vielleicht kennt. Jan Abel?«

»Ich weiß ja nicht, wo Sie Ihre Informationen hernehmen«, wiegelte die andere Frau ab, »aber …«

»Ist schon gut, Katrin«, ertönte eine weitere Frauenstimme und fiel ihr sanft ins Wort. »Ich mach das schon.«

Einen Sekundenbruchteil später trat Anja Dees um dieselbe Ecke des Hauses. Die TV-Moderatorin sah aus wie im Fernsehen, sie war sportlich und hatte kurzes blondes Haar. An diesem Tag trug sie einen gestreiften Pulli, der sommerlich leicht wirkte, und eine dunkle Hose, deren Beine kurz unterhalb der Knie endeten. Ihre Füße steckten in abgewetzten Flipflops, die die lackierten Nägel zur Geltung brachten. »Wer sind Sie?«, fragte sie. Es klang nicht zwingend freundlich, und der Tonfall passte zu Anja Dees' Blick. »Und was kommen Sie mir mit Abel? Hat er Sie geschickt, oder was?«

»Anja«, zischte Katrin. »Die können doch einfach wieder abhauen. Du musst mit niemandem sprechen, erst recht nicht im Urlaub. Und wer ist dieser Abel überhaupt?«

»Ein alter Bekannter.« Anja Dees winkte ab. »Wohnt in der Nähe, glaube ich.«

»Frau Dees«, erwiderte Clara. »Jan Abel ist tot. Er wurde vor wenigen Tagen ermordet, nur einen Katzensprung von hier entfernt. Ich bedaure, Ihnen das mitteilen zu müssen. Da wir Ihren Namen in seiner Kundenkartei fanden, dachten wir, Sie könnten uns vielleicht eine Auskunft bezüglich seines Todes geben.«

»In seiner Kundenkartei?« Die Schwarzhaarige wich einen Schritt zurück. Abermals wirkte sie sehr defensiv. »Was zur Hölle …?«

»Lass mich das machen, ja?«, bat die Moderatorin, ohne Clara aus den Augen zu lassen. »Wenn du helfen willst, dann geh einfach zurück ins Haus und ruf meinen Anwalt an.«

»Das ist nicht nötig, wirklich«, sagte Jule schnell. Dabei hob sie abwehrend die Hände und bemühte sich merklich um ein freundliches Lächeln. »Wir wollen einfach nur mit Ihnen reden. Verstehen, weiter nichts. Mein Ex-Mann ist der leitende Kommissar in der Angelegenheit, und wir unterstützen ihn ein wenig bei den Ermittlungen.«

Anja Dees legte die Stirn in Falten. »Seit wann braucht die Kripo Unterstützung von außerhalb?«

Jule zögerte nicht. »Seit mein Ex-Mann sie leitet.«

Das genügte. Frau Dees prustete plötzlich vor Lachen, und auch ihre Begleiterin konnte sich ein Schmunzeln nicht verkneifen. Der Knoten war gelöst, wenigstens für den Augenblick.

Clara beschloss, die Gunst der Stunde zu nutzen. »Können wir noch mal neu anfangen?«, fragte sie. »Sie haben völlig recht, Frau Dees: Jule und ich haben hier absolut nichts verloren. Und wir verschwinden, wenn Sie das möchten. Aber wir wären vermutlich nicht die Letzten, die Sie nach Herrn Abel befragen. Und ich war diejenige, die seine Leiche gefunden hat.«

Anja Dees hob eine Braue. Mit dieser Information hatte sie nicht gerechnet.

»Seitdem geht mir die Sache nicht mehr aus dem Kopf«, gestand Clara weiter. »Und was meine Freundin sagt, stimmt: Wir arbeiten Kommissar Haberkamp in gewisser Weise zu. Was wir erfahren, erfährt auch er. Falls Sie also ein paar Minuten Zeit für uns hätten, um über *Secret Solutions* zu sprechen, wäre das wirklich sehr hilfreich.«

Die Moderatorin wirkte nun deutlich weniger abweisend. »Tot, hm?«, wiederholte sie. »Na, kommen Sie. Ein paar Minuten gehen immer, und viel werde ich ohnehin nicht beisteuern können. Doch wenn Sie Kontakte zu Polizeioberen haben sollten, Frau Haberkamp, dann legen Sie gern ein gutes Wort für uns ein, ja? Mit den hiesigen Streifenhörnchen haben wir nämlich so unsere Probleme.«

»Geht es da etwa um den Einbruch?«, erkundigte sich Jule.

Die Moderatorin sah sie staunend an. »Sie sind *echt* gut informiert, wow!«

»Ich leite den *Travemünder Boten*«, erklärte Jule und grinste. Sie schien an diesem Tag einen Clown verschluckt zu haben, oder vielleicht beflügelte die Gegenwart einer echten Prominenten auch einfach nur ihren Sinn für Humor. »Das Ohr am Puls der Zeit und so weiter.«

»Presse und Kripo.« Anja Dees seufzte, doch ihre Mundwinkel zuckten amüsiert. »Was haben wir da nur angefangen?«

Die beiden Frauen führten ihren Besuch um das Haus und auf die angrenzende Terrasse. Dort standen zwei Sonnenliegen, die sie offenbar eben noch benutzt hatten, ein gemauerter Grill und ein paar Rattanmöbel. Auf einem kleinen Tisch sah Clara eine Karaffe mit Eistee, auf einer der Liegen lag ein aufgeschlagenes Taschenbuch.

Sie nahmen auf den Rattanmöbeln Platz. Anja Dees lehnte sich zurück und wirkte neugierig, ihre Begleiterin – ihre *Freundin?*, fragte Clara sich, ihre *Partnerin?* – eher abwartend. Frau Dees hatte sie als Katrin Schnause vorgestellt, sonst aber nichts über sie gesagt.

»Was genau ist eigentlich passiert?«, wollte Jule wissen. Dabei sah sie auf Katrin Schnauses Pflaster, das Bände zu sprechen schien.

Nun seufzte die Moderatorin. »Das ist eine gute Frage. Ich war nicht dabei. Möchtest du's erzählen, Katrin?«

Die Angesprochene zögerte. »Wir waren spazieren, am Strand entlang und dann rauf in Richtung Scharbeutz. Als wir zurückkamen, wollten wir uns für den Nachmittag einen Strandkorb mieten, aber ich brauchte zuerst eine kleine Pause. Also ging ich hierher, einfach nur um mich rasch frisch zu machen. Die Terrassentür war aufgebrochen.«

Wie um die Worte zu unterstreichen, deutete sie auf die Tür schräg hinter sich. Nun sah auch Clara den Schaden. Der Rahmen war mit einer Art Brecheisen behandelt worden und hatte diese Behandlung merklich schlecht vertragen. Hatte Sören nicht kürzlich von Einbrechern gesprochen?

Schon, erinnerte sie sich. *Allerdings in Scharbeutz …*

»Dummerweise waren der oder die Täter noch im Haus«, nahm nun Anja Dees den Faden auf. Dabei griff sie tröstend nach Katrin Schnauses Hand, just als diese sich an das Stirnpflaster fassen wollte, und drückte sie sanft.

Partnerin, kombinierte Clara. *Ganz eindeutig.*

»Wir können von Glück reden, dass sie dir nur eins über den Schädel gezogen haben«, sagte die Moderatorin. »Andernfalls säßen wir jetzt nicht halb so entspannt hier, das steht fest.«

»Was wurde Ihnen denn gestohlen?«, fragte Clara.

Frau Dees schüttelte den Kopf. »Nichts. Ist das nicht eigenartig? Wir sind mit der Polizei und unserer Vermieterin durch die gesamte Bude gegangen, haben in jede Reisetasche und jede Schublade geschaut. Nichts fehlt, Frau Clüver. Nicht einmal mein Laptop.«

»In der Tat«, staunte Jule. »Das ist eigenartig. In mehrfacher Hinsicht sogar.« Als Anja Dees sie fragend anschaute, erklärte sie sich. »Ich vermiete selbst zwei Ferienwohnungen, drüben in Travemünde. Und ich kenne auch andere Vermieter. Hier bei uns ist ja gefühlt mindestens jedes dritte Haus eine Pension. Und für diese Dichte an Gästebetten haben wir echt wenige Einbrüche. Das klingt jetzt vielleicht seltsam, doch so ein Verbrechen kommt hier nahezu nie vor.«

Auch das ist eine interessante Information, dachte Clara. Sie speicherte sie ab, für später.

»Haben Sie die Täter denn erkannt?«, wandte sie sich dann an Katrin Schnause.

Die schüttelte den Kopf. »Ich sah nur eine Bewegung im Augenwinkel. Ein dunkler Schemen, ganz kurz und wahnsinnig schnell. Starke Hände und irgendein Prügel, glaube ich. Dann kam auch schon der Schmerz. Als ich die Augen wieder öffnete, lag ich auf dem Fußboden des Hausflurs, und Anja kniete über mir.«

»Ich habe mich zu Tode erschreckt«, sagte die Moderatorin. »All das Blut! Und du hast zuerst auch gar nicht reagiert.«

»Ist aber halb so wild«, beschwichtigte Katrin Schnause sie. »Nur eine Wunde, sagt der Arzt. Die heilt schnell wieder.«

Clara fragte sich, ob der Einbruch bei Anja Dees irgendetwas mit der Sache »Abel« zu tun hatte. Sie fand keine Antwort. *Noch* nicht.

»Aber Sie sind nicht deswegen gekommen, richtig?«, wollte Anja Dees wissen. Sie schien Clara anzusehen, dass sie grübelte. »Sondern wegen Jan Abel. Was ist denn dort passiert?«

»Woher kannten Sie Herrn Abel eigentlich?«, hakte Jule nach, bevor Clara zu einer Antwort ansetzen konnte.

»Na ja.« Die Moderatorin schlug die Beine übereinander. Es schien sie nicht zu stören, dass ihre Frage mit einer Gegenfrage abgetan wurde. »Wie Sie schon sagten: Ich hatte seine Dienste mal in Anspruch genommen, vor Jahren.«

»Darf ich fragen, weswegen? Eine Alibi-Agentur ist ja nichts Alltägliches.«

Anja Dees zögerte nicht. Liebevoll griff sie nach der Hand ihrer Sitznachbarin. »Ihretwegen. Vor zehn Jahren, als das mit Katrin und mir ernst wurde und die *Arche* einen neuen Schub an Einschaltquoten bekam, da dachte ich kurz, ich bräuchte jetzt so jemanden wie Abel. Jemanden, der Storys über mein Liebesleben an die Presse lanciert, die zum Image einer Kinderfernseh-Tante passen. Der die Presse mit glaubhaftem Unfug abspeist, damit sie gar nicht erst nach der Wahrheit wühlt und uns die schönen neuen Quoten mit üblen Skandalschlagzeilen kaputtmacht.«

Klingt ähnlich wie bei Dröscher, dachte Clara. *Nur dass der Impuls von Anja Dees selbst ausging und nicht von Beratern.*

»Aber?«, sprach Jule aus, was auch der Pastorin auf der Zunge lag. Alles an Frau Dees' Tonfall deutete auf ein Aber hin.

»Aber dann hab ich's mir anders überlegt. Ihretwegen.« Die Moderatorin lächelte, und ihre Partnerin erwiderte das Lächeln. »Katrin wusste vom ersten Tag an, dass wir nichts zu verheimlichen haben. Ihr entspannter Umgang mit der Thematik ließ mich an meiner Entscheidung zweifeln. In gewisser Weise überzeugte sie mich, dass das Publikum toleranter ist, als ich dachte.«

»Deinen Fans ist dein Privatleben völlig egal«, meinte Katrin Schnause. »Und sie stören sich kein bisschen daran, mit wem du zusammen bist. Für die neue Generation ist so etwas furznormal.«

Dann hat die neue Generation uns Älteren einiges voraus, fand Clara.

Erneut musste sie an Clemens Dröscher denken, der deutlich weniger entspannt mit »der Thematik« umgegangen war. Vielleicht, weil er es musste? Dröscher gehörte genauso wenig zum alten Eisen wie die Zielgruppe von *Anjas Arche.* Aber im Profifußball schienen andere Standards zu gelten, jedenfalls hatte er dies im Gespräch signalisiert. Und Bengt hatte diese Ansicht ebenfalls vertreten, wenn auch mit ehrlichem Bedauern. Zwischen Clemens Dröschers Fans und denen von Anja Dees bestanden Unterschiede – zumindest in den Augen des Fußballers und seiner einstigen Berater. Das war in der Tat bedauerlich.

»Wie genau lief Ihr Kontakt mit Herrn Abel denn ab?«, wollte die Pastorin wissen.

»Ganz normal, schätze ich«, sagte Anja Dees. »Ich fand seine Nummer im Internet und rief ihn an. Er war sofort gewillt, mir zu helfen. Wahrscheinlich hat der schon Dollarzeichen in den Augen gehabt, wie so eine Zeichentrickfigur, als er meinen Namen hörte. Doch ein paar Tage später sagte ich ihm dann wieder ab, noch bevor wir einen Vertrag geschlossen hatten. Wenn ich in seiner Kartei stehe, dann nur, weil er mich da wohl schon eingetragen hatte. Gearbeitet hat er nie für mich.«

»Nahm Herr Abel es Ihnen übel, als Sie doch noch absagten?«, erkundigte sich Jule.

»Nee.« Anja Dees schüttelte den Kopf. »Warum sollte er? Er mag es bedauert haben, aber unterm Strich war dem das Jacke wie Hose. Das lief alles völlig korrekt und normal ab.«

»Und danach hatten Sie nie wieder miteinander zu tun?«, hakte Clara nach. »Seit zehn Jahren nicht mehr?«

»Richtig.« Die Moderatorin nickte. »Das war mein einziger Kontakt mit Jan Abel und *Secret Solutions.* Und falls Sie jetzt von mir wissen möchten, wo ich zur Tatzeit war, dann müsste ich *Sie* zuerst nach der Tatzeit fragen.«

»Montag«, gab Jule die gewünschte Auskunft. »Morgens, so gegen neun?«

Die beiden Frauen wechselten einen Blick.

»Draußen, oder?«, fragte Anja Dees.

Ihre Partnerin nickte. »Auf der Ostsee, ganz genau. Wir hatten uns nach dem Frühstück ein Motorboot am Hafen gemietet und sind damit rausgefahren. Machen ja viele so.«

Das stimmte. Der Bootsverleih zählte zu den beliebtesten Attraktionen an den Häfen der gesamten Bucht. Kaum ein Ort an der Trave und der Meeresküste kam ohne aus. Clara wusste aber auch, dass längst nicht alle Bootsverleiher genau vorgingen, wenn es um die Buchführung ging. Mit ein wenig Pech war Anja Dees' Alibi kaum leichter belegbar als das von Clemens Dröscher oder Linus Holste.

Jule schienen ähnliche Sorgen umzutreiben. »Am hiesigen Hafen?«, hakte sie nach. »Wer verleiht denn hier?«

»Puh, da fragen Sie was.« Anja Dees hob entschuldigend die Schultern. »Keine Ahnung, wie der heißt.«

»So ein bärtiger alter Mann«, warf Katrin Schnause ein. »Sein Stand ist gleich neben der Fischbude. Wir hatten für mehrere Stunden gemietet, aber ob er sich an uns erinnert, kann ich Ihnen nicht versprechen. Anja war dem jedenfalls kein Begriff.«

Die Moderatorin lächelte. »Da sucht man jahrelang die Anonymität, und wenn man sie dann mal findet, ist es auch wieder falsch.«

Clara und Jule dankten für die Auskunft und für die Zeit, die die beiden Frauen sich genommen hatten. Für den Moment, das wussten sie, war alles gesagt.

»Der Rest findet sich jetzt schon«, meinte Jule. »Falls wir noch etwas von Ihnen brauchen sollten, melden wir uns gern. Wie lange sind Sie noch hier bei uns?«

»Insgesamt dreieinhalb Wochen«, antwortete Anja Dees. Sie waren aufgestanden, und die Moderatorin führte ihre Besucherinnen zurück zum Gartentor. »Davon ist noch eine knappe Woche übrig. Am Samstag reisen wir ab.«

»Ist das Ihr erster Urlaub?«, fragte Clara. Sie wusste nicht genau, warum ihr das wichtig war. Die Frage schwebte plötzlich einfach in ihrem Geist. »In der Lübecker Bucht, meine ich.«

Die Moderatorin nickte. »Absolut. Normalerweise zieht's mich noch deutlich höher in den Norden. Lappland, wissen Sie? Aber dann hat Katrin zur Abwechslung mal Timmendorfer Strand vorgeschlagen. Sie stammt gebürtig von hier, und ich bin inzwischen echt froh, dass ich mich von ihr habe überreden lassen. Es ist nett bei Ihnen und auch ruhig. Genau darauf kommt's mir immer an. Dass man uns entspannen lässt. Von Ruhe und Frieden finden wir daheim in Berlin wenig.«

Clara und Jule verabschiedeten sich und spazierten zurück zu Strand, Ortskern und schließlich Parkplatz. Dabei ging Clara nicht aus dem Sinn, was Anja Dees ihnen zuallerletzt mitgeteilt hatte: Katrin Schnause war in der Lübecker Bucht aufgewachsen. Und ausgerechnet jetzt war sie hierher zurückgekehrt und prompt überfallen worden.

Das kann alles purer Zufall sein, dachte sie. *Zusammenhanglose Ereignisse, die nichts weiter miteinander zu tun haben – und erst recht nicht mit Jan Abel.*

Aber je weiter sie sich vom Ferienhaus der beiden Frauen entfernten, desto mehr kam sie ins Grübeln. Der Ausflug nach Timmendorfer Strand hatte das Puzzle dieses Mordfalls nicht kleiner werden lassen, sondern größer. Das stand fest. Und die vielen Einzelteile ergaben noch längst kein klares Bild.

KAPITEL 18

Möwen kreisten um den alten Leuchtturm von Travemünde. Ihr Krächzen trug weit, genau wie das Motorengeräusch der Sportboote, die auf der Trave vorbeizogen. Der Nachmittag kippte allmählich in Richtung Abend.

Clara näherte sich der offen stehenden Tür des alten Gemäuers just, als Bengt aus ihr ins Freie trat.

»Nanu?«, grüßte der Museumswächter. Er musste die Hand heben, um die Augen vor der Sonne abzuschirmen. »Mit dir hätte ich jetzt nicht gerechnet. Schon fertig mit der Arbeit, Frau Pastorin?«

»Das Gleiche könnte ich dich fragen«, gab sie zurück und lächelte. Es tat gut, Bengt zu sehen. Noch weit mehr als sie gehofft hatte. »Hast du kurz Zeit, oder ist der Andrang zu groß?«

Ironisch breitete er die Arme aus, als wollte er auf Hunderte Schlange stehender Touristen verweisen. »Wird schwierig, aber für dich mach ich's möglich.«

Sie traten ins Innere des Leuchtturms, das angenehm kühl war. Clara war schon häufig hier gewesen und staunte doch jedes Mal neu über das wilde und zugleich irgendwie stimmige Sammelsurium an maritimen Altertümchen, das die Exponate des Museums ausmachte. Bengt hing an ihnen, denn für ihn hielten sie die Vergangenheit lebendig – das *wahre* Travemünde jenseits von Investoren, Hotelketten und Co.

»Ich habe ihn nirgends gesehen«, sagte Bengt.

Fragend hob sie eine Braue. »Wen?« Erst danach begriff sie. »Oh, verdammt …«

»Frieke meint es gut mit dir«, wehrte Bengt gleich ab. Er schien ihre Gedanken zu lesen. »*Deshalb* hat sie es mir erzählt. Und ich meine es auch gut.«

Stefan. Die Rede war von Stefan.

»Das ist nicht wichtig, Bengt«, begann sie und fragte sich, warum sie das eigentlich sagte. »Echt. Stefan hat …«

»*Weit* über die Stränge geschlagen«, beendete er den Satz, bevor sie es tun konnte. Und anders als sie. »Was komplett nicht in Ordnung ist.«

»Er will aber trotzdem nur reden.«

»Dann hätte er anrufen können.«

»Ich …« Sie zögerte. »Vielleicht habe ich seine Nummer blockiert?«

Abermals tadelte sie sich innerlich. Was war nur los mit ihr? Gestern noch hatte Stefans Auftritt sie regelrecht entsetzt, nun nahm sie ihn in Schutz? Warum? War ihr die Seeluft zu Kopf gestiegen?

»Das gibt ihm nicht das Recht, sich so zu verhalten«, fand Bengt. »Ein anständiger Kerl hätte das von vornherein kapiert und wäre zu Hause geblieben.«

»Stefan *ist* ein anständiger Kerl«, gab sie ein wenig zu patzig zurück. Sie wusste nicht, was in sie gefahren war. Warum sie plötzlich so defensiv wurde, so eisern. »Ich war jahrelang mit ihm zusammen, schon vergessen? Ich date keine Arschlöcher.«

Bengt schwieg, doch sein Blick sagte mehr als genug. Alles in Clara schrie danach, ihm zuzustimmen. Dennoch riss sie sich am Riemen, denn sie ahnte, dass die Worte, die aus ihr kommen würden, sobald sie den Mund wieder öffnete, ihrem eigenen Willen widersprachen.

»Na, jedenfalls«, meinte Bengt schließlich – und mit beleidigtem Brummen im Tonfall. »Frieke und ich halten die Augen offen, den ganzen Tag schon. Bislang hat sich der Knilch nicht blicken lassen. Das wollte ich dir nur mitteilen. Wo du schon mal hier bist.«

»Lass uns von etwas anderem sprechen«, bat sie. Es war das Einzige, was sie sich zutraute, ohne abermals die Kontrolle über den eigenen Mund zu verlieren. »Einverstanden?«

Er hob die Schultern. »Du bist zu mir gekommen, Frau Pastorin. Nicht umgekehrt. Also, was treibt dich her?«

Sie setzte sich auf den kleinen Hocker hinter dem Ticketschalter. Bengt selbst nahm auf den unteren Stufen der Wendeltreppe Platz. Dabei musste er aufpassen, sich den Kopf nicht an einem unterarmlangen Modell der Dänemark-Frachter zu stoßen, das von einer der höheren Stufen herunterbaumelte. Nils Holgerssons Konterfei prangte an der Außenhaut des Ozeanriesen.

»Ich wollte deine Meinung hören«, gestand Clara. »Zu allem, was heute noch los war.«

Seit dem gemeinsamen Essen im *Störtebeckers* hatten sie nicht miteinander gesprochen. Doch es war viel passiert, nicht nur im Mordfall »Abel«. Clara begann mit ihrem Besuch in Lübeck, schilderte Bengt die Begegnung mit Linus Holste und den Zwischenfall auf dem Ivendorfer Sportplatz.

»Gries, hm?«, brummte Bengt. »Ja, das passt. Der Typ ist eine Zecke. Den kenn ich noch von früher. Scham ist für den ein absolutes Fremdwort.«

Als Nächstes erzählte sie von ihrer Suche nach Anja Dees und der Begegnung mit der Moderatorin in Timmendorfer Strand. Sie bemühte sich, kein Detail auszulassen, denn sie wollte, dass Bengt die gleichen Informationen hatte wie Jule und sie. Sie möchten ihm helfen, andere Schlüsse aus ihnen zu ziehen. Dinge zu bemerken, die ihr selbst bisher entgangen waren.

»Na ja«, meinte er, als sie zum Ende ihres Berichts kam. »Das ist ja alles schön und gut, aber es bringt euch kein Stück weiter.«

»Das weiß ich nicht«, widersprach sie. »Irgendetwas an dieser Sache mit Frau Dees und ihrer Freundin gefällt mir nicht. Ich kann es nicht benennen, doch das Gefühl ist da.«

»Nichts für ungut«, sagte er, ganz unbeeindruckt und entsetzlich pragmatisch. »Aber von Gefühlen kann Sören sich nichts kaufen.«

Er stand wieder auf, griff an ihr vorbei unter den Ticketschalter und zog eine kleine Jutetasche hervor. Auf ihr prangte das Logo des Warnsdorfer Erdbeerhofs, und in ihr steckten mehrere kleine Tupperdosen. Als er eine öffnete, fiel Claras Blick auf Karottensticks und Radieschen.

»Auch einen?«, fragte er, nahm sich einen Stick und hielt ihr die Dose hin. Dann biss er ab.

»Danke«, lehnte Clara schon ab. Dann merkte sie, dass sie ewig nichts mehr gegessen hatte, und griff zu. »Du und Rohkost? Was ist los, Bengt? Wirst du krank?«

»Ich hab 'ne ganz gute Ernährungsberaterin«, erwiderte er mit einem Augenzwinkern. »Die rät mir zu so 'nem Zeug. Man wird ja nicht jünger.«

Clara nickte anerkennend. »Weise Frau, das.«

»Und ob«, murmelte er. »Und ob.«

Sie kauten eine Weile, schweigend nebeneinander und absolut vertraut. Es tat gut, so hier zu sitzen, ohne weiteren Zweck oder weiteres Ziel. Einfach im Moment zu sein. Irgendwie war sie das stets, wenn sie in Bengts Nähe war, oder? *Nur* bei ihm.

»Außerdem war ich immer schon Fan von Rohkost«, sagte er schließlich. »Matjes sind roh.«

»Und Sushi auch«, neckte sie ihn.

»Bäh.« Bengt verzog erwartungsgemäß das Gesicht.

Hering liebt er abgöttisch, dachte Clara, *aber Sashimi ist Teufelszeug. Widerspruch, dein Name ist Hansen.*

Sie würde dieses Nordlicht nie ganz verstehen, das war ihr klar. Doch vielleicht war das auch ganz gut so. Schließlich hatte sie Stefan schon viel zu sehr verstanden, vor allem gegen Ende. Und allem Anschein nach noch immer …

»Zurück zum Thema«, sagte sie schnell. »Ich nehme Anja Dees und ihre Partnerin nicht von der Liste der Verdächtigen. Die Zufälle sind alle wegerklärbar, aber eben nicht *weg*erklärt. Und irgendetwas an den beiden macht mich stutzig.«

»Dann muss Dröscher auch draufbleiben«, fand Bengt. Er griff nach einem Radieschen und verspeiste es mit einem einzigen Bissen. »Im Wald joggen? Das kann jeder behaupten. Und auch wenn der Gries Prügel verdient hat, muss man noch lange nicht auf ihn einprügeln. Ein kluger Mann reißt sich da am Riemen.«

Clara erwiderte nichts. Auch Bengt hatte sich in früheren Jahren nicht immer unter Kontrolle gehabt, das wussten sie beide. Es bewies absolut gar nichts, doch selbstverständlich war es auch kein Unschuldsbeweis.

»Wisst ihr schon was von diesem Makler, den Holste erwähnt hat?«, erkundigte sich Bengt. »Ist wenigstens *das* Alibi geklärt?«

Sie schüttelte den Kopf. »Ich hoffe, da hat Sören bald Erfolge zu vermelden. Falls ja, werden wir es sicher erfahren.«

»Und die Einbruchsserie in Scharbeutz?«, fragte er. »Hat die irgendetwas mit dem Ferienhaus von der Dees zu tun?«

»Möglich wär's«, antwortete sie. »Aber auch da kann ich nur spekulieren. Mein Bauchgefühl sagt Nein.«

»Hm.« Er nickte nachdenklich. »Bleibt also die große Unbekannte. Das Phantom vom Villenviertel.«

»Carl Auerswalds mysteriöse Frau mit den rotblonden Haaren, ja«, stimmte sie zu. »Ich dachte kurz mal, damit wäre Anja Dees gemeint. Doch die Haarfarbe passt echt nicht. Und Frau Dees ist auch nicht blässlich, wie Abels Nachbar es beschrieb. Außerdem beharrt sie darauf, nie bei ihm in Scharbeutz gewesen zu sein. Sie hätten immer nur telefonischen Kontakt gehabt, und auch der liege zehn Jahre zurück.«

Er seufzte. »Wie gesagt: Ihr seid echt keinen Schritt weiter. Warum noch mal macht ihr euch all die Mühe?«

»He, ich habe nie von uns behauptet, dass wir gute Detektivinnen wären.«

»Jule schon«, gab er zurück, und seine Mundwinkel zuckten dabei.

Clara nahm sich ein Radieschen und warf es ihm gegen den Kopf. Bengt fing es auf und verspeiste es.

»Auch wieder wahr«, meinte sie dann.

Es war angenehm, hier mit ihm zu sitzen, während draußen vor der offenen Leuchtturmtür die Möwen kreischten. Ein sanfter Wind, der vom Fluss herüberwehte, ließ die Büsche schwanken, die das Grundstück vom benachbarten Parkplatz abschirmten. Irgendwo bellte ein Hund, und eine Frauenstimme tadelte ihn dafür – in tiefstem Schwäbisch.

»Da ist noch was«, bemerkte Clara schließlich.

Sie hatte Bengt bisher nichts von den Briefen erzählt. Auch Frieke gegenüber hatte sie kein Wort darüber fallen lassen, zumindest bis jetzt. Im Gegenteil: Sie hatte sich sogar nach Kräften dagegen gewehrt, daran zu denken. Immer wieder hatte sie sich in andere Themen, andere Aufgaben gestürzt, um den Moment weiter aufzuschieben, wo sie sich ihnen widmen *musste*. Es war ihr erstaunlich leichtgefallen, denn an anderen Themen bestand gerade kein Mangel.

Doch nun konnte sie einfach nicht länger, und es war auch nicht der Mund, der den Befehlen ihres Verstandes widersprach. Sie *wollte* darüber sprechen. Mit Bengt.

Der Museumswärter sah sie an. Abwartend und geduldig.

»Mein Vater«, begann sie stockend. »Er hatte da wohl diese

Hütte, oben am Steilufer. Und in ihr lagert allem Anschein nach der *wahre* Fritz …«

Dann sprudelte es aus ihr heraus wie Wasser aus einem berstenden Damm, einmal mehr. Sie erzählte ihm von Friekes abgelegener Hütte und davon, wie sehr sie ihr gefallen hatte. Von der alten Einrichtung und dem ganzen maritimen Nippes, der Bengt mit Sicherheit gefallen würde, wenn er ihn sähe. Und von den Briefen.

»Gerade jetzt«, sagte sie leise. »Gerade als ich dachte, ich hätte ihm vielleicht wirklich unrecht getan, all die Jahre. Ausgerechnet dann beweist er mir das Gegenteil.«

Bengt hatte schweigend zugehört, wie so oft. Nun aber hob er den Blick. »Auf wen bist du böse, Clara?«

Im ersten Moment verstand sie ihn nicht. Was sollte diese Frage? War das nicht offensichtlich? »Na, auf ihn«, antwortete sie. »Auf Fr…«

Doch Bengt schüttelte den Kopf. »Noch mal: Auf wen bist du böse?«

Sie stutzte kurz, dachte nach. Dann begriff sie. »Auf mich.«

Bengt stand auf, trat zur Tür und lehnte sich mit dem Rücken an die Wand des Rahmens. Dabei ließ er Clara nicht aus den Augen. »Den Eindruck habe ich auch«, sagte er. »Du hast etwas über Fritz herausgefunden, okay. Das mag stimmen oder auch nicht, aber es geht hier gar nicht um Fritz. Findest du nicht auch? Es geht darum, dass du ihm eigentlich verzeihen wolltest … und es dir jetzt selbst übel nimmst.«

Sie wollte protestieren, doch er hob bittend die Hand.

»Fritz war Fritz«, fuhr er fort. Mit einem Mal war Bengt erstaunlich redegewandt. Es schien ihm wichtig zu sein. »Ich kannte ihn nicht, doch ich weiß, was du über ihn erzählst und wie du über ihn denkst … oder dachtest, bevor du nach Travemünde kamst. Und jetzt? Jetzt bestätigt sich offenbar, was du schon immer wusstest. Na und? Wo ist die Neuigkeit?«

Er hatte recht. Sie erkannte es, während er es aussprach. Alles an seiner Argumentation war logisch. Nicht Fritz hatte sie in der alten Hütte enttäuscht, denn Fritz hatte schon vor Jahrzehnten klargemacht, wer und was er war. Nein: Sie selbst hatte das getan. Sie hatte ihre Meinung über ihn ändern wollen, war weich geworden, und daran durfte sie ihm nicht die Schuld geben.

Das ist dieser Ort, dachte sie. *Travemünde. Seit ich hier bin, ist alles anders.* Ich *bin anders.*

Aber nicht jeder Mensch änderte sich, nur weil sie es tat. Nur weil sie harmonischer wurde, sanfter. Manchmal blieben die anderen auch einfach, wer sie waren. Und *was* sie waren.

»Siehe Stefan«, murmelte sie.

Bengt legte den Kopf leicht schräg. »Hm?«

Clara winkte ab. »Nichts, nichts.« Dann stand auch sie auf. »Danke, Bengt. Wirklich: danke!«

Sie überrumpelte ihn, nahm ihn spontan in die Arme und schmiegte sich an seine Brust. Seine Nähe war ihr ganz eigener Leuchtturm, das wusste sie. Er würde sie nie in die Irre führen, sondern stets aus ihr hinaus. Sie musste es nur zulassen.

»Da nicht für«, raunte er und strich ihr sanft über den Rücken. »Da nicht für.«

Es war kein bisschen ungelenk. Ganz im Gegenteil. Es fühlte sich richtig an, Bengt zu umarmen. Vielleicht, weil sie es zum ersten Mal tat, ohne vorher darüber nachzudenken.

Einen Moment später brach eine dreißigköpfige Schulklasse aus dem Dickicht der Büsche hervor, und Museumsführer Hansen musste zurück an die Arbeit.

Den Rest des Nachmittages verbrachte Clara in der Kirche. Ein vereinbarter Termin mit der Küsterin und dem Organisten wuchs in die Länge, und als endlich alle Absprachen für das nächste Hochamt getroffen waren, kam auch noch Hans-Werner Baldauf in das Gotteshaus. Baldauf, dessen Gattin kürzlich verstorben war, lebte am Brodtener Kirchsteig, gleich neben dem alten Friedhof von Travemünde. Clara kannte den Endsiebziger und hatte ihn durch das Sterben seiner Emilie begleitet und auch die kirchliche Gedenkfeier geleitet. Allem Anschein nach brauchte er einmal mehr ihre stützende Schulter, denn sein Blick war suchend, und sein wehes Herz war ihm buchstäblich ins Gesicht geschrieben.

»Herr Baldauf«, grüßte Clara den unerwarteten Gast. Dabei winkte sie der Küsterin dankend zu, die sich prompt zurückzog. »Kommen Sie ruhig näher. Lassen Sie mich helfen.«

Die nächste Dreiviertelstunde saßen sie beisammen, einfach nebeneinander in einer Kirchenbank. Während draußen die letzten Busse des Nachmittagsfahrplans über die Torstraße rappelten, Kinder auf dem Kopfstein des alten Marktes spielten und die Sonne allmählich über Ivendorf versank, ergaben sie sich der Stille im Inneren des Gotteshauses.

Geduldig harrte Clara bei dem Witwer aus. Sie lauschte seinem Schmerz, sprach ihm an den richtigen Stellen Mut zu und schwieg an den Stellen, an denen jedes Wort nur ein Wort gewesen wäre, hohl und leer wie ein Schiffsbauch. Manchmal, dessen war sie sich absolut sicher, war Zuhören das einzig Richtige. Als Seelsorgerin musste man eine gute Zuhörerin sein, andernfalls war man im falschen Beruf. Und man musste es gerne tun.

Als sie sich voneinander verabschiedeten, ging es auf neunzehn Uhr zu. Clara bot Herrn Baldauf an, ihn nach Hause zu begleiten, doch der Witwer lehnte ab. Er war in einem deutlich besseren Zustand als vorhin, das wussten sie beide, und er wollte auf dem Rückweg noch Station bei seiner Gattin machen.

»Wie jeden Abend«, gestand er Clara. »Ihr gute Nacht sagen, so wie früher.«

»Tun Sie das, Herr Baldauf«, erwiderte sie und schüttelte ihm die Hand. »Und grüßen Sie sie von mir, ja?«

»Das werde ich, Frau Clüver.« Er lächelte dankbar. »Verlassen Sie sich drauf.«

Dann verschwand er mit langsamen Schritten in Richtung Hirtengang, einer kleinen Seitengasse nördlich der Torstraße, die ihn mehr oder weniger direkt zum alten Friedhof führen würde. Clara sah ihm nach, bis er um die Hausecke verschwunden war.

Momente wie dieser zeigten ihr, dass sie ihre Arbeit nach wie vor liebte. Und dass auch die Kirche, der sie in Travemünde vorstehen durfte, für viele Leute ein Leuchtturm war. Genau wie der von Bengt.

Sie ließ das Gotteshaus hinter sich. Die Pforte würde die Küsterin schon absperren, wenn der Zeitpunkt gekommen war. Clara hielt sich links und schlenderte zum Fluss hinunter. Auf ihrem Weg zur Priwallfähre kam sie an einer Fischhandlung vorbei, die erst kürzlich eröffnet hatte und die sie schon die ganze Zeit hatte ausprobieren wollen. Spontan entschied Clara sich dafür, sich ein Stück Dorsch mit nach Hause zu nehmen, das sie mit Kartoffeln und einem Glas Weißburgunder genießen würde. Vielleicht gelang ihr ja sogar endlich die Senfsoße, deren Rezept sie von Frieke hatte.

Mit dem Einkauf in einer papiernen Tüte ging sie am *Schmökerhafen* entlang, doch die Tür der Buchhandlung war bereits geschlossen, und die Lichter im Innenraum waren erloschen. Auch im Hinterhaus schien sich nichts mehr zu rühren, sofern sie das von hier aus beurteilen konnte. Jule war vermutlich längst zu Hause bei den Kindern, und Frieke hatte wohl schon zum Priwall übergesetzt. Es wurde Zeit, dass sie es ihr gleichtat.

Als sie am Skandikai stand, Abendwind im Haar und das Lachen einiger spielender Kinder hinter sich, musste sie erneut an Stefan denken. Für einen kurzen Augenblick war sie überzeugt, dass er jeden Augenblick um die Ecke kommen würde, direkt auf sie zu. Es hätte sehr zu ihm gepasst, ihr ausgerechnet jetzt, da sie entspannt in den wohlverdienten Abend gleiten wollte, die Laune zu verderben.

Doch sie zwang sich, die Sorge über eine erneute Begegnung mit der Vergangenheit niederzukämpfen, bevor sie sich noch weiter in ihr ausbreiten konnte. Denn selbstverständlich ließ sich ihr Ex nirgendwo blicken – nicht am Anleger und auch nicht auf dem Deck der Fähre.

Der ist in Timmendorfer Strand, dachte sie. *Und isst Austern.*

Doch da würde er nicht bleiben, das war klar. Was immer er hier oben suchte, hatte er bisher nicht gefunden.

Clara verscheuchte den Gedanken, ging von Bord und spazierte nach Hause. Was Bengt gesagt hatte, stimmte. Die Ermittlung im Mordfall »Abel« war an diesem Tag langsamer vorangekommen, als sie es sich gewünscht hätte. Doch trotzdem war sie zufrieden, irgendwie. Schließlich machten Jule und sie Fortschritte, davon war sie überzeugt. Und unterm Strich waren die Betreiberin eines kleinen Anzeigenblättchens und eine Pastorin sowieso nicht die perfekte Wahl, wenn es um Mord und Totschlag ging. Sörens Kripo durfte – und würde! – auch ihren Teil zur Mördersuche beitragen.

Auch auf Friekes Hof wartete kein Stefan auf sie. Stattdessen saßen Frieke und Rufus vor dem Haupthaus, die Buchhändlerin auf einem bequemen Klappstuhl und der Labrador neben ihr auf dem Boden.

Frieke hielt eine Schüssel mit Suppe in den Händen, aus der sie genüsslich löffelte, und bot Clara ebenfalls einen Platz an. »Ich habe noch Reste auf dem Herd, falls du Hunger hast«, sagte sie.

Clara hielt die Tüte vom Fischhändler in die Höhe. »Und ich habe frischen Dorsch. Gibst du mir zwanzig Minuten? Dann komme ich auch raus, und du kannst überprüfen, ob ich deine Senfsoße endlich hinbekomme.«

»Hat die wirklich ›ob‹ gesagt?«, wandte Frieke sich an Rufus.

Dann sah sie lachend zurück zu ihr. »Wir glauben an dich. Und an deine Kochkünste.«

»Halleluja«, erwiderte Clara. »Dann kann ja nichts mehr schiefgehen.«

Sie ging in ihre bezaubernde Scheunenwohnung, schälte Kartoffeln, setzte sie auf und stellte die Pfanne auf den Herd. Während das Wasser langsam heiß wurde, mehlierte sie den frischen Fisch und rührte Butter, körnige Brühe und Senf aus einer lokalen Manufaktur zu einer dicklichen Masse zusammen, die sie ebenfalls erhitzte.

Der Dorsch briet schnell und bekam in der Pfanne eine herrlich goldbraune Kruste, die Röstaroma versprach, ohne ungesund zu wirken. Als das Gericht fertig war, streute Clara noch ein wenig Dill über den Fisch und schmeckte die Salzkartoffeln mit frischer Petersilie aus dem Topf auf ihrer Fensterbank ab. Dann drapierte sie die Flasche Weißburgunder, ein Weinglas, den Teller und Besteck auf einem Tablett und ging zurück ins Freie.

Frieke und Rufus hatten sich nicht vom Fleck bewegt; die Buchhändlerin hatte die Suppenterrine nur gegen ein Taschenbuch und ein Glas Rotwein eingetauscht. Das Licht der Lampions spiegelte sich im Wein und in Friekes strahlenden Augen, die zum ersten Mal seit Tagen kein bisschen krank aussahen.

»Wenn das nur halb so schmeckt, wie es duftet«, meinte sie, »dann hast du dich heute selbst übertroffen.«

Clara setzte sich und präsentierte ihr Werk. Auch sie war sehr zufrieden mit dem Ergebnis. »Wenigstens *ein* Fortschritt. Man muss demütig bleiben.«

»Wenn du das sagst«, erwiderte Frieke und griff mit gelassenem Schmunzeln nach ihrem Getränk. »Du bist die Expertin.«

Der Dorsch schmeckte köstlich, und die Soße hatte exakt die richtige Balance aus Schärfe und Cremigkeit erreicht, die Frieke so leicht von der Hand ging und Clara bislang nie hatte gelingen wollen.

»Ich soll dir übrigens etwas ausrichten«, sagte die Buchhändlerin. »Jule war vorhin noch mal im Laden, um die Rasselbande abzuholen. Da hat sie es mir gesagt. Sören hat endlich Rückmeldung vom Labor. Die Kripo konnte wohl nirgendwo fremde DNA-Spuren finden – nicht an der Leiche, nicht in ihrer Nähe. Auch im Haus dieses Abel wären keinerlei Hinweise auf jemanden entdeckt worden, der da nicht hingehört, und erst recht nicht auf einen Einbruch. Jule meinte, der Zusatz wäre dir wichtig. Ich schätze, dieser Mann empfing nur selten Besuch.«

Clara erinnerte sich, dass Jan Abel meist telefonisch, sicher auch via Internet mit seinen Klienten kommuniziert hatte. Das passte also alles ins Bild.

»Und dann war da die Sache mit dem Mann aus Lübeck«, erinnerte sich Frieke. »Wie hieß der? Holsten?«

»Holste«, korrigierte sie. »Linus Holste.«

»Wie soll man in Lübeck auch sonst heißen?« Die Buchhändlerin lachte kurz. »Jedenfalls hat der ein Alibi, sagt Jule. Irgendeinen Makler? Der schwört Stein und Bein, Holste sei am Montagmorgen ab Viertel vor neun bei ihm gewesen, um Büroräume zu finden. Ewig lange. Die Kripo hat seine Aussage wohl schwarz auf weiß.«

Auch das entsprach dem, was Clara im Gespräch mit dem Mann aus Abels Vergangenheit erfahren hatte. Selbstverständlich konnte Holste trotzdem der heimliche Drahtzieher des Mordes sein und einfach einen bezahlten Handlanger nach Scharbeutz geschickt haben, aber für den Moment nahm sie ihn von der gedanklichen Liste ihrer Verdächtigen. Holste war ihr nie sonderlich mordlüstern vorgekommen, höchstens aggressiv, in einem fast schon peinlichen, unternehmerischen Alphamännchen-Sinn. Und bevor sie sich den Kopf über heimliche Handlanger, Auftragsmörder und Verschwörungen zerbrach, wollte sie die Kirche doch lieber im Dorf lassen. Erst würde sie das abarbeiten, was deutlich näher lag. Alles andere hatte später auch noch Zeit, so denn nötig.

»Keine Spuren und keine heißen Fährten«, fasste sie Friekes Bericht zusammen. Dabei machte sie aus dem Galgenhumor in ihrem Tonfall keinen Hehl. »Wir sind echt wahre Superdetektivinnen.«

»Nur die Ruhe«, wehrte die Buchhändlerin ab. »Ihr macht das schon. Ich kenne euch, und Rom ist auch nicht an einem Tag erbaut worden.«

Clara kratzte den letzten Rest Senfsoße von ihrem Teller. »Ich würde ja gern widersprechen«, sagte sie und verspeiste ihn. »Doch ich habe auch nicht an diese Soße geglaubt, und da hattest du völlig recht.«

»Vielleicht sollte ich auch Pastorin werden.« Frieke lächelte und kraulte Rufus den Kopf. »In Glaubensfragen habe ich offenbar Talent.«

»Nicht nur in denen«, bestätigte sie und quittierte das Lächeln mit einem eigenen.

Sie saßen noch eine ganze Weile draußen im Hof, flankiert von den Hecken, den Lampions und der Abendstille. Ihr Gespräch drehte sich nun um alles Mögliche, nur nicht um den Mord.

Die Buchhändlerin erzählte von Georg Siebert, ihrem alten Freund und Nachbarn auf der Vorderreihe, der einen Souvenirladen führte. Clara berichtete von den jüngsten Eskapaden ihrer Studienfreundin Svenja, die beim Hessischen Rundfunk arbeitete und sich noch heute benahm, als wäre sie Mitte zwanzig und sorgenfrei – insbesondere in amourösen Dingen. Nur über die Männer in ihrem eigenen Leben verlor Clara kein einziges Wort. Nicht über Bengt, nicht über Stefan und schon zweimal nicht über Fritz Behrendt und dessen Briefe. Die Nacht, die begonnen hatte, war viel zu schön für derartige Schatten.

Als Friekes Glas leer war, wechselte sie ebenfalls zum Weißburgunder, und Rufus döste friedlich neben ihr. Sterne erschienen am Himmel über dem Priwall, und obwohl es geografisch und auch zeitlich vollkommen unmöglich war, kam es Clara irgendwann so vor, als könnte sie der letzten Fähre des Abends beim Ablegen zuhören – unten am Hafen. Der Gedanke, unrealistisch oder nicht, gab ihr weitere Ruhe. Wo nichts mehr übersetzte, da würde sich auch kein unwillkommener Gast blicken lassen. Jedenfalls nicht mehr bis zum Morgengrauen.

Es ging auf dreiundzwanzig Uhr zu, als das Gähnen endgültig gewann. Clara fühlte sich innerlich warm, mehr als allein vom Alkohol, und sehr geborgen. Sie umarmte Frieke, als sie sich gegenseitig eine gute Nacht wünschten, und kehrte dann mit leerem Teller, leerem Glas und leerer Flasche auf dem Tablett zurück in ihr geliebtes Scheunenzuhause. Erst als sie das Geschirr in die Spüle stellte, wo sie es morgen früh säubern würde, fiel ihr auf, dass sie ihr Handy die ganze Zeit über auf der Arbeitsplatte neben dem Herd liegen gelassen hatte. Fünf Anrufe in Abwesenheit prangten auf dem kleinen Display, dicht gefolgt von einer SMS.

Clara runzelte die Stirn. Die Anrufe sowie die Textnachricht stammten von derselben Nummer, und diese sagte ihr absolut nichts. Da keine Nachricht auf ihrer Mailbox wartete, blieb allein die SMS. Clara öffnete sie.

Sehr geehrte Frau Clüver, las sie in ungewöhnlich förmlichem Stil. Als sie begriff, von wem die Nachricht stammte, ploppte das dazugehörige Männergesicht wieder vor ihrem geistigen Auge auf. Ihr war, als könnte sie regelrecht sehen, wie aufgeregt er beim Schreiben der wenigen Zeilen gewesen sein musste. *Hier schreibt Ihnen Carl Auerswald aus Scharbeutz. Sie erinnern sich? Wir sprachen kürzlich über die mysteriöse Dame, die um Herrn Abels Villa geschlichen ist.*

Sie ist wieder da, Frau Clüver! Ich habe sie gefunden!

Falls Sie die Angelegenheit noch immer interessiert, melden Sie sich morgen gerne bei mir. Dann zeige ich Ihnen, was ich meine.

Bis dahin verbleibe ich, wachsam und mit detektivischem Gruß, als Ihr

C. Auerswald, OStR a.D.

KAPITEL 19

Ich kann dich sehen!

Du liegst im Bett, tief und fest schlafend, und ich stehe hier vor deinem Fenster – unbemerkt, ungestört. Allein mit der Nacht. Du weißt nicht, wer ich bin, und erst recht nicht, wo *ich bin. Andernfalls fändest du jetzt ganz sicher keine Ruhe. Aber ich …*

Ich *habe* dich *gefunden, Clara Clüver.*

Für wen hältst du dich, hm? Was kümmert dich der Mordfall »Abel«? Wer bist du, dass du glaubst, ihn lösen zu müssen – ausgerechnet du? Hat eine Pastorin denn nichts anderes zu tun? Kann sie die Polizei nicht einfach machen lassen, die so herrlich unfähige Polizei? Haberkamp, dieser Blindgänger, hat bis jetzt nicht den leisesten Schimmer, davon bin ich überzeugt. Und du, Pastorin Clara? Du etwa?

Nein.

Natürlich nicht. Du bist auch nicht besser als die Profis, du hältst dich bloß dafür.

Doch in Wahrheit schläfst du tief und fest. Während ich nur wenige Schritte neben dir stehe, ein Gesicht am Fenster deiner Scheune. Ein Schemen im Mondlicht. Du ach so schlaue Hobbydetektivin kannst dir nicht einmal erträumen, in welcher Gefahr du gerade schwebst, oder? Ich sehe es dir doch an. Deine gleichmäßigen Atemzüge unter der Decke, dein entspanntes Gesicht auf dem Kissen, die geschlossenen Lider … So wirkt niemand, der Angst hat. So wirken absolut Ahnungslose.

Wirst du mir noch zum Problem, Clara Clüver? Ich bezweifle es. Auch deshalb steht mir nicht der Sinn danach, dir heute Nacht gefährlich zu werden. Du bist diesem Haberkamp ähnlicher, als du denkst, denn du kannst mir gar nichts. Ihr stochert beide im gleichen Nebel, ihr sitzt nur in unterschiedlichen Booten.

Also lasse ich dich schlafen, Pastorin Clara. Gerne sogar. Denn du kümmerst mich nicht. Was ich getan habe, war richtig, und nichts von dem, was du je unternehmen wirst, kann daran etwas ändern.

Geh zurück auf deine Kanzel, Mädchen. Da gehörst du hin, nicht an meine Fersen. Schlaf ruhig weiter. Zumindest heute Nacht. Aber ich werde dich genau im Auge behalten, jeden deiner Schritte. Halte dich zurück!

Bevor ich doch noch zurückkommen muss …

KAPITEL 20

»… versichere ich Ihnen, Pastor Kruse: Sie täten mir einen wirklich riesigen Gefallen.«

Frieke Kroon, die gerade mit Rufus vom morgendlichen Gassigang durch die Nachbarschaft zurückkehrte, hörte die Stimme ihrer Mieterin schon, bevor sie den Hof betrat. Dann sah sie Clara auch. Die jüngere Frau stand vor ihrer Wohnung im Schatten, ein Handy am Ohr, und wirkte aufgeregt.

»Ja«, meinte sie gerade. »Das verstehe ich natürlich. Aber, wie gesagt, die Umstände sind außergewöhnlich, und ich hatte gehofft, Sie könnten vielleicht … Ach, ja? Das wäre natürlich großartig.«

Frieke sah zu ihrem Hund. »Hat die gerade ›Kruse‹ gesagt?«

Rufus schwieg. Vermutlich war der Name ihm keinen Kommentar wert. Das konnte sie ihm nicht verdenken.

Der Morgen ist viel zu schön für Hanno Kruse, dachte sie.

Während der Nacht hatte es sich zugezogen, und in den letzten Stunden vor Sonnenaufgang war ein stattlicher Regenschauer auf den Priwall niedergegangen. Nun aber, nur kurze Zeit später, war davon wenig übrig. Die letzten Wolken verzogen sich gerade am Himmel, und die Pfützen auf den Wegen und Wiesen würden sich bestimmt schon bald dem wärmenden Licht der Sonne ergeben. So war es meistens an der Küste: Kein Wetter war hier oben von Dauer, und selbst die ärgsten Niederschläge verschwanden so schnell und so spurlos, wie sie gekommen waren.

Nur Pastor Kruse wurde offenbar niemand los. Frieke kannte Claras Amtsvorgänger und wusste, was für ein harter Knochen er war. Ganz Travemünde wusste das, immerhin hatte der Mann jahrzehntelang hinter dem Altar der Altstadtkirche gestanden, als wäre er sein Königsthron. In Kruses Kirche hatte es keinerlei *Laissez-faire* gegeben, und selbst ein lautes Niesen oder ein buntes Hemd hatten dem Mann auf der Kanzel mitunter entrüstete Blicke oder pikiert-tadelnde Räusperer entlockt. Kruse hatte wenig geduldet, aber viel verlangt – auch von seinen Arbeitgebern. Selbst als Clara kam, um ihn abzulösen, hatte Kruse sich noch verbissen dagegen gewehrt, aufs Altenteil überzuwechseln, obwohl die Nordkirche ihn auf Knien darum gebeten hatte. Mittlerweile war er in Pension, lebte aber nach wie vor im Pfarrhaus der Gemeinde – ein Kompromiss, den die Kirchenoberen hatten eingehen müssen, um ihn endlich loszuwerden.

Abermals sah Frieke zu Rufus. »Freiwillig ruft die den nicht an. Das steht fest.«

Sie winkte Clara zu, ging ins Haus und setzte Teewasser für ihr Frühstück auf. Als der Tee durchgezogen war, kehrte sie mit ihrer Tasse ins Freie zurück. Clara telefonierte noch immer.

»Einverstanden, Herr Auerswald«, sagte sie gerade in das flache Telefon und bewies, dass zumindest ihr Gesprächspartner gewechselt hatte. »Ich habe jetzt alles organisiert und mache mich schnellstmöglich auf den Weg. Bis gleich.« Sie legte auf und steckte das Handy mit einem angestrengten Seufzen in die Hosentasche.

»Harter Morgen?«, fragte Frieke.

»›Hart‹ ist das falsche Wort«, antwortete die Mieterin und kam näher. »Eher ein bisschen chaotisch.«

Sie erzählte Frieke von Carl Auerswald und der SMS, die sie von ihm erhalten hatte. Die halbe Nacht habe sie deswegen wach gelegen und sich gefragt, ob sie nicht wertvolle Zeit vergeudete, indem sie die müden Augen schloss.

»Wenn diese Unbekannte tatsächlich hinter dem Mord steckt«, so Clara, »dann zählt doch jetzt jede Minute.«

»Wenn?«, warf Frieke ein. »Oder falls?«

Clara hielt verwundert inne, schmunzelte dann aber. »Sind Buchhändler eigentlich immer solche Erbsenzähler?«

»Nur die guten«, antwortete Frieke.

Niemand widersprach ihr.

»Na, also *falls* die Frau Abels Mörderin ist«, korrigierte Clara sich. »Dann können wir doch nicht bis zum Morgen warten, um sie dingfest zu machen.«

»Aber du hast gewartet«, stellte Frieke fest.

Clara nickte und fuhr fort. »Andererseits wollte ich Herrn Auerswald natürlich auch nicht aus dem Schlaf reißen. Er kann ja nichts dafür, dass ich seine Kontaktversuche erst sehe, wenn anständige Menschen längst in den Federn liegen.«

»Mhm.« Frieke nickte und blies Dampf von ihrer Teetasse. Er verzog sich noch schneller als die Wolken, und das war keine Kleinigkeit. »Ich verstehe die Zwickmühle. Doch was hat der alte Kruse damit zu tun?«

»Ich fürchte, der muss mich heute vertreten«, gestand Clara. »Damit *jetzt* endlich etwas passiert. Ich habe eigentlich einen Schulgottesdienst zu leiten, gleich um neun Uhr. Den kann ich nicht verschieben und so kurzfristig auch nicht absagen; da reißt die Direktorin mir den Kopf ab. Und die Kinder freuen sich ja ebenfalls darauf.«

Frieke wusste, dass Clara Kinder mochte. Freiwillig ließ sie kaum eine Gelegenheit aus, ihnen christliche Werte und die kirchliche Gemeinschaft näherzubringen. Sie wusste jedoch auch, dass Clara im Moment andere Prioritäten hatte, selbst wenn die Pastorin es sich nicht immer eingestand.

»Aber ich will Herrn Auerswald auch nicht noch länger warten lassen«, erklärte Clara weiter, wo es gar keine Erklärung mehr brauchte. »Er sagte vorhin am Telefon, ich solle mich schnellstmöglich mit ihm treffen. Oben in Scharbeutz müsse er mir dringend etwas zeigen. ›Eine heiße Spur zu unserer Unbekannten‹, das waren seine Worte.«

»Und heiße Spuren bleiben nicht ewig heiß«, bestätigte Frieke trocken.

»Ganz genau.« Clara nickte so eifrig, als prallte jegliche Ironie von ihr ab wie Regen vom Dach der Scheune. »Da muss also jemand reagieren, und er hat mich informiert. Verstehst du? Mich, nicht die Polizei.«

»Du könntest trotzdem Sören hinschicken«, meinte die Buchhändlerin mit einem neckenden Augenzwinkern. »Immerhin ist es sein Job, den Mörder zu finden. Nicht deiner. Deiner findet woanders statt, und das weiß auch Pastor Kruse.«

»Schon, aber …«

»Aber Auerswald hat *dich* angerufen, schon klar.« Frieke musste grinsen. »Du musst dich vor mir nicht verteidigen, Clara. Ich verstehe ja, wie sehr dich das elektrisiert. Diese Mordfälle liegen dir, ob du es nun glaubst oder nicht. Das ist für dich wie ein Hobby.«

Abermals setzte die Pastorin zu einem Protest an, und erneut ließ Frieke sie gar nicht erst zu Wort kommen.

»Du brauchst niemandes Segen, um zu tun, was du für richtig hältst, Clara«, sagte sie. »Wenn Kruse für dich einspringt, ist doch alles in Butter. Der ist froh, wenn er gebraucht wird. Wie ich den alten Stinkstiefel kenne, hält er sich doch ohnehin für den einzig geeigneten Kandidaten.«

»Zugegeben«, gestand Clara. »Er musste nicht lange überredet werden.«

»Und er hat trotzdem darauf gewartet«, erwiderte sie überzeugt. »Darauf, dass du ihn bittest und ihm Honig um den Bart schmierst.«

Die Pastorin nickte wieder. »Was ich getan habe. So. Darf ich jetzt nach Scharbeutz? Ohne schlechtes Gewissen?«

»Ich will und werde dir keins einreden«, gab Frieke zurück. »Es ist *dein* Mordfall.«

»Warum sagt ihr das immer?«, murrte Clara leise. Dann verabschiedete sie sich von ihrer Freundin und machte sich auf den Weg zur Fähre.

Der Golfplatz von Scharbeutz lag neben dem Friedhof, nur einen kleinen Spaziergang vom Bahnhof und dem Südufer des Wennsees entfernt. Clara kam aus Richtung der Bushaltestelle und hielt auf das eingeschossige Haupthaus der Anlage zu. Jenseits der Büsche, die das weitläufige Grün begrenzten, konnte sie vereinzelte Schläge hören, gefolgt von leisem Applaus.

Trotz der frühen Stunde waren wohl schon ganze Gruppen vor Ort, um die einzelnen Löcher des Platzes zu bespielen. Auch das, fand sie, war typisch für ihre neue Heimat: Die meisten Touristen, die zur Lübecker Bucht kamen, gingen früh zu Bett und waren früh wieder auf den Beinen. Lag das am Alter?

»In Ordnung«, drang Jule Haberkamps Stimme aus dem Handy an ihrem Ohr. Zusätzlich konnte Clara murmelnde Erwachsene und ein plärrendes Kind hören, Hintergrundrauschen im Äther des Telefonats. »Du klärst das, aber sag mir sofort Bescheid, was los ist, ja?«

Clara versprach es. »Zum hundertsten Mal, Jule: Genau so machen wir das. Lass dir alle Zeit der Welt, ich komme hier schon allein zurecht.«

Selbstverständlich hatte sie die Freundin über Auerswalds Bitte informiert. Jule war sofort Feuer und Flamme gewesen, stand an diesem Vormittag aber nicht als Fahrerin und Co-Detektivin zur Verfügung. Wie sie Clara erklärt hatte, war Timo am Morgen mit Ausschlag aufgewacht, und alle Anzeichen sprachen für Scharlach. Jetzt saß sie mit dem Jungen im Wartezimmer seines Kinderarztes und befürchtete, die wichtigen Entwicklungen im Mordfall »Abel« zu verpassen. Timo selbst ging es schon merklich besser, was in den Augen seiner erfahrenen Mutter vermutlich dem spontan schulfreien Morgen geschuldet war. Lieber krank als Mathe.

»Wenn die Frau da ist«, fuhr Jule gerade fort, »dann haltet sie irgendwie fest. Verwickelt sie in ein Gespräch, haltet ihr die Klotür zu … Macht etwas. Aber unauffällig, verstehst du? Damit sie es nicht direkt merkt und euch gefährlich wird. Und ruft bitte schnellstens bei Sören an, damit er sie abholen kommt. Heimlich!«

»Schon klar«, sagte Clara. Dabei konnte sie sich ein Lächeln nicht verkneifen. Jules Besorgnis war ebenso verständlich wie übertrieben. »Aber das hier ist ein Falls und kein Wenn. Ich denke nämlich nicht, dass die hier auf uns wartet. Warum sollte sie?«

»Falls, falls«, äffte Jule sie nach. Dabei klang sie ein wenig pikiert. »Sind alle Pastorinnen solche Erbsenzähler, oder liegt das allein an dir?«

»Nur die guten«, antwortete Clara schelmisch.

Dann erreichte sie den Eingang des Golfplatzes, beendete das Telefonat und trat ins Gebäude. Im Foyer herrschte selige Stille. Claras Blick fiel auf eine Art Empfangsschalter, an dem die zahlenden Mitglieder des hiesigen Golfclubs ungehindert ein- und austreten durften. Nicht-Mitglieder mussten zur Nutzung der Anlage allerdings einen Obolus entrichten, sich Eintrittskarten für den jeweiligen Tag oder für ein Wochenende kaufen und konnten sich sogar Schläger, Bälle und andere Ausrüstung mieten. Eine junge Frau von vielleicht neunzehn Jahren saß hinter der Theke und spielte gelangweilt mit ihrem Telefon.

Schräg daneben schlossen sich eine unbesetzte Bar mit heißen und kalten Getränken an und, abgeschirmt von ein paar mannshohen Topfpflanzen und einer spanischen Wand, ein deutlich größerer Sitzbereich. Mehrere Tische, teils kreisrund und teils quadratisch-klein, standen dort vor einem gen Friedhof weisenden Fenster im XXL-Format. Die dazugehörigen Stühle waren unbesetzt bis auf einen einzigen, und die dort wartende Person stand erleichtert auf, als sie Clara erblickte.

»Frau Clüver«, freute sich Carl Auerswald. Lächelnd trat er auf sie zu. »Wie schön, dass Sie es einrichten konnten!«

Clara schüttelte dem pensionierten Oberstudienrat die Hand. Auerswald hatte sich seit ihrer letzten Begegnung kaum verändert. Sein weißes Haar war akkurat gekämmt, und das karierte Hemd, das er trug, wirkte, als käme es frisch aus der Reinigung. Aus der Brusttasche ragten zwei Eintrittskarten, die er offenbar schon erworben hatte.

»Herr Auerswald«, erwiderte Clara. »Da bin ich. Sind Sie allein?«

»Ja, durchaus. Meine liebe Gattin hält wenig von meinen Hobbys, muss ich gestehen. Nicht von der Philologie, nicht von der Jagd und erst recht nicht vom Golf.« Er zuckte mit den Schultern. »Was allerdings auch Vorteile mit sich bringt, muss ich gestehen. Hier auf dem Platz finde ich stets zur Ruhe, genau wie im Wald. Dem bedauernswerten Herrn Abel ging es vielleicht ganz ähnlich. Auch er war Mitglied hier, wissen Sie?«

Clara lächelte. »Gutes Stichwort. Sagen Sie, wie geht es Ihrer Nachbarin?«

»Ach, der armen Rosalie.« Ein Seufzen, tief und ehrlich. »Nun, den Umständen entsprechend. Die Vorbereitungen für die Beerdigung haben sie ein wenig abgelenkt, schätze ich. Das half wohl. Und meine Johanna hat sie dabei tatkräftig unterstützt. Sagen Sie, wollen Sie nicht vielleicht auch kommen? Die Zeremonie findet heute Nachmittag statt, gleich dort drüben.« Hier deutete er auf den angrenzenden Gottesacker.

»Es wäre mir eine Ehre«, versprach Clara. Dann kam sie zum Thema. »Sie meinten, Sie hätten unsere Unbekannte gefunden?«

»Genau genommen habe ich sie gesehen«, korrigierte er. »Wiedergesehen. Aber kommen Sie nur, dann erkläre ich Ihnen alles.« Er führte Clara durch das Foyer, vorbei an den Toiletten und zum hinteren Ausgang, der aufs Grün führte. Niemand achtete auf sie, und die junge Frau am Empfang ließ sie achtlos passieren.

Clara sah sich um. Sie wusste noch immer nicht, worauf Auerswald hinauswollte, doch das Gelände war wirklich schön. Sie sah sanfte Hügel, einen kleinen Teich, mehrere Büsche und Fichten, die in Gruppen beisammenstanden. Ein ockerfarbener Golfwagen mit flachem Dach, zwei gepolsterten Sitzen und leisem Elektromotor surrte an ihr vorbei. Sein Fahrer wirkte so neureich und zugleich altklug wie Stefans Kommilitonen aus vergangenen Uni-Zeiten. Männer in grünen Overalls schnitten die Außenhecken in Form, obwohl diese in Claras Augen längst kerzengerade und makellos waren, und Männer in weißen Overalls putzten die Fenster auf der Ostseite des Haupthauses. Auf einer Bank saß eine alte Dame und studierte das Feuilleton der *FAZ*, während warmes Sonnenlicht auf ihre grauen Locken fiel.

Carl Auerswald deutete hierhin und dorthin. Eifrig wie ein Lehrer beschrieb er Clara den Platz, als wäre sie deswegen gekommen. Doch sie ließ ihn gewähren. Manchmal musste man einfach nur zuhören, dann kam der Rest von allein.

Der pensionierte Oberstudienrat erreichte ein Loch, aus dem ein rotes Fähnchen ragte. Dieser Teil des Platzes lag am Rand, und bis vor wenigen Augenblicken hatte ein älteres Ehepaar in weißen Poloshirts und schwarzen Shorts auf ihm gespielt. Nun aber zog das Paar weiter, und Auerswald blieb direkt neben dem Loch stehen.

»Hier war es, Frau Clüver«, sagte er, und es lag fast so etwas wie Begeisterung in seinem Ton. Dabei beugte er sich leicht vor und hielt die Arme schräg vor sich ausgestreckt, als führte er einen unsichtbaren Golfschläger. »Hier habe ich gestern gestanden, so gegen zwanzig Uhr. Das ist kurz vor Toresschluss auf diesem Platz, jedenfalls in der Saison. Na, jedenfalls: Ich war noch mitten in meinem Spiel und haderte ein wenig mit der Wahl meines Eisens. Doch just als ich einlochen wollte, blickte ich von hier aus auf – und dorthin.«

Nun hob er die Arme, noch immer gleichzeitig geführt, und deutete den Weg zurück, den Clara und er soeben gekommen waren. Clara folgte der Geste mit dem Blick und erkannte, dass sie die Rückseite des Haupthauses sehen konnte. Die Fensterputzer waren fertig und packten gerade ihre Sachen zusammen.

»Und da stand sie«, fuhr Carl Auerswald fort. »Gleich da am Ausgang. Sie hat durch die Gegend geguckt wie zuvor bei uns in der Straße. Als suchte sie nach etwas oder wartete auf etwas.«

»Dieselbe Frau?« Clara runzelte die Stirn. »Sind Sie sicher?«

Die Entfernung war nicht ohne. Clara hatte zwar eine gute Beobachtungsgabe, aber sie hätte nicht schwören können, dass es sich bei den Fensterputzern dort drüben um dieselben Personen handelte wie bei ihrer Ankunft. Die Annahme war wahrscheinlich und plausibel, klar. Doch rein durch Sicht konnte sie nicht darauf wetten. Dazu hätte sie schon ein Fernglas benötigt.

»Zu einhundert Prozent«, bestätigte Auerswald. »Ich weiß, was ich gesehen habe. Und ich würde diese Person unter Tausenden wiedererkennen, Frau Clüver. Immerhin habe ich sie tagelang immer wieder gesehen und mir Gedanken über sie gemacht.«

»Schon, aber …« Sie seufzte. »Nehmen Sie's mir nicht übel, Herr Auerswald. Doch bis zu der Stelle sind es von hier sicher zwanzig Meter oder sogar noch mehr.«

»Na und?«, blieb er unbeirrt. »Auch zu Hause habe ich ihr nie Auge in Auge gegenübergestanden. Glauben Sie mir, Frau Clüver: Das war die. Die Körperhaltung, die Statur, die Farbe der Jacke … Da gebe ich Ihnen Brief und Siegel drauf.«

Clara nickte nachdenklich. Sie wollte dem Pensionär gerne glauben, schon allein um endlich Fortschritte zu machen. Doch es fiel ihr schwer. Auerswald war überzeugt von dem, was er sagte. Deswegen musste es aber noch lange nicht stimmen.

»Selbst wenn«, meinte sie schließlich. »Angenommen, die Frau war gestern Abend hier. Was bringt uns das? Wir wissen noch immer nicht, wer sie ist und wo wir sie finden. Die einzige Neuigkeit besteht darin, dass Sie glauben, Sie auf dem Golfplatz gesehen zu haben.«

Auerswald blickte sie an, ein leises Schmunzeln auf den Lippen. »Sagten Sie nicht, Sie würden in der Sache ermitteln? Da hätte ich mehr Weitsicht von Ihnen erwartet. Kommen Sie, jetzt folgt das große Finale.« Mit sichtbarer Begeisterung – und ohne das kleinste Wort der Erklärung – ging er zurück zum Haus. Einmal mehr war er in seinem ureigenen Element: ein Lehrer vor einer begriffsstutzigen Schülerin. Erst vor dem Kassenschalter im Foyer blieb er wieder stehen.

»Elena, meine Liebe«, wandte er sich an das Mädchen hinter dem Tresen. »Darf ich dir Frau Clara Clüver vorstellen? Sie hilft der Kriminalpolizei bei einem Mordfall und braucht deine Hilfe.«

Elena ließ perplex das Handy sinken, auf dem sie noch immer gespielt hatte. Erst jetzt nahm Clara sie genauer in Augenschein. Sie hatte kastanienbraunes Haar, das ihr bis auf den Rücken reichte, und ungewöhnlich spitze Schultern. Ihr schmaler Leib steckte in Jeans und einem geblümten Shirt, ihre schlanken Füße in billigen Sandalen. Sie war hübsch, aber auf eine unaufgeregte und natürliche Art, die ihr wohl selbst nicht bewusst war. Oder zumindest egal.

»Was?«, murmelte sie, als wachte sie gerade aus dem Schlaf ihrer eigenen Langeweile auf. »Herr Auerswald, sind Sie das?«

»Ganz recht.« Er wandte sich wieder an Clara. »Elena Bach war in meiner letzten fünften Klasse, wissen Sie? Kurz nach ihrem

Wechsel auf mein Gymnasium ging ich in den Ruhestand. Doch ich vergesse nie ein Gesicht, Frau Clüver. Erst recht nicht die meiner Schüler. Umgekehrt sieht es mitunter aber anders aus, offenkundig. Denn ich gehe hier schon seit Jahren ein und aus, doch unsere liebe Elena guckt gerade, als wäre ich soeben aus einer Zeitmaschine gestolpert. Also, Elena?«

Tatsächlich sah die ehemalige Schülerin ihren Lehrer äußerst verständnislos an. »Also was?«

»Zuhören, Kind«, tadelte er sie. »Das habe ich dir damals schon gesagt, aber es hat wohl nicht gefruchtet. Du musst besser zuhören. Frau Clüver braucht deine Hilfe. Bei einer Mordermittlung.«

»Äh …« Elena schluckte. Ihre Augen wurden groß, und ihr Blick richtete sich auf Clara. »Echt?«

Carl Auerswald seufzte und beugte sich über die Theke vor. »Ihr habt hier doch ganz sicher Überwachungskameras, oder? Versteckte Linsen, die euch helfen, auf die Anlage aufzupassen.«

»Schon«, bestätigte die junge Frau. »Aber mein Chef sagt, die Aufnahmen werden immer nach achtundvierzig Stunden gelöscht.«

»Na, ist doch bestens«, freute er sich. »Und hat eine dieser Kameras zufällig diese bildhübsche Eintrittskasse im Blick?«

Elena deutete verständnislos auf eine Stelle hinter Clara. Als die Pastorin den Kopf wandte, fand sie die Kamera unterhalb der Zimmerdecke. Die hohen Topfpflanzen versteckten sie recht gut.

»Aha!«, jubelte Carl Auerswald. Begeistert ging er zu der Kamera, um sie aus der Nähe zu betrachten.

»Der Auerswald«, murmelte Elena, noch immer überrumpelt von der Situation. »Ich dachte, der alte Schürzenjäger wäre längst tot …«

Clara sah sie an, ein erstauntes Schmunzeln auf den Lippen.

»Der war ein richtiger Schmierlappen. Immer hinter den Mädchen der Oberstufe her. Und auch hinter seinen Kolleginnen. Mit einer, der Frau Schl…«

Sie kam nicht dazu, mehr zu berichten. Denn Carl Auerswald drehte sich zu ihr und Clara um, ein breites Strahlen im Gesicht. »Und jetzt, meine Liebe«, sagte er, »bräuchten wir die Aufnahmen von gestern von dir. Nicht den ganzen Tag, schätze ich. Die letzten Stunden vor Ladenschluss sollten genügen.«

»Herr Auerswald«, warnte Clara. Sie verstand inzwischen, worauf er hinauswollte. Doch sie zögerte. »Ich weiß wirklich nicht, ob wir das einfach so dürf…«

»Nein, keine Widerrede«, beharrte der Pensionär. »Sie brauchen Antworten, und hier werden wir sie finden. Außerdem: Wenn *Sie* sich die Aufnahme nicht ansehen, wird die Kriminalpolizei es tun. Es macht also keinen Unterschied.«

Clara blickte zu der Kassiererin. »Könnten Sie uns die Bilder zeigen? Ginge das?«

»Äh«, meinte Elena wieder. Es schien ein sehr oft gebrauchter Teil ihres Wortschatzes zu sein. »Im Prinzip schon. Ich weiß zumindest, wie.«

»Dann leg los, mein Kind«, lobte Carl Auerswald sie. »Dem Tüchtigen schlägt die Stunde, *nur* dem Tüchtigen.«

Auf Elenas Schalter stand ein Desktop-Computer nebst kleinem Drucker. Letzterer diente primär dazu, Tickets und Quittungen auszuspucken. Der PC war mit dem internen Netz der Golfanlage verbunden, zu dem, wie sich nun zeigte, auch die Datenspeicher der Security gehörten. Nach einigen mühsamen Klicks und Fehlstarts hatte Elena die Aufnahmen der Kamera gefunden. Sie drehte ihren Monitor leicht zur Seite, dass auch Auerswald und Clara sie sehen konnten.

Tatsächlich: Da war die Kasse. Das Bild war mit Weitwinkel aufgenommen, körnig und ließ einiges an Farbe vermissen, doch man konnte den Tresen, die Eingangstür und sogar einen Teil der

Getränkebar gut erkennen. Am unteren Bildrand lief eine Art Uhr mit, die das Datum und die auf die Sekunde genaue Zeit der Aufnahmen präsentierte.

»So in etwa?«, fragte Elena.

»Hervorragend«, antwortete Carl Auerswald. »Es ist ja doch etwas aus dir geworden, Kind. Ein Mensch mit Vernunft und Geschick – auch *ohne* Abitur.«

Das Lob war ironisch gemeint, das hörte Clara sehr deutlich. Doch es schien Elena runterzugehen wie Öl.

»Wenn Sie wollen, spule ich vor bis zum Kassenschluss«, schlug die junge Frau vor. »Dann können wir rückwärts bis zu der Stelle gehen, die Sie sehen möchten.«

Er nickte. »Ein begnadeter Vorschlag. Sei so gut, bitte.«

Elena brauchte keine zweite Aufforderung. Mit völliger Selbstverständlichkeit entsprach sie dem Wunsch, und Clara sah auf dem Monitor, wie die Belegschaft des vorherigen Arbeitstages den Laden dichtmachte. Laut der Uhr am unteren Bildrand war das um exakt 20.55.42 Uhr gewesen.

»Und jetzt rückwärts«, meinte die Angestellte. »Sagen Sie einfach ›Stopp‹, wenn Sie finden, was Sie suchen.«

Die Aufnahme spulte zurück. Elena beschleunigte das Tempo so weit, dass die Figuren auf dem Bildschirm wie absurde Clowns in einem Stummfilm wirkten – viel zu schnell und zu hektisch. Aber man konnte nach wie vor deutlich sehen, wen genau die Aufnahmen zeigten. Die Pastorin fand kein einziges bekanntes Gesicht in der Menge, abgesehen von Carl Auerswald und Elena selbst.

Die Uhr wanderte. Halb neun zog vorbei, dann Viertel nach acht. In Windeseile war es acht geworden, dann Viertel vor und …

»Stopp!«, rief Auerswald. Begeistert schlug er mit der Hand auf den Tresen. »Genau da, Elena. Das ist sie!«

Sofort hielt die Aufnahme an. In dem Standbild, das der Monitor nun zeigte, war es 19.42.23 Uhr, und eine Frau von vielleicht dreißig Jahren stand an Elenas Schalter. Sie hatte rotblondes Haar, blässliche Haut und eine zierliche Gestalt und trug eine beigefarbene Sommerjacke, Jeans und Stiefel. Sie hatte keine Tasche dabei und schien auch sonst nicht darauf erpicht zu sein, Golf zu spielen. Sie war einfach nur da.

»Kannst du uns das Gesicht noch deutlicher zeigen?«, bat Auerswald. »Geht das?«

»Ich kann's versuchen«, antwortete Elena.

Sie spulte ganz langsam einige Sekunden weiter zurück, und die Unbekannte in der beigen Jacke ging vom Kassenschalter rückwärts durch die Lobby zum Eingang. Als sie die Reihe mit den Topfpflanzen passierte, sah sie kurz zur Seite und bot der versteckten Kamera unabsichtlich die perfekte Sicht auf ihre Züge. Elena drückte abermals auf *Pause*.

»Bingo«, murmelte Clara.

Eine eigenartige Faszination war über sie gekommen. Sie spürte regelrecht, dass sie gerade einen gewaltigen Schritt nach vorne machte. Jule würde platzen vor Neid, hier nicht dabei gewesen zu sein. »Könnten Sie mir dieses Bild vielleicht ausdrucken?«, bat sie die Kassiererin.

»Logo.« Elenas Finger flogen über die Tastatur. »Dauert nicht lange. Wollen Sie auch eine Kopie der Datei?«

Clara zögerte erneut. Selbstverständlich wollte sie dieses Angebot annehmen, aber einmal mehr war sie sich schmerzlich bewusst, dass sie keinerlei Legitimation dafür besaß. Sie *war* nicht die Kripo. Carl Auerswald und sie hatten auch nie mit der Leitung des Golfplatzes gesprochen und um Erlaubnis gebeten, sondern bloß mit einer Angestellten, die vielleicht eine Spur *zu* leichtgläubig war. Elena Bach mochte gewaltigen Ärger bekommen, wenn das hier rauskam. Ein Verstoß gegen den Datenschutz war keine Kleinigkeit, und Gesetze blieben Gesetze.

Carl Auerswald schien Claras Gedanken zu lesen. »Tun Sie es ruhig«, erwiderte er leise. »Wenn Sie es nicht machen, steht Kommissar Haberkamp in zwei Stunden persönlich hier und macht es. Wo liegt der Unterschied?«

In der Moral, dachte sie.

Doch über ihre Lippen kam etwas ganz anderes, auch zu ihrer eigenen Überraschung. »Eine Kopie der Datei wäre großartig, Elena. Und, sagen Sie: Hat diese Dame ihren Eintritt zufällig mit Karte bezahlt?«

»So gefallen Sie mir!« Abermals schlug er auf Elenas Tresen. »Wer mit Karte zahlt, hinterlässt eine Spur.«

Elena sah umgehend in ihrem Computer nach und glich die Uhrzeit auf dem Standbild mit dem Datenspeicher der Ticketverkäufe ab. Tatsächlich war nach neunzehn Uhr nur noch ein einziges Ticket verkauft worden, und zwar exakt zur gesuchten Zeit. Die Kundin hatte eine EC-Karte verwendet.

»Ich weiß es jetzt wieder«, bemerkte Elena. »Ich habe mich gewundert, warum so spät überhaupt noch jemand kommt. Ich glaube, ich habe ihr sogar gesagt, dass sich der Besuch gar nicht mehr lohnt, weil sie in der einen Stunde nicht viele Löcher spielen kann. Ich habe ihr geraten, einfach heute wiederzukommen – je früher, desto besser. Aber nein, sie wollte aufs Grün.«

Nach ein paar Sekunden Warten hatte sie den Namen zur Buchung gefunden und jagte ihn sowie die dazugehörigen Bankdaten durch den Drucker.

Ich will gar nicht wissen, wie viele Regeln wir hier gerade brechen, dachte Clara. *Der Zweck heiligt die Mittel, richtig?*

Sören würde das alles schon als rechtens erklären. Zumindest hoffte sie das.

Dann lag der Ausdruck vor ihr auf der Theke. Auerswald nahm ihn und das Foto der Unbekannten und hielt beides in die Höhe, als wäre es seine neueste Trophäe.

»Frau Clüver«, freute er sich. »Darf ich Ihnen Malin Schwirtz vorstellen?«

»Sie dürfen«, antwortete sie und trat fasziniert näher, um die Gestalt auf dem Ausdruck zu studieren. Alle Bedenken waren wie weggeblasen. »Sie dürfen sogar sehr.«

KAPITEL 21

»›Neidisch‹ ist noch gar kein Ausdruck«, sagte Jule Haberkamp. Staunend sah sie auf das Foto, das Clara ihr präsentiert hatte. »Ich bin fast schon wütend deswegen. Da kommt endlich der langersehnte Durchbruch, und ich sitze für nichts und wieder nichts beim Kinderarzt.«

Seit dem Termin in Scharbeutz waren knapp zwei Stunden vergangen. Clara hatte sich von Auerswald verabschiedet und den erstbesten Bus zurück nach Travemünde genommen, die Ergebnisse des Ausflugs sicher in ihrem Gepäck. Am Skandinavienkai war sie ausgestiegen und hatte kurz telefonisch Rücksprache mit ihrem Büro gehalten. Zu ihrer großen Erleichterung versicherte Karen Boehring ihr, dass der Schulgottesdienst problemlos verlaufen sei. Die patente Angestellte hatte Claras heutige Termine auch schon vorsorglich verlegt, wodurch der Pastorin nun alle Zeit der Welt für andere Dinge blieb.

»Sie sind ein Goldstück, Frau Boehring«, hatte Clara ihr gedankt.

»Pastor Kruse war erstaunlich handzahm«, so die Worte der Pfarramtsleiterin. »Anders als früher. Ich glaube, der Ruhestand bekommt ihm.«

Nach dem Gespräch mit Karen Boehring war Clara zu *Friekes Schmökerhafen* spaziert. Sie hatte mit jemandem über die Ereignisse dieses Vormittages sprechen wollen, bevor sie die Kripo informierte, und da an Frieke gedacht. Entsprechend überrascht war sie gewesen, neben der Buchhändlerin auch Jule und Timo im Laden anzutreffen.

»Für nichts und wieder nichts?«, wiederholte sie nun. Fragend sah sie zu dem Jungen, der wie üblich hinten bei den Kinderbüchern auf einem breiten Kissen saß und las. Einen Ausschlag konnte sie an ihm nicht erkennen. »Ich dachte, er hat Scharlach.«

Jule winkte ab. »Pustekuchen. Eine allergische Reaktion, sagt der Doc. Weiter nichts. Wir haben Tabletten bekommen. Die nimmt er jetzt, und damit ist die Sache erledigt. Es lag wohl an der Hafermilch, die ich Lea und ihm heute früh gegeben habe. Die war neu und wird in seinem Speiseplan ab jetzt einfach nicht wieder vorkommen.«

»Dabei ist Hafermilch so lecker«, meinte Frieke. Sie stand hinter ihrer Kasse und lächelte. »Armer Timo.«

»Können wir zurück zum *wichtigen* Thema dieses Morgens kommen?«, wehrte Jule ab. Sie deutete auf das Foto, das Elena Bach ausgedruckt hatte. »Clara hat die Mörderin gefunden!«

»Na ja.« Clara schüttelte den Kopf. »Das ist noch nicht gesagt. Bislang haben wir nur die Identität unserer Unbekannten geklärt. Und auch die verdanken wir Herrn Auerswald weit eher als mir.«

Jules Mundwinkel zuckten. »Ihr Seelsorger seid viel zu bescheiden.«

»Und ihr Presseleute viel zu begeisterungsfähig«, parierte sie nicht minder gut gelaunt. »Aber es stimmt schon: Wir sind einen Schritt weiter. Herr Auerswald schwört, dass Frau Schwirtz die Person ist, die tagelang um Abels Villa geschlichen ist.«

»Jetzt müsst ihr sie also nur noch aufspüren«, fand Frieke.

»›Nur‹ ist gut«, meinte Clara. »Das stelle ich mir nicht gerade einfach vor. Nadel und Heuhaufen, oder? Warum ist die *überhaupt* noch hier? Spricht nicht auch das gegen ihre Schuld?«

»Vielleicht wartet sie Abels Beerdigung ab«, erwiderte die Buchhändlerin. »Die Mörder in den Kriminalromanen tun das manchmal. Für die ist die Tat erst dann richtig vollbracht, wenn sie unbemerkt zwischen den trauernden Angehörigen stehen, während man den Toten unter die Erde bringt.«

»Uuh«, raunte Jule. »Das wäre *richtig* kaltblütig. Ich wette, das ist es.«

Clara zuckte mit den Schultern. »Die Beerdigung ist erst um sechzehn Uhr. Wollen wir wirklich so lange warten? Gibt es denn keinen anderen Weg, die Frau aufzuspüren?«

»Hm.« Jule runzelte die Stirn. »Vielleicht doch. Wartet mal.«

Die Journalistin vom *Travemünder Boten* verließ den *Schmökerhafen* durch den Hinterausgang und verschwand im kleinen Nebengebäude, das ihre »Redaktion« beherbergte. Clara, Frieke und auch Timo sahen einander verwundert an.

»Hat irgendjemand eine Ahnung, was die vorhat?«, fragte Clara.

Timo schüttelte den Kopf. »Das frag ich mich auch oft«, sagte er so altklug, wie es nur Achtjährige konnten, und widmete sich wieder seiner Lektüre.

Etwa zwanzig Minuten lang passierte nichts. Zwei Kunden kamen in die Buchhandlung, und Frieke freute sich, als sie sie um eine Beratung baten. Clara blieb wartend am Eingang stehen, der offen war, und sah auf die Vorderreihe und die Trave hinaus. Aus Richtung Lübeck kündigten sich dunkle Wolken an, und der Wind frischte allmählich auf, doch die Passanten ließen sich davon kein bisschen stören.

Schließlich kehrte Jule zurück aus ihrem kleinen Reich, ein siegessicheres Lächeln auf den Lippen. »*Maritim Hotel*«, verkündete sie.

»Wie bitte?«

»*Maritim*«, wiederholte die Freundin. »Wir wollten wissen, wo Malin Schwirtz steckt, und jetzt wissen wir's. Keinen Kilometer von dir und mir entfernt.«

Clara riss die Augen auf. »Hier in Travemünde?«

»Absurd, oder?« Jule gluckste leise. »Wir suchen den Mörder seit Tagen überall an der Küste, und die sitzt direkt vor unserer Nase.«

Das Hotel, von dem Jule sprach, war im Ort wohlbekannt. Nicht zuletzt als Bausünde. Es war in den 1970er-Jahren errichtet worden und präsentierte sich als weiß verkleidetes Hochhaus von knapp vierzig Etagen. Der kleine Hügel, von dem aus es auf die Ostsee hinausblickte, lag direkt neben Bengts Leuchtturm, dem es durch seine schiere Existenz auch die ursprüngliche Arbeit abgenommen hatte. Seit das Hotel existierte, sah der älteste Leuchtturm Deutschlands das Meer kaum mehr.

Offiziell hatte Travemünde kein Problem mit dem Hochhaus, wusste Clara. Es gehörte längst zum vertrauten Ortsbild, kam auf Dutzenden von Ansichtskarten der Küste zur Geltung und beherbergte jahrein, jahraus Besucher aus nah und fern. Seit einer Weile stand es sogar unter Denkmalschutz. Und doch ... Hinter vorgehaltener Hand redete man mancherorts anders über das *Maritim*. Zumindest unter Einheimischen.

»Woher willst du das wissen?«, staunte die Pastorin.

Jule deutete hinter sich auf den Durchgang zum Büro. »Ich kenne jemanden bei der Kripo, schon vergessen? Ich habe Sören angerufen und ihm erzählt, was du herausgefunden hast. Dann habe ich ihn gebeten, alles stehen und liegen zu lassen und die hiesigen Hotels, Pensionen und Co. abzutelefonieren. Wir Vermieter wissen nämlich *immer*, wer gerade bei uns untergebracht ist. Und diese Schwirtz wird wohl kaum unter einer Bahnhofsbrücke schlafen.«

Inzwischen hatte Frieke ihre Kunden abkassiert und kam ebenfalls zurück zur Gruppe. Sie schien die letzten Sätze mitangehört zu haben, was auch ihr fragender Blick verriet. »Und das geht so schnell? Alle Vermieter der Lübecker Bucht abzuklappern? Das sind doch Hunderte, Jule – mindestens!«

»Zugegeben«, gestand die Angesprochene. »Ein bisschen Glück kommt noch dazu. Sörens Leute haben bei den großen Hotelketten angefangen. *A-Rosa, aja, Maritim* … Und bingo!«

Das klang tatsächlich vorstellbar, fand Clara. Sie nickte anerkennend.

Jule verschränkte die Arme vor der Brust und grinste. »Laut dem Concierge drüben im Hochhaus ist Frau Schwirtz in Zimmer fünfhundertzwei untergebracht. Sie soll es heute noch nicht verlassen haben, sagt er. Wir dürften sie also antreffen, wenn wir dort aufschlagen. Sören ist ebenfalls unterwegs, aber du und ich können ja schon mal vorgehen. Findest du nicht?«

Clara zögerte. »Ich weiß nicht. Sollen wir nicht auf ihn warten, schon allein sicherheitshalber?«

»Ts, ts, ts«, tadelte Jule sie. Dann sah sie zu Frieke. »Jetzt hör dir unsere Pastorin an. Eben noch tönt sie groß, die Schuld dieser Schwirtz sei absolut unbewiesen, und jetzt traut sie sich nicht einmal, bei der anzuklopfen.«

»Okay, okay.« Clara hob abwehrend die Hände. »Ich bin ja schon still.« Dann musste auch sie lächeln.

Die Jagd hatte begonnen. So in etwa fühlte es sich an, als Clara und Jule am Ufer des Flusses entlang auf das Hotelhochhaus zugingen. Sie vermochten nicht zu sagen, ob sie gleich einer waschechten Mörderin gegenüberstehen würden oder einer weiteren Spur ins Nichts. Aber nach allem, was in den letzten Stunden geschehen war, fiel es sogar Clara schwer, nicht von einem Volltreffer auszugehen. Jule war ganz aufgeregt, und Carl Auerswald war es ebenfalls gewesen. Das steckte an, ob Clara es wollte oder nicht.

Sie erreichten das *Maritim*, als die ersten Regentropfen fielen. Der Himmel über der Trave hatte sich fast restlos zugezogen, und ein scharfer Wind peitschte zugleich vom Meer herein. Es war, als träfen zwei entgegengesetzte Kräfte an der Flussmündung aufeinander, und das arme Travemünde stand ebenso schuld- wie hilflos zwischen ihnen.

Konfrontation, wohin man auch blickt, dachte Clara und rettete sich ins Innere des Foyers.

Es gehörte zum Reiz Travemündes, dass über allem hier eine ganz leichte Patina lag. Der Ort war gewissermaßen aus der Zeit gefallen, und das galt nicht nur für seine Liebe zur Seefahrt und der Fischerkultur vergangener Tage. Auch im Tourismus standen die Uhren gerne mal still, was alte Bausubstanz und so manches Dekor, das sich seit Jahrzehnten nicht verändert hatte, bewiesen. Erst seit kurzer Zeit änderte sich dieses Bild des Ortes durch die Neubauten, beispielsweise drüben auf dem Priwall.

Das *Maritim* würde sich vermutlich nie ändern. Alles in seiner Lobby wirkte, als stammte es noch original aus den Gründertagen des Betriebes. Die blau-braunen Teppiche, die hölzerne Wandverkleidung, der weiße Marmor und die vergoldeten Geländer … Selbst die Sitzbezüge der Sofas in der *Panorama-Bar*, die jenseits des Empfangsschalters einen Blick auf die immer stürmischer werdende See erlaubte, erinnerten noch an die Zeiten einer alten, längst überholten Bundesrepublik der Siebziger- und Achtzigerjahre. Helmut Schmidt und Wim Thoelke mochten hier abgestiegen sein und auf exakt diesen Sesseln gesessen haben, und das *Maritim* schien diese Atmosphäre bewusst zu kultivieren. Sein Interieur war nicht ramponiert oder renovierungsbedürftig, auch wenn es an Vorgestern erinnerte. Vielmehr schien es stolz zu sein auf seinen alten Charme, den es nach Kräften bewahren wollte.

Wenn das stimmt, dachte die Pastorin, *passt der Klotz vielleicht doch besser zu dem Ort als manch ein Einheimischer denkt. Bengt würde keinen Fuß hier hereinsetzen, obwohl er ganz genauso stark am Gestern hängt wie die Innenausstatter dieses Hotels.*

»Wir machen's wie immer, ja?«, schlug Jule vor. Sie sprach leise, und ihr Blick streifte durch die Lobby, als suchte er schon hier unten nach der Verdächtigen. »Wir bitten um ein Interview für den *Boten*, und dann schauen wir einfach, was passiert.«

»Warum sollte Malin Schwirtz dem *Travemünder Boten* ein Interview geben?«, wunderte sich Clara. »Das ist doch unglaubwürdig. Welchen Grund hätte der *Bote*, sie um eines zu bitten?«

»Jetzt sei nicht schon wieder so kritisch«, tadelte Jule sie schlicht und ging zur Rezeption.

Der Mann hinter dem Empfangsschalter war Anfang dreißig und sehr adrett. Er hatte kurzes schwarzes Haar, einen dunklen Teint und trug ein weißes Hemd zu einem marineblauen Anzug. Auf seiner Krawatte prangte das Logo des Hotels. Sein silbernes Namensschild wies ihn als Herrn *S. El Fadil* aus.

»Haberkamp vom *Travemünder Boten*«, hielt Jule seinem freundlichen Lächeln entgegen. »Wir sind auf der Suche nach einer Ihrer Mieterinnen.«

»Unserer Gäste, meinen Sie?«

»N… Natürlich.« Jule blinzelte. Für einen kurzen Moment war sie perplex. »Gäste. Ihr Hoteltypen sprecht ja von ›Gästen‹.«

El Fadil hob verständnislos eine Braue. »Verzeihung?«

»Die Dame heißt Malin Schwirtz«, sagte Jule schnell. »Zimmer fünfhundertzwei, soweit ich weiß. Ist sie zufällig noch im Haus?«

»Einen Moment, Frau Haberkamp«, erwiderte der Mann. »Ich schaue kurz für Sie nach.«

El Fadils Finger flogen über die Tastatur seines Rezeptionscomputers. Dann nickte er. »In der Tat. Zimmer fünfhundertzwei führte vor wenigen Minuten ein Ferngespräch über den Festnetzanschluss. Die Dame ist also anwesend. Soll ich sie für Sie herunterbitten?«

Jule wollte schon verneinen, da kam Clara ihr zuvor.

»Das wäre sehr nett«, antwortete die Pastorin. Mit einem Mal spürte sie ein unangenehmes Kribbeln in ihren Fingerkuppen. Wurde sie etwa nervös? »Vielleicht in die *Panorama-Bar*? Und wären Sie bitte auch so freundlich, *Herrn* Haberkamp zu unserem Tisch zu schicken, sobald er eintrifft? Wir erwarten ihn jeden Augenblick.«

Zumindest hoffe ich das, ergänzte sie in Gedanken. Falls die Sache hier nach hinten losging, brauchten sie die Polizei dringend.

»Mit dem größten Vergnügen«, versprach El Fadil. »Gehen Sie ruhig schon in die Bar. Ich informiere Frau Schwirtz, dass Sie warten.«

»In die Bar?«, flüsterte Jule, während sie Clara zu den Sofas am Panoramafenster folgte. »Warum das denn? Wir können doch einfach hochgehen und klopfen.«

»Falls das wirklich Jan Abels Mörderin ist«, erklärte Clara ebenso leise, »dann begegne ich ihr lieber vor Zeugen als im stillen Kämmerlein. Betrachte es einfach als Absicherung, okay?«

Jule brummte. »Erzähl mir noch einmal, du würdest an die Unschuld dieser Dame glauben. Das kauft dir niemand mehr ab, Mädchen. Echt niemand.«

Clara erwiderte nichts. Sie hatte genug damit zu tun, ihre innere Anspannung zu besiegen. Was, wenn gleich etwas schiefging? Was, wenn das hier ein Problem wurde?

Verflixt, Sören, jetzt beeil dich gefälligst!

Sie setzten sich an einen kleinen Tisch am Fenster, der Platz für vier Personen bot. Eine Kellnerin kam, und Clara bestellte Tee. Draußen begann der Weltuntergang. Der Himmel über dem Meer war schwarz und öffnete nun gefühlt alle Schleusen. Eine wahre Sintflut ergoss sich auf den Strand. Selbst die hartnäckigsten Urlauber, die noch immer in ihren Strandkörben ausgeharrt hatten, gaben nun auf und rannten unter die Dächer der nächstbesten Gebäude, als wäre ihnen der Leibhaftige auf den Fersen. Dem Betreiber der kleinen *Dünen-Bar*, die zum *Maritim* gehörte und das Strandvolk draußen mit Cocktails, Snacks und Co. versorgte, flogen die Menütafeln davon.

»Die reinste Endzeit«, kommentierte Jule.

Clara nickte. »Sieht ganz so aus.«

Hoffentlich war das Wetter kein böses Omen. Aus irgendeinem Grund kam ihr Stefan auf einmal in den Sinn. Sie erkannte, dass sie sich um ihn sorgte – darum, ob er es warm und trocken hatte oder von den Elementen genauso überrascht worden war wie die flüchtenden Strandkörbler da draußen. Und sie erschrak.

Lass das, aber sofort!, dachte sie grimmig. *Stefan hat sich nie wieder blicken lassen. Also Themenwechsel, Fräulein!*

Zum Glück kam Herr El Fadil gerade an ihren Tisch. »Frau Schwirtz ist informiert und auf dem Weg zu Ihnen«, berichtete er in sanftem Ton. »Sobald Herr Haberkamp zu uns stößt, schicke ich ihn ebenfalls an Ihren Tisch.«

Jule dankte ihm und sah ihm nach, während er zurück zur Rezeption ging. »Netter Kerl«, murmelte sie. »Und guck dir an, wie sein Podex die Hose ausfüllt. Nicht übel.«

Clara konnte nicht anders: Trotz ihrer inneren Unruhe prustete sie los. »Du bist unglaublich, weißt du das?«

»Ich sag's nur, wie ich's sehe«, erwiderte sie augenzwinkernd. »Die Wahrheit ist keine Sünde, Frau Pastorin.«

Dann kam Malin Schwirtz. Clara hatte von ihrem Platz aus die Aufzüge im Blick und entdeckte die rothaarige Frau schon, als sie aus der Kabine trat. Malin Schwirtz trug ein kurzärmeliges Shirt zu einer weiten Stoffhose. Ihr Blick war fragend und suchend zugleich, als sie sich der *Panorama-Bar* näherte.

»Showtime«, murmelte Clara und stand auf. Ihre Handflächen waren feucht geworden, und sie schluckte trocken. »Frau Schwirtz? Hier sind wir.«

Die Angesprochene kam zu ihnen. Auch Jule war nun aufgestanden, und die drei Frauen reichten einander die Hand. Clara ertappte sich dabei, dass sie schon wieder nervös zur Seite schaute, wo sie den Haupteingang des *Maritim*-Hotels wusste. Wie lange fuhr man noch gleich vom Lübecker Polizeihauptquartier nach Travemünde? Das wurde doch langsam lächerlich!

»Guten Tag«, grüßte Malin Schwirtz. »Ich muss gestehen, dass Ihr Kommen mich ein wenig verwirrt. Der *Travemünder Bote*?«

Sie nahmen Platz. Clara beobachtete die jüngere Frau. Malin Schwirtz wirkte aufrichtig ratlos, aber auch ein wenig vorsichtig. Oder bildete sie sich das nur ein?

»Wir beschäftigen uns mit einem Vorfall in Scharbeutz«, begann Jule. »Vielleicht haben Sie davon gehört?«

Frau Schwirtz hob die Schultern. »Bedaure. Ich weiß gerade mal, wo Scharbeutz überhaupt liegt.«

Abermals glaubte Clara ihr nicht. Sie wusste nicht, woran genau sie das festmachte, denn bislang hatten sie nichts außer Auerswalds Aussage gegen die Frau in der Hand. Doch ihr Instinkt ließ sich nicht beirren. Irgendetwas an Malin Schwirtz' Tonfall wirkte falsch. Das stand fest.

»Sie stammen nicht von hier, richtig?«, schaltete Clara sich ein. Sie setzte auf Plauderton, auf gemütlichen Plausch. Und sie hoffte, dass die Strategie sich auszahlte. »Machen Sie Urlaub bei uns an der Küste?«

»Eltville«, antwortete ihr Gegenüber. »Da lebe ich, immer schon. Und, ja, in gewisser Weise mache ich tatsächlich gerade Urlaub. Ist schön bei Ihnen.«

Jule runzelte die Stirn. »In gewisser Weise?«

Lauter Donner hallte durch die Hotellobby, als hätte er nur auf den passenden Moment gewartet. Der Wind schlug den Regen nun nahezu waagerecht gegen die Panoramafenster, ein prasselndes Stakkato. Wasser schwappte unter der Drehtür des Hoteleingangs hindurch, die sich konstant weiterdrehte.

Malin Schwirtz beugte sich vor. Clara sah ihre schmalen Handgelenke und das nervöse Zucken in ihren Augenwinkeln, das wohl nichts mit dem Sturm zu tun hatte.

»Verzeihung«, sagte die Dame aus Eltville. »Aber warum wollen Sie das eigentlich wissen? Worum geht es hier?«

»Frau Schwirtz, am vergangenen Sonntag wurde in Scharbeutz ein Mann ermordet«, erwiderte Clara. »Sein Name war Jan Abel, und er leitete eine Agentur namens *Secret Solutions*.«

Da! Nun zuckten nicht mehr nur Malin Schwirtz' Augen. Ihr ganzer Oberkörper fiel zurück in die Sofakissen, als hätte der Sturm ihn gepackt.

»Wie standen Sie zu Herrn Abel?«, fragte Clara. »Kannten Sie einander?«

»N… Nein«, antwortete Malin Schwirtz. Sie war völlig überrumpelt, das sah und hörte man. »Woher sollte ich?«

Erneut blickte Clara zum Eingang. *Wo bleibt Sören? Wir brauchen ihn – dringend!*

Jule setzte gleich nach. »Frau Schwirtz, kann das stimmen? Wir haben einen Zeugen, der schwört, Sie am Haus des Verstorbenen gesehen zu haben. Mehrfach!«

Ungläubig riss Malin Schwirtz die Augen auf. Ihre blassen Züge wirkten nun noch blasser, und sie leckte sich nervös über die Lippen, bevor sie antwortete. »Einen … Zeugen?«

»Verschiedene Nachbarn haben Sie beobachtet«, behauptete Clara und leistete im Geiste stumme Abbitte für die kleine Notlüge, mit der sie Carl Auerswald schützen wollte. »Sie sind mehrere Tage in Folge an Abels Villa gewesen. Was wollten Sie dort, wenn Sie den Herrn, wie Sie gerade behauptet haben, doch gar nicht kannten?«

»Ich …«

Wieder die nervöse Zunge. Malin Schwirtz war ihnen keinerlei Auskunft schuldig und konnte jederzeit aufstehen und gehen. Sie schien sich dessen aber gar nicht bewusst zu sein. Der Augenblick hatte ihr jeglichen Wind aus den Segeln genommen, und nun konnte sie einfach nur dasitzen und sich ihm ausliefern.

»Ich war spazieren?«, sagte sie schließlich, doch es war keine Antwort, sondern eine Frage. Sie klang auch so.

»Das stimmt nicht, und das wissen wir alle drei«, behauptete Jule streng. »Also noch einmal, Frau Schwirtz: Wie standen Sie zu Jan Abel? Was haben Sie bei seinem Haus gewollt?«

In diesem Moment trat Sören an den Tisch. Kommissar Haberkamp war klatschnass vom Regen. Das Haar klebte ihm in der Stirn, und sein dunkler Anzug wirkte noch eine Spur dunkler. Er nickte Clara zu, wandte sich aber an Malin Schwirtz.

»Frau Schwirtz, guten Tag«, sagte er. »Kommissar Haberkamp, Kripo Lübeck.«

Das genügte. Die Anwesenheit eines waschechten Kommissars, noch dazu so passgenau terminiert wirkend, riss Malin Schwitz' inneren Schutzwall komplett ein. Die Frau aus Eltville schien regelrecht in ihr Sofa zu schrumpfen, als sie Sören aus großen Augen anstarrte. Dann senkte sie den Blick.

»In Ordnung«, erwiderte sie, und ihr Tonfall war so kleinlaut wie ihre gesamte Körpersprache. »Ich gebe es zu. Ich … Ich kannte Jan.«

KAPITEL 22

Abermals zuckten Blitze über den Himmel. Die Wolken waren die reinste Wand am Horizont, ein flackerndes Chaos aus ungezügelten Gewalten. Das Meer wirkte schwarz und wild. Immer wieder schlug es gegen den Strand und die Mole, spülte über Bootsanleger und brachte selbst noch die fest vertäute Personenfähre am Ufer der Trave gehörig ins Schwanken.

Sören hatte sich zu Jule gesellt und saß vornübergebeugt da, die Unterarme auf den Oberschenkeln. Er hielt einen kleinen Notizblock und einen dünnen Kugelschreiber in den Händen, machte aber keinerlei Anstalten, sie zu benutzen. Sein Blick ruhte auf Malin Schwirtz. »*Woher* kannten Sie ihn?«, fragte der Kommissar.

Die rotblonde Frau zögerte. »Von zu Hause. Aus Eltville.«

Clara runzelte die Stirn. Fragend sah sie Malin Schwirtz an.

»Er kam geschäftlich in die Gegend, ins Rhein-Main-Gebiet«, erklärte Frau Schwirtz. »Öfters, vor einigen Jahren. Seine Agentur hatte damals ein paar wichtige Klienten im Raum Frankfurt, glaube ich, und das war Chefsache für Jan. Das überließ er keinen Freelancern. Ich könnte Ihnen Namen nennen, die Sie wiedererkennen würden, aber welchen Unterschied macht das? Er war da, das allein zählt. Und ich … Ich lief ihm über den Weg.«

Wieder Donner. Die aufgepeitschte Luft trieb einen Sonnenschirm über den schmalen Grünstreifen, der das Hotel vom Strand trennte. Der Schirm sah kaum desolater aus als die Frau aus Rheinhessen vor ihnen. Und doch … Irgendetwas an ihr gefiel Clara nicht. Der Eindruck wuchs, je länger sie ihr zuhörte.

»Das war auf einem Konzert bei uns, im Kloster Eberbach«, erinnerte sich Malin Schwirtz. »Ewig her. Jan stand plötzlich an der Bar, wissen Sie? Er gefiel mir, und ich sah ihm an, dass ich ihm gefiel. Wir kamen ins Gespräch an jenem Abend, und eins ergab das andere.«

»Wussten Sie, dass er verheiratet war?«, wollte Clara wissen.

Malin Schwirtz' Miene verfinsterte sich. »Nein. Ich wusste so einiges nicht …«

Sören horchte auf. »Wie meinen Sie das?«

Keine Antwort. Frau Schwirtz' Blick ging aus dem Fenster, schien aber nichts zu erfassen außer der eigenen Erinnerung.

»Es lief eine ganze Weile mit uns«, fuhr sie fort, als hätte Sören gar nichts gesagt. »Und zwar gut, echt. Wann immer er in der Gegend war, haben wir uns getroffen. Erst in den teuren Hotels, in denen er abstieg, dann auch bei mir zu Hause. Ich war fasziniert von ihm – nicht nur von ihm als Mensch, sondern auch von der Welt, in der er sich bewegte. Von der Welt, die er sich *nahm*. Jan hatte immer alles im Griff. Ich habe ihn nie anders erlebt. Und als er mir erzählte, mit welchen Menschen er beruflich zu tun hat, mit welcher Prominenz und so weiter … Das fand ich so beeindruckend, wirklich. Das war enorm.«

»Waren Sie seine einzige Affäre?«, meldete Jule sich zu Wort.

Clara stutzte, denn die Frage kam für sie völlig unerwartet. Doch je länger sie nachdachte, desto sinnhafter erschien sie ihr. Wenn Jan Abel untreu gewesen war, musste es nicht zwingend nur *eine* Geliebte geben.

»Das habe ich mich irgendwann auch gefragt«, gestand Frau Schwirtz. Es klang grimmig, fast schon drohend. »Nämlich als er nicht mehr nach Eltville kam. Da wurde mir klar, dass ich ihm weniger wichtig gewesen sein musste, als ich dachte.« Sie schwieg einen Moment und wurde dann leiser. »Und als er mir.«

»Das heißt, *er* beendete Ihre Beziehung?«, hakte Sören ungewohnt sanft nach.

»Wenn Sie es ›beenden‹ nennen möchten, wenn sich jemand einfach nicht mehr meldet«, gab sie zurück, immer noch voll spürbarem Zorn. »Dann ja.«

»Hatten Sie denn keine Kontaktdaten von ihm?«, hakte Clara verwundert nach. »Keine Handynummer, keine Anschrift?«

Malin Schwirtz sah sie an. »Dumm von mir, nicht wahr?«, fragte sie schnippisch. »Da hätte ich es eigentlich direkt merken müssen. Aber nein: Hatte ich nicht. Nie. Jan wusste wohl, warum er das alles für sich behielt.«

»Und doch sind Sie hier«, bemerkte Clara. Sie erwiderte den Blick, schaute ihrem Gegenüber tief in die Augen und suchte. »Ausgerechnet jetzt.«

Die Frau aus Eltville hatte die Beine übereinandergeschlagen, die Hände auf dem Knie. Ihre schmalen Finger zuckten, als sie humorlos schnaubte. »Ja«, erwiderte sie in ätzendem Ton. »Ausgerechnet jetzt.«

»Was wollten Sie in Scharbeutz, Frau Schwirtz?«, fragte Jule. Sören und sie wechselten einen wissenden Blick.

»Ich habe ihn gesucht«, antwortete die andere Frau leise. »Monatelang. Habe mir das Hirn zermartert nach jedem noch so kleinen Detail, das er mal über sich erzählt hatte. Nach jedem Hinweis, der mir verraten könnte, wo ich ihn wiederfinde. Erst dann kam ich auf die Idee, nach dem *Unternehmer* Jan Abel zu suchen, nicht nach dem Mann.«

Clara verstand. »Sie fanden *Secret Solutions.*«

Frau Schwirtz nickte. »Und auf einmal hatte ich ein Ziel. Ich wusste selbst nicht genau, was ich erwarten durfte, als ich an die Ostsee fuhr. In meiner Fantasie sah ich mich an seine Haustür klingeln, und er hieß mich willkommen. Aber mir war klar, dass es so nicht kommen würde. Das hatte sein Verhalten sehr deutlich gemacht.«

»Und trotzdem gaben Sie nicht auf«, bemerkte Clara. Abermals kam ihr Stefan in den Sinn. »Sie kamen dennoch hierher. Denn sie wussten es besser und *wollten* es nicht wissen.«

»Ganz genau.« Malin Schwirtz seufzte leise, hob dann die Schultern. Es wirkte irgendwie hilflos. »Als ich endlich vor seiner Villa stand, war es vorbei mit meinen Fantasien. Ich stand da, buchstäblich am Ziel, und hatte auf einmal keinen Plan mehr. Ich sah ihn, wissen Sie? Im Garten mit seiner elenden Frau, dieser blonden Schlange. Oder durchs Fenster, wenn er abends die Vorhänge zuzog. Das nahm mir den Mumm. Stundenlang stand ich da, in den Schatten auf der anderen Straßenseite, und starrte einfach nur rüber zu ihm. Wie unter Zwang, unfähig, etwas zu tun. Wie ein Segel ohne Wind. Ich weiß auch nicht …«

Sie seufzte tief, hörbare Verzweiflung. »Ich war plötzlich leer, verstehen Sie? Ich hätte rübergehen und ihm eine Szene machen können. Seine Ehefrau, ja die ganze Straße hätten es gehört, und Jan hätte es nicht anders verdient gehabt. Seine törichte Frau hätte endlich von mir erfahren, was für einen Arsch sie da an der Backe hatte. Beiden hätte ich es gezeigt, ein für alle Mal. *Beiden*!«

Malin Schwirtz war laut geworden, offenbar ohne es selbst zu merken, fing sich nun aber. »All das hätte ich tun können, Frau Clüver. Doch ich tat es nicht. Ich konnte es nicht länger. Stattdessen stand ich einfach nur da und glotzte meine Ratlosigkeit und Enttäuschung zu ihm hinüber. Zu dem Mann, der gar nicht merkte, dass ich ihm zuschaute. Einen ganzen Abend lang hockte ich in den Büschen vor seiner Einfahrt … und dann, am nächsten Tag? Dann kam ich sogar wieder, können Sie sich das vorstellen? Und wieder. Wie so ein höriges Frauchen.«

»Bis zum vergangenen Montag«, erwiderte Sören. Clara bemerkte erst jetzt, dass er sich noch gar keine Notizen gemacht hatte. Die Erzählung schien auch ihn in Atem zu halten. »Da *haben* Sie ihn dann konfrontiert.«

»Weil er an dem Tag ermordet wurde, meinen Sie?« Malin Schwirtz schüttelte den Kopf. Tränen schimmerten plötzlich in ihren Augen, liefen aber nicht über ihre Wangen. Sie schien es nicht zulassen zu wollen. »Das war ich nicht! Das hat nichts mit mir zu tun! Dass Jan tot ist, habe ich erst begriffen, als ich zum Haus kam und die Polizei sah. Das Absperrband und so weiter. Da war das alles schon längst passiert. Ich kam gerade noch rechtzeitig, um zu beobachten, wie sie ihn vom Grundstück karrten, wissen Sie? In einem schwarzen Leichensack; da waren die meisten Polizeiautos schon längst wieder fort.«

Clara sah zu Jule. »Kann man das glauben?«, schien die Freundin stumm zu fragen. Und auch sie selbst hegte ernste Zweifel an dem Teil von Malin Schwirtz' Aussage.

»Wo waren Sie denn zur Tatzeit?«, erkundigte sich Sören. »Montagvormittag, so gegen neun Uhr?«

»Hier.« Schwirtz breitete die Arme aus. »Im Hotel. Ich hatte die halbe Nacht wach gelegen und mich gefragt, was ich hier eigentlich will. Und dann habe ich einfach verschlafen. Als ich in Scharbeutz ankam, war schon Mittag durch.«

»Kann das jemand bezeugen?«, erkundigte sich Clara. Sie machte keinen Hehl aus ihrer Skepsis. »Dass Sie den Vormittag über hier im *Maritim* waren? Vielleicht ein Kellner am Frühstücksbuffet? Die Rezeption?«

Die rotblonde Frau zuckte mit den Schultern. »Keine Ahnung. Ich frühstücke nie, von daher … Und bevor Sie auch das noch fragen: Ja, ich war allein auf meinem Zimmer. Die ganze Nacht und den ganzen Morgen.«

Möglich, dachte Clara. *Aber warum kaufe ich dir das nicht ab?*

Die Geschichte der Frau klang plausibel. Clara wusste aus eigener Erfahrung, dass Menschen nicht immer logisch handelten – erst recht nicht in Fragen des Herzens. Stefan Faust war ja der lebende Beweis dafür, falls es überhaupt eines Beweises bedurfte. Dennoch zögerte sie, Malin Schwirtz zu glauben.

Du lügst uns hier etwas vor, oder?

Dieses Gefühl ließ sie einfach nicht los. Die ganze Zeit schon kam ihr die Frau aus Eltville seltsam vor. Der Eindruck hatte nicht nachgelassen. War es das, was man »kriminalistischen Instinkt« nannte? Diese seltsame Empfindung, dass etwas nicht so war, wie es sich präsentierte? Auch wenn es dafür keinerlei Belege gab?

»Sie wurden gesehen«, sagte sie. »Vor Abels Haus, aber auch anderswo.«

Malin Schwirtz erschrak. »Anderswo?«

»Auf dem Golfplatz«, platzte Jule mit der Information heraus, bevor Clara sie bremsen konnte. »Das haben wir sogar als Video. Sie waren auf Jan Abels Golfplatz, Frau Schwirtz.«

Na bravo, ärgerte sich Clara.

Sie hätte zu gern gewusst, warum Malin Schwirtz so erschrocken reagiert hatte. Doch sie brauchte die Frau nur anzusehen, um zu verstehen, dass der Moment vorüber war. Von selbst würde die Frau aus Eltville ihr den Grund nicht nennen.

»Ach, das.« Erleichtert winkte Malin Schwirtz ab. »Ja, das stimmt. Gestern, richtig? Gestern Abend?«

»Was wollten Sie auf dem Golfplatz?«, fragte Sören.

Frau Schwirtz sah wieder nach draußen. »Das«, antwortete sie, »ist eine gute Frage.« Sie lachte kurz, merklich über sich selbst. »Ich komme hier einfach nicht weg, Herr Haberkamp. Seit Jan tot ist … Seitdem hänge ich einfach hier herum. Als … Als käme er wieder, wenn ich nur lange genug warte. Klingt das eigenartig? Bestimmt tut es das. Erst wünsche ich dem Arsch die Pest an den Hals, und dann kann ich nicht von ihm lassen. Ist das logisch, Herr Kommissar? Sicher nicht.«

»Aber?«, fragte Clara.

»Aber ich will Sie nicht anlügen«, erwiderte Malin Schwirtz. »Auch wenn die Lüge bestimmt glaubhafter klingen würde als die Wahrheit. Ich war auf dem Golfplatz, weil es *sein* Golfplatz war. Und ich bin noch immer an der Küste, weil *er* die ganze Zeit hier war. Ich kann mich nicht von ihm lösen, verstehen Sie? Noch nicht. Täte ich das, dann ... Dann wäre er ja fort, irgendwie.«

Trauer hatte viele Gesichter. Clara wusste das besser als viele andere. Und so sehr sie sich auch dagegen sträubte: Frau Schwirtz' Antwort sah wie eines von ihnen aus. Das *war* glaubhaft.

Trotzdem blieb das seltsame Gefühl in ihrem Bauch. Der Zweifel.

Wir müssen mehr über Malin Schwirtz in Erfahrung bringen, beschloss sie. *Mehr als das, was sie selbst uns sagt. Vielleicht fällt es mir dann leichter, ihr zu glauben. Oder ihre Story zu widerlegen.*

Mit einem Mal wusste sie, wie sie das bewerkstelligen konnte. Die Erkenntnis ließ sie fast schmunzeln, denn sie lag regelrecht auf der Hand.

Draußen vor den Fenstern des *Maritim*-Hotels ließ der Sturm allmählich nach. Der Regen wurde spärlicher, die See wieder glatter. Dinge veränderten sich eben, mitunter sogar sehr schnell. Auch das gehörte zum Leben, wusste Clara.

Auch Sören schien die Veränderung zu bemerken. Er klappte das Notizbuch zu und verstaute den Kugelschreiber in der Innentasche seines Jacketts. »Nun denn«, bemerkte er und erhob sich. Die Unterhaltung war für ihn offenbar beendet.

»Nun denn«, wiederholte Frau Schwirtz. Es klang wie eine Bestätigung.

Dann reichten die beiden einander die Hand.

»Ich danke Ihnen für Ihre Zeit, Frau Schwirtz«, sagte Sören beim Aufbruch. »Was Sie uns erzählt haben, war sehr aufschlussreich. Trotzdem möchte ich Sie bitten, Travemünde noch nicht zu verlassen. Nur für den Fall, dass wir im Zuge der Ermittlungen ein weiteres Mal auf Sie zukommen wollen. Ginge das?«

»Wie gesagt«, antwortete sie. »Es fällt mir ohnehin schwer, ihn loszulassen. Und auf die Beerdigung wollte ich sowieso noch gehen. Zumindest das.«

Sören nickte stumm und wandte sich zum Foyer, der Drehtür entgegen.

KAPITEL 23

Der Scharbeutzer Friedhof troff noch vor Nässe. Seit dem Sturm waren zwar einige Stunden vergangen, doch das Gras, die Büsche und die Gedenksteine hatten bislang nicht sonderlich trocknen können. Und am Horizont kündigten sich bereits neue Regenwolken an.

Für den Moment regierte aber das Licht. Helle, wenn auch nicht sonderlich warme Sonnenstrahlen fielen auf die kleine Versammlung, die im westlichen Sektor des Gottesackers zusammengefunden hatte. Etwa anderthalb Dutzend Personen waren gekommen, um dem Verstorbenen das letzte Geleit zu geben.

Keine große Schar, fand Clara. Einmal mehr zeigte sich, wie wenig echte soziale Kontakte Jan Abel gepflegt haben musste. Die meisten Personen mochten auch Arbeitskollegen seiner Witwe sein.

Clara stand auf einer kleinen Anhöhe am Rand der Gruppe, flankiert von zwei hohen Fichten auf der einen und einem kleinen Brunnen für Gießkannen auf der anderen Seite. Sie trug Schwarz, dem Anlass angemessen, und hielt bewusst Abstand zu den Trauernden. Niemand sollte sie aufdringlich finden, und niemand sollte sich fragen müssen, was ausgerechnet die Person, die Abels Leiche gefunden hatte, auf seiner Beerdigung suchte. Gehörte die nicht eher in eine Arrestzelle?

Zu den wenigen Trauergästen, die die Pastorin wiedererkannte, zählte Carl Auerswald. Er stand neben einem anderen Mann mit

Kinnbart und grauen Schläfen, vielleicht ebenfalls ein Nachbar. Sie unterhielten sich leise. Auerswalds Gattin Johanna wartete einige Schritte weiter vorn, gleich neben dem offenen Grab, wo sie Rosalie Lücke am Arm hielt, die so stocksteif vor der letzten Ruhestätte ihres Mannes stand wie eine Statue aus Marmor. Die zwei Frauen sprachen kein Wort, und ihre Blicke klebten regelrecht an der frisch ausgehobenen Grube vor ihren Füßen, in der der Sarg soeben verschwunden war.

»Und so«, sagte der Geistliche, »betten wir den Körper Jan Abels zur ewigen Ruhe.«

Er stand am Kopfende des Grabes, ein Mann mit großer Nase, buschigem Schnauzbart und einer speckig glänzenden Halbglatze, auf der sich Sonnenstrahlen spiegelten. Sein spindeldürrer Leib steckte unter einem pechschwarzen Talar und einem weißen Rochette verborgen, und was ihm an Fülle fehlte, machte er mühelos durch Körpergröße wett.

Der muss knapp zwei Meter messen, dachte Clara. Sie hatte ihn noch nie gesehen. *Der katholische Kollege aus Scharbeutz? Vermutlich. Ich sollte Frau Boehring fragen, die wird es wissen.*

Es hatte einen Wortgottesdienst gegeben, vorhin in der Kirche. Doch Clara war ihm ferngeblieben, dafür hatte die Zeit nicht gereicht. Außerdem war sie hauptsächlich hier, um die übrigen Versammelten zu beobachten. Um ein letztes Mal gründlich nachzudenken – über Abels Umfeld und seine Möglichkeiten …

Auch Malin Schwirtz war unter den Trauergästen. Sie hielt sogar noch mehr Abstand zum Geschehen als Clara und stand etwa drei Grabreihen weiter hinter einer Holzbank. Wer es nicht besser wusste, konnte sie für eine unbeteiligte Passantin halten, die dem Geschehen an Abels Grab mit beiläufigem Interesse folgte. Zumindest schien dies ihr Plan zu sein, und bislang ging er wohl auf. Niemand sonst schien auf sie zu achten.

Was stört mich nur so an ihr?, fragte Clara sich nicht zum ersten Mal an diesem Tag. Wann immer sie Malin Schwirtz sah, kam das seltsame Gefühl zurück. *Ich komme einfach nicht darauf.*

Aber sie würde es herausfinden. Die entsprechenden Weichen waren bereits gestellt.

»Frau Lücke?«, fragte der Geistliche nun. Er hielt einen silbrigen Eimer in der Hand, der voll Erde war. Eine kleine Schaufel ragte über den Rand. Der Mann hielt der Witwe den Eimer auffordernd hin und war sichtlich überfordert, als die Trauernde nicht reagierte.

Du solltest den Anfang machen, dachte Clara. *Die Schaufel nehmen und die erste Erde auf den Sarg streuen.*

Der Moment hatte eine gewisse Komik, zumindest wenn man peinlichen Humor mochte. Denn er zog sich in die Länge: Der Priester wartete und wartete, und Rosalie Lücke reagierte einfach nicht.

Nach einigen Sekunden erbarmte Johanna Auerswald sich. Sie riss dem Geistlichen den Eimer geradezu aus der Hand und warf eine Schaufel voll Erde in das Grab. Dann gab sie den Eimer ihrem Gatten.

»Frau Lücke nimmt's recht schwer, hm?«, erklang eine leise Stimme in Claras Rücken. »Sie kommt mir heute reservierter vor als sonst. Fast schon abweisend.«

Clara drehte sich um.

Sören Haberkamp war zu ihr getreten. Er trug dieselbe Kleidung wie vorhin im Hotel, hatte aber einen dunklen Mantel darübergeworfen.

»Sie trauert«, murmelte Clara. »Manche Leute gehen dann aus sich heraus und suchen überall Kontakt. Andere ziehen sich einfach komplett in sich zurück.«

Sören klang nicht überzeugt. »Findest du?«

Sein Tonfall ließ sie stutzen. »Du hörst dich an, als hättest du Neuigkeiten.«

Am Grab traten nun weitere Personen nacheinander vor. Einer nach dem anderen griffen sie nach dem Eimer, warfen Erde in Abels letzte Ruhestätte und schickten ein Kreuzzeichen hinterher. Niemand hatte Blumen oder Ähnliches mitgebracht. Die ganze Aktion blieb so nüchtern und unpersönlich, wie sie nur sein konnte. Höflich statt herzlich.

Sören trat noch einen Schritt näher zu Clara und senkte die Stimme weiter. »›Neuigkeiten‹ kommt hin. Erinnerst du dich an mein Handy?«

»Na sicher«, sagte Clara. »Du hattest es verloren, oder? Im Schwimmbad, als du am Sonntag mit der Rasselbande dort warst.«

»Und dafür solltest du deinem Chef im Himmel dankbar sein«, erwiderte er nickend. Dann begann er, leise zu erzählen.

Die Überwachungskamera des Golfplatzes hatte ihn auf die Idee gebracht. Seit sie Malin Schwirtz an der Kasse gesehen hatten, war er von der Frage besessen, ob es solche Kameras nicht auch im *OstseeBeach* geben könnte. Und falls ja, ob sie ihn dabei gefilmt haben mochten, wie er sein Mobiltelefon verlegte.

»Also bin ich da hingefahren«, erklärte er. »Genau wie du zum Golfplatz.«

»Und?«

Ein Kopfschütteln. »Keine Chance, leider. Die meisten Bänder vom Sonntag sind längst gelöscht. Aber ich habe trotzdem etwas gefunden …«

Sie seufzte. »Jetzt mach's nicht so spannend, Sören. Was ist los? Hat es mit Rosalie Lücke zu tun?«

Nun nickte er. »Sie hat doch gesagt, sie sei zur Tatzeit im Büro im *OstseeBeach* gewesen, richtig?«

»Richtig«, bestätigte Clara. »Und ihre Kollegen haben es bestätigt.«

»Nun ja«, schränkte er ein. »Der Bürotrakt da drüben ist ein Anbau, Clara. Ein recht unbeholfen geplanter Anbau noch dazu.

Lückes Büro liegt am Ende eines kleinen Korridors und ist für die übrigen Mitarbeiter kaum einsehbar. Man muss schon in dem Flur stehen, beispielsweise am Wasserspender oder am Snackautomaten, um die Tür unserer Witwe im Blick zu haben. Von den übrigen Schreibtischen in der Verwaltung aus sieht man sie nicht.«

»Soll heißen?«, hakte Clara gespannt nach.

»Was man ebenfalls nicht sieht«, betonte Sören, »ist der Notausgang. Der liegt gleich neben dem Büro der Chefin. Verstehst du? Rosalie Lücke hatte einen eigenen Ein- und Ausgang direkt an ihrem Arbeitsplatz, durch den sie sich theoretisch jederzeit hätte rein- und rausschleichen können. Ohne dass die Kollegen merken, dass sie überhaupt fort ist.«

Der Geistliche hatte sich bereits vom Grab zurückgezogen, das Begräbnisritual war beendet. Der Eimer mit der frischen Erde stand nun am Boden, und ein kleiner Pulk an Menschen hatte sich um Rosalie Lücke versammelt. Sie schienen ihr ihr Beileid aussprechen zu wollen, und die Witwe ließ es nahezu teilnahmslos geschehen.

Sie schüttelte Hände, ohne die dazugehörigen Personen anzusehen, und wechselte mit kaum jemandem auch nur ein einziges Wort. Stattdessen schien Johanna Auerswald sich gezwungen zu sehen, den Gesprächspart zu übernehmen. Der Nachbarin, die noch immer neben der Witwe stand – fürsorglich und stützend –, war Rosalie Lückes Verhalten merklich unangenehm.

»Ein eigener Ausgang, ja?«, flüsterte Clara. Fragend sah sie zu Rosalie Lücke und den Umstehenden. »Das ist in der Tat interessant.«

»Fand ich auch«, sagte Sören leise. »Es beweist natürlich nichts. Nur weil eine Tür existiert, muss noch niemand durch sie hindurchgegangen sein. Frau Lückes Aussage steht. Aber seit ich vorhin im Bad war und mir einer ihrer Angestellten zeigte, was die

Überwachungskameras aufzeichnen und was nicht … Seitdem verstehe ich zumindest, was möglich wäre. Wenn man es denn will.«

Clara dachte nach. Ihr eigenes Gespräch mit Rosalie Lücke lag schon ein paar Tage zurück. Wie war ihr die Frau damals vorgekommen? Wie jemand, der am Boden zerstört ist, dachte sie. Innerlich leer.

Frau Lücke hatte von ihrem Leben mit Jan Abel erzählt, und selbst Jule hatte kaum einen Zweifel daran gehabt, dass der Verstorbene ihre große Liebe gewesen war.

»Jan war ein Selfmade-Man«, so hatte die Witwe gesagt. »… und ich war stolz auf ihn.« Johanna Auerswald hatte Jan und Rosalie sogar als »verliebte Teenager« bezeichnet, wenn die Erinnerung Clara nicht trog. Konnten verliebte Teenager morden?

»Wusste Rosalie Lücke, dass er sie betrog?«, murmelte die Pastorin. Sie musste Sören nur ansehen, um zu verstehen, dass er in ähnliche Richtungen dachte.

»*Konnte* sie es überhaupt wissen?«, fragte er. »Jan Abel hatte das Lügen zum Beruf gemacht. Die Kollegen aus Lübeck wühlen sich seit Tagen durch seine Unterlagen. Du kannst dir gar nicht vorstellen, wie perfide und durchdacht diese ›Alibis‹ gebaut worden sind, Clara. Ich habe Akten gelesen, da stellen sich dir vor Abscheu und Empörung die Fußnägel auf. Eine Frau aus Osnabrück, nur mal so als Beispiel: Die ging ebenfalls fremd, aber ihr Mann durfte nichts davon wissen. Sie buchte das ›Rundum-Sorglos-Paket‹ bei *Secret Solutions* und verabredete sich mit ihrem Lover. Daheim dachten alle, sie wäre mit Freundinnen auf einem Städtetrip in Hamburg. Doch dann der Twist: Kaum in Hamburg angekommen, spielte unsere Kundin den Freundinnen eine Magenverstimmung vor und verschwand auf ihr Zimmer. In Wahrheit schlich sie sich auf das Zimmer, das der Lover für den Anlass gebucht hatte. Die restliche Damenclique amüsierte sich unten an der Hotelbar und schöpfte keinerlei Verdacht, denn eine Freelancerin, die Abel für den Zweck angeheuert hatte, schrieb fleißig WhatsApp-Nachrichten an die Freundinnen und an den Gatten zu Hause. Im Namen, im Stil und vom Account der Klientin.«

Sören schüttelte, selbst ungläubig, den Kopf. »Die Freelancerin saß dabei sogar oben im Zimmer der Dame, machte Handyfotos von der Einrichtung, der Aussicht, der Toilette im Bad … Als eine der Freundinnen mal anklopfen kam, um nach der vermeintlich Kranken zu schauen, konnte Abels Double sogar die Stimme der Frau leidlich gut nachmachen. Gut genug für zwei, drei Worte durch die geschlossene Tür. Die Sache ist nie aufgeflogen, Clara, und es finden sich Dutzende und Aberdutzende dieser Storys in Abels Cloud!«

Sie verstand. »Wenn Jan Abel seine Frau anlügen wollte, dann wird ihm auch das gelungen sein.«

»Und vielleicht war Frau Schwirtz noch nicht einmal die einzige Affäre in dieser Ehe«, stimmte er zu. »Das ist zwar pure Spekulation, aber Abel kam geschäftlich ganz schön rum, sagt sein Kalender. Wir wissen von mindestens zwei, drei längeren Abwesenheiten pro Jahr. *Jedes* Jahr. Und immer im Dienste von *Secret Solutions*, zumindest offiziell.«

Falls diese Reisen einen anderen Zweck hatten, dachte Clara, *dann wird niemand das gemerkt haben. Nicht bei Alibi-Abel, dem Meister aller Lügen.*

»Wir sollten noch einmal mit Frau Lücke sprechen«, erwiderte sie. »So schnell es nur geht.«

Sören nickte. »Ganz meine Meinung.«

Der Wind frischte auf. Kühle, salzig riechende Luft kam vom Meer herüber und spielte mit Claras Haar. Applaus lag plötzlich in der Luft, nur ganz zart und leise erkennbar. Er musste vom benachbarten Golfplatz stammen. Das Leben ging weiter, trotz aller Alibis und trotz aller Opfer.

Clara drehte den Kopf zur Seite und suchte nach Malin Schwirtz, doch die Frau aus Eltville stand nicht länger zwischen den Gräbern. Sie schien bereits gegangen zu sein, vielleicht um den restlichen Trauernden zuvorzukommen.

Nein, korrigierte Clara sich. Um Rosalie zuvorzukommen. Das vor allem anderen.

Sie fragte sich, ob Malin Schwirtz die einzige Frau mit gebrochenem Herzen in dieser Sache war. Oder ob auch Jan Abels Witwe insgeheim anders über den Verstorbenen dachte. Malin Schwirtz hatte ihn als »Arsch« bezeichnet und dennoch nicht von ihm lassen können. Und Rosalie Lücke hatte bei ihrem Gespräch in Auerswalds Wohnzimmer geklungen, als wäre ihr Mann der Sinn ihres Lebens. Hieß das, dass er in ihren Augen unfehlbar gewesen war? Oder hatte auch Frau Lücke gewusst, dass Abel gar nicht anders konnte, als zu lügen?

Welche Konsequenz hätte das für dich, Rosalie?, dachte sie und fand die Witwe einmal mehr in der Menge. *Was würdest du tun, wenn du es wüsstest? Was hast du getan?*

Rosalie Lücke hob just in dem Moment den Kopf, fast so, als hätte sie Claras Gedanken gehört. Sie sah zu Clara herüber, und ihr Blick war nicht länger ausdruckslos und leer, sondern kalt. So kalt, dass Clara ein Schauer über den Rücken zog.

Dann brachen die Trauernden auf. Eine Frau, die Clara nicht kannte, nahm Rosalie Lücke am Arm und zog sie mit, dem Ausgang des Friedhofs entgegen. Auch Carl Auerswald und seine Gattin verabschiedeten sich von der Grabstätte, in der Jan Abel nun ruhte. Sie waren eng im Gespräch mit dem Mann mit Kinnbart und grauen Schläfen, und Clara erkannte einmal mehr, dass sie den Großteil dieser Gesichter nicht zuordnen konnte.

»Das *sind* Arbeitskollegen, oder?«, murmelte sie und fasste ihre Vermutung von vorhin in Worte. »Von ihr, meine ich. Anstandsgäste.«

»Arbeitskollegen«, bestätigte Sören. Er schien jede Person zu kennen. »Dazu ein paar Jugendfreunde und natürlich die restliche Nachbarschaft – jedenfalls der Teil von ihr, der Abel überhaupt kannte. Der Kerl mit dem Geißbart heißt zum Beispiel Brockschmidt; er wohnt im Haus links neben Abel. Er hat am Montag den Schuss gehört und den Notruf alarmiert. Dann sind da Leute aus der Verwaltung des *OstseeBeach*, ein, zwei aus dem Service, und die Frau mit den schwarzen Haaren und den Stiefeln heißt Jansen, glaube ich. Sie ist mit der Lücke zur Schule gegangen, drüben in Sierksdorf. Sind alle harmlos, falls du das meinst. Wir haben das überprüft.«

Clara nickte stumm und fragte sich einmal mehr, wie harmlos die Krone der Schöpfung überhaupt sein konnte, wenn sie doch zur Lüge fähig war.

KAPITEL 24

»Tja.« Jule nahm die letzte Seite aus dem Drucker. »Das ist auf jeden Fall interessant.«

Clara hatte ihr gerade von der Beerdigung und von Sörens jüngsten Theorien berichtet. Jule und sie standen im Hinterhaus der Buchhandlung, wo Jule gerade das Layout der neuen Ausgabe des *Boten* finalisierte, während sich die Rasselbande mal wieder an Friekes Kinderbuchregal vergnügte.

Auf Jules Computermonitor sowie auf den zahlreichen Ausdrucken, die nahezu überall in der winzigen Redaktion verstreut lagen, prangten die neuen Annoncen, die das Blatt über Wasser hielten. Clara sah Fotos von Veranstaltungen jüngster Zeit, die Jule samt und sonders selbst geschossen haben musste, und auch den einen oder anderen kleinen Artikel aus der Feder ihrer Freundin.

Jule nahm den *Boten* ernster, als es nötig gewesen wäre, das wusste sie. In einer anderen Welt – ohne Rasselbande und ohne Sören – wäre vielleicht eine waschechte Journalistin aus ihr geworden. So aber bot ihr das Blatt wenigstens einen kreativen Ausgleich zum Alltag. Genau wie die Suche nach Jan Abels Mörder es tat.

»Guck mal auf Seite eins«, sagte sie gerade. »Da schreibe ich zum Thema. Nur mal so als Überblick; ein ausführlicher Text folgt, wenn wir den Täter haben.«

Clara griff nach dem Blatt, das Jule ihr hinhielt, und staunte. Unter dem Logo des *Boten* prangte ein breites Panoramafoto, dessen Winkel so geschickt gewählt war, dass es neben der ins Meer ragenden Scharbeutzer Seebrücke auch den Strand, die Büsche und – ganz knapp im Anriss – noch Abels Villenviertel zeigte. Die dazugehörige Schlagzeile sprach von einem *Mord im Urlaubsparadies.* Der Artikel wartete mit einigen O-Tönen von *Kommissar S. Haberkamp, Kripo Lübeck* auf, der die Ermittlungen führe. Sören hatte sich nicht in die Karten blicken lassen und wenig gesagt, was nicht längst bekannt war. Das war kaum sonderlich überraschend. Weit erstaunlicher fand Clara, was Jule im letzten Absatz des Artikels über ihn schrieb.

»*Wie Kommissar Haberkamp unserem Blatt exklusiv verriet*«, las Clara halblaut, »*hat die Scharbeutzer Einbruchswelle der vergangenen Wochen keine Bedeutung für den Mord an Abel. Die Einbrecher, eine organisierte Bande aus Dänemark, gingen der Polizei des Ostseebads kurz vor Redaktionsschluss ins Netz. Sie zeigen sich geständig und waren zum Zeitpunkt des Mordes nachweislich nicht in der Region.*«

Clara hob den Blick und ließ den Ausdruck sinken. »Dann können wir die also ebenfalls von der Liste der Verdächtigen nehmen. Ganz offiziell.«

Jule nickte. »Ich dachte nie, dass das die Einbrecher waren. Ein Mord ist schon ein ganz anderes Kaliber.«

Clara stimmte ihr zu. »Haben diese Dänen denn auch die Sache mit Frau Schnause zu verantworten? Du weißt schon, mit Anja Dees' Ferienwohnung?«

»Gute Frage.« Jule stutzte. »Daran habe ich gar nicht gedacht. Ich frage Sören, wenn ich ihn das nächste Mal sehe.«

Clara ließ das Blatt sinken. »Ich war auch nicht ganz untätig«, gestand sie. »Erinnerst du dich an Svenja Richter?«

»*Deine* Svenja? Freundin aus Studientagen und so weiter?«

Clara nickte. »Ich habe sie angerufen, nachdem wir mit Frau Schwirtz gesprochen hatten. Svenja ist begeistert, dass wir wieder einen Fall haben, und hat sich sofort ins Auto gesetzt, um für uns vor Ort zu recherchieren.«

»Vor Ort?« Jule runzelte die Stirn. Dann erst fiel der Groschen. »Mensch, richtig! Eltville, das muss für Svenja ja gleich nebenan sein!«

»So in etwa.« Clara lächelte. »Sie hat rausgefunden, wo Frau Schwirtz arbeitet: als Pflegekraft in einem Altersheim nahe dem Kloster Eberbach.«

»Nettes Ambiente«, fand Jule.

»Schon«, meinte Clara. »Aber keine nette Pflegerin. Die Kolleginnen und Kollegen in der *Eberbach-Residenz* halten sie für einen ziemlichen Psycho.«

Jule hätte den Fotoapparat, mit dem sie gerade hantiert hatte, beinahe fallen gelassen. »Wie bitte?«

Die Pastorin nickte. »Und es wird noch besser. Svenja hat mehrere Personen aufgetan, die die wildesten Geschichten über Malin Schwirtz erzählen. Sie wirke vielleicht wie ein liebes Mädchen, so sagt man in Eltville wohl, doch hinter der Fassade stecke ein nachtragendes und gemeines Wesen. ›Eine ziemliche Bitch‹, so Svenjas Worte. Frau Schwirtz' Arbeitgeber hat sie schon zweimal abgemahnt, weil sie bei Patienten die Geduld verloren und herumgebrüllt hat. Und im Pausenraum redet nahezu niemand auch nur noch ein einziges Wort mit ihr, seit sie einer Kollegin die Reifen aufgestochen hat. Und weißt du, warum? Weil die einem Azubi schöne Augen machte, den auch Malin Schwirtz niedlich fand. Das mit den Reifen hat der Frau niemand nachweisen können; deshalb ist da nie mehr passiert. Aber insgeheim weiß doch jeder, wer das war. Die Schwirtz ist da echt unten durch.«

»Eine Geliebte mit psychopathischen Ansätzen«, staunte Jule. »Wer hätte das gedacht?«

»Zumindest mit gelegentlichen Aussetzern«, stimmte Clara zu.

»Wutausbrüchen, auch gegenüber Schwächeren und Unschuldigen. Beispielsweise die Patienten im Heim.«

Jule setzte sich. Ihr alter Schreibtischstuhl knarrte dabei. »Und jetzt?«, fragte sie und sah die Pastorin aus großen Augen an.

Clara hatte sich an eines der Regale gelehnt, trat nun jedoch wieder vor. »Jetzt gehen wir zurück ins *Maritim*«, antwortete sie. »Und klären das ein für alle Mal.«

»Lassen Sie mich raten?« S. El Fadil lächelte Jule an, als meinte er es ernst mit ihr. »Sie suchen Frau Schwirtz aus Zimmer fünfhundertzwei?«

»Wie haben Sie das nur erraten?«, gab die zweifache Mutter im gleichen Säuselton zurück. »Ein guter Rezeptionist hat das wohl im Gefühl, hm?«

Es war keine halbe Stunde später. Clara und Jule standen ein weiteres Mal an diesem Tag im Foyer des Hotelhochhauses, hinter sich den Strand und die weite Ostsee, über der erneut Sturmwolken heranzogen. Obwohl es allmählich auf den Abend zuging, herrschte im *Maritim* noch selige Ruhe. Die Panorama-Bar war nahezu menschenleer, und das angrenzende Restaurant des Hauses hatte sogar noch geschlossen.

El Fadil zwinkerte Jule zu. »Das … und andere Dinge.«

Grundgütiger, dachte Clara und rollte innerlich mit den Augen. *Nehmt euch ein Zimmer, ihr Turteltauben.*

»Doch ich fürchte, dieses Mal muss ich Sie enttäuschen«, fuhr der sonnengebräunte Concierge fort, nun deutlich sachlicher. »Frau Schwirtz hat unser Haus soeben verlassen.«

»Was?« Clara riss die Augen auf. »Aber Sören sagte doch, sie solle bleiben.«

Der Mann hinter der Empfangstheke hob entschuldigend die Hände und sah auf seinen Computerbildschirm. »Ich kann Ihnen nur sagen, was hier steht, Frau Clüver. Die Dame hat vor einer

Viertelstunde ausgecheckt. Wenn Sie Glück haben, erwischen Sie sie vielleicht noch in der Tiefgarage.«

»Wo geht's hier zur Garage?«, fragte Jule hektisch. »Schnell, Mann! Wo?«

El Fadil deutete, deutlich pikiert über den rüden Ton, auf die Fahrstühle im hinteren Bereich des Foyers. »Etage U2, die Damen. Ich wünsche Waidmannsheil.«

Er hatte den Satz kaum beendet, da rannte Jule schon auf die Fahrstühle zu. Clara hatte Mühe, ihr zu folgen. Sie nahmen den erstbesten Lift, der hielt. Zu ihrem Glück war die Kabine leer.

»Die haut ab«, murmelte Jule grimmig, während sie in die Tiefe fuhren. »Ohne Scheiß, die verschwindet von hier.«

»Selbst wenn«, meinte Clara. Ihr Herz schlug plötzlich viel lauter, oder kam ihr das nur so vor? »Wir wissen, wo wir sie finden. Eltville ist nicht die Rückseite des Mondes. Auch da gibt's Polizei.«

»Trotzdem«, fand die Freundin. »Das Verhalten ist hochgradig verdächtig. Ausgerechnet jetzt.«

Die Fahrt endete im zweiten Untergeschoss. Jule hechtete regelrecht aus der Kabine, kaum dass sich die Tür geöffnet hatte. Die beiden Frauen fanden sich in einer ebenso fenster- wie schmucklosen Tiefgarage wieder. Das Licht kalter Neonröhren erhellte Betonwände und einen anthrazitfarbenen Fußboden. Auf weiß umrandeten Flächen standen diverse Pkw in den unterschiedlichsten Farben, Formen und Alterszuständen. Weiter hinten sah Clara die Rampe, die ins Freie führte – in die Ausfahrt, die irgendwo zwischen dem Hotel und Bengts Leuchtturm liegen musste.

»Frau Schwirtz?«, rief die Pastorin.

»Bist du wahnsinnig?«, zischte Jule entsetzt. »Dann weiß die doch, dass wir kommen.«

»Sie nicht zu finden«, antwortete sie, »wäre schlimmer.« Sie hob erneut die Stimme. »Frau Schwirtz, sind Sie hier noch irgendwo?«

Einen halben Herzschlag später startete ein Motor. Sofort lief Clara los, dem Geräusch entgegen. Etwa zehn Meter hinter dem Fahrstuhlschacht bog ein kirschroter Renault rückwärts aus einer Parklücke. Auf dem Heck des Wagens klebte ein *I LOVE ELTVILLE*-Aufkleber. Am Steuer saß Malin Schwirtz, die sich nervös umschaute.

Clara hob die Arme und stellte sich dem Wagen in den Weg. Jule trat ihr unterstützend zur Seite. Gemeinsam blockierten sie den Renault.

»Frau Schwirtz?«, rief Jule. »Frau Schwirtz, wir wollen nur reden.« Dann senkte sie die Stimme. »Jedenfalls für den Anfang.«

Malin Schwirtz schaltete den Motor ab. Grimmig stieg sie aus. »Was soll das? Sie stehen mir im Weg!«

Clara sah die Reisetasche auf dem Rücksitz, die prall gefüllt zu sein schien, und das aktivierte Navi am Armaturenbrett. In der Tat: Dies sollte kein kurzer Abstecher zum Hemmelsdorfer See oder in den Niendorfer Vogelpark werden. Sondern ein Abschied.

»Und Sie hatten uns eigentlich versichert, den Ort nicht zu verlassen«, blaffte Jule zurück. »Heute Morgen erst.«

»Pläne ändern sich eben.« Malin Schwirtz verschränkte die Arme vor der Brust. »Ich bin Ihnen keine Rechenschaft schuldig, Frau Haberkamp. Und auch dem Kommissar nicht. Ich habe nichts getan.«

»Nichts, was wir Ihnen *nachweisen* können«, betonte Clara. Der Anflug eines Verdachts stieg in ihr auf, den sie einfach nicht ignorieren konnte. »Das ist nicht ›nichts‹.«

Malin Schwirtz blinzelte, merklich irritiert von Claras Tonfall. »Was soll das heißen? Gehen Sie gefälligst aus dem Weg, ja? Ich will nach Hause.«

Abermals musste Clara an ihr Gespräch vom Morgen denken. An das seltsame Gefühl, das sie dabei überkommen hatte. Sie hatte Frau Schwirtz nicht geglaubt, richtig? Irgendetwas an den Worten der Frau aus Eltville hatte ihren inneren Spidey-Sinn getriggert, ohne dass sie es in Worte fassen konnte. Nun jedoch, die flüchtende Malin Schwirtz vor sich und Svenjas Recherchen im Hinterkopf, entstand auf einmal ein Bild.

Es war vage, wenig mehr als Theorie und Umriss. Aber es kam ihr vorstellbar vor. Nein, viel mehr als nur das. Plausibel!

»Sie waren das, oder?«, sagte sie Malin Schwirtz ins Gesicht. »Drüben in Scharbeutz. Nicht das mit Jan Abel, aber das mit Anja Dees und Katrin Schnause. Sie sind die Einbrecherin.«

Jule starrte sie an. »Hä?«

Clara nickte. »Sie haben Frau Dees gesehen, nicht wahr? Wo, Frau Schwirtz? Am Strand? Auf dem Golfplatz, auf dem auch Abel spielte? Und Sie wussten, dass sie und Jan Abel einander kannten. Er selbst hatte es ihnen erzählt, oder? Damals, als sie einander im Kloster Eberbach begegneten. Als sie ihre Affäre begannen. Er hat Ihnen gesagt, mit welchen Prominenten er zu tun hat, denn er wollte Sie beeindrucken. Das hat auch funktioniert, das haben Sie selbst zugegeben.«

»Sie können mir gar nichts!«, zischte die Altenpflegerin.

Clara fuhr einfach fort. Je länger sie sprach, desto detailreicher wurde das Bild vor ihrem geistigen Auge. »Und dann standen Sie hier, vor seiner Tür in Scharbeutz. Sie sind mit Wut im Bauch hergekommen, doch als Sie dann in Abels Straße standen, waren da nur Ratlosigkeit und Leere. Sie wussten nicht, was Sie machen sollten und wollten. So war es doch, Frau Schwirtz, nicht? Sie haben es uns heute Morgen erst beschrieben.«

Clara trat einen Schritt vor. »Und dann? Kam Ihnen Frau Dees da entgegen, ganz zufällig am Strand? Ich wette, dass es so war. Und ich vermute, Sie haben in dem Moment rotgesehen. Ihre Kollegen in der Residenz haben uns bestätigt, dass Sie mitunter übers Ziel hinausschießen und Ihr Geduldsfaden schneller reißen kann, als gut für Sie ist. Was ging Ihnen durch den Kopf, als Sie Anja Dees in Jan Abels Stadt sahen, hm? Haben Sie gedacht, sie wäre ebenfalls eine Affäre von ihm? Eine, die nach wie vor aktuell war?«

»Hören Sie auf!«, rief Malin Schwirtz. Zornesröte stieg ihr in die Wangen.

»Sie deuteten ja an, dass Sie ihm so etwas übel genommen hätten«, setzte Clara ihre Theorie unbeirrt fort. »Selbst seine Gattin bezeichneten Sie uns gegenüber als ›elende Schlange‹ und als ›töricht‹. Das passt alles ins Bild, finde ich.«

»Und ich auch«, warf Jule ein. Halb anerkennend und halb staunend sah sie Clara an – und dann, deutlich grimmiger, sagte sie zu Malin Schwirtz: »Sie sind bei Frau Dees eingestiegen, als niemand im Haus war. Sie dachten vielleicht sogar, es würde angesichts der Einbruchserie gar nicht groß auffallen. Was zur Hölle suchten Sie da?«

»Beweise«, meinte Clara. Sie blickte der Altenpflegerin tief in die Augen und spürte, dass sie recht hatte. »Beweise dafür, dass Jan Abel dort gewesen war – so wie früher bei Ihnen zu Hause. Doch was Sie fanden, war Katrin Schnause.«

»Die Anja hat's nicht so mit Männern.« Jule grinste siegessicher. »Erst recht nicht mit solchen, die lügen.«

»Ich glaube, Sie wollten Frau Schnause nicht wehtun«, sagte Clara. »Sie dachten, Sie wären längst wieder über alle Berge, wenn die Mieter zurückkommen. Und als dann doch jemand kam, just als Ihnen Ihre Fehleinschätzung klar wurde, mussten Sie improvisieren. Sie schlichen sich an und schlugen Frau Schnause bewusstlos, eine reine Übersprungshandlung. Dann flohen Sie unbemerkt vom Grundstück. Wo kein Zeuge, da kein Richter, nicht wahr?«

»Wow«, murmelte Jule. Es blieb offen, ob sie damit die Erklärung oder Clara selbst meinte. Es spielte auch keine Rolle.

Einen Augenblick lang sagte niemand mehr ein Wort. Clara wartete auf Malin Schwirtz' Reaktion, doch die Altenpflegerin stand einfach da, neben der offenen Fahrertür des Renaults, und starrte sie an.

Wenn Blicke töten könnten, dachte Clara. *Dann wäre ich jetzt zumindest verletzt.*

Sie hatte ins Schwarze getroffen. Das sah und spürte sie. Mit jeder Faser ihres Körpers spürte sie es. Dabei vermochte sie gar nicht genau zu beschreiben, woher sie da eben die Gewissheit genommen hatte. Sie war einfach da gewesen, von einem Herzschlag auf den anderen. Aus kleinen Puzzleteilen und einem gesunden Instinkt hatte sich ein Gedanke geformt, der ihr sinnhaft erschienen war. Alles Weitere hatte sich dann aus dem Moment heraus ergeben – und aus dem Zorn, den sie in Malin Schwirtz' roten Wangen lesen konnte. In der Art, wie die Frau sie schweigend ansah.

»Sie können mir gar nichts!«, wiederholte die Altenpflegerin schließlich. Jede Silbe troff vor Verachtung. »Sie haben nichts außer *Geschichten*. Hören Sie? Absolut nichts. Und jetzt gehen Sie mir aus dem Weg, verflucht noch mal!«

Sie stieg wieder in den Renault und schlug die Tür so fest zu, dass es von den Betonwänden widerhallte. Dann startete sie den Motor und legte demonstrativ den Rückwärtsgang ein.

»Komm«, sagte Clara. Sanft nahm sie Jule am Ellbogen und zog sie zur Seite. »Geben wir ihr den Raum.«

»Aber …« Jule gehorchte verblüfft. »Der Einbruch? Der Mord? Alles, was du eben gesagt hast? Das stimmt, Mensch! Das seh ich der doch an!«

Die Pastorin nickte. »Sie ist die Einbrecherin von der Ferienwohnung. Aber Sie hat völlig recht: Niemand kann ihr das nachweisen, jedenfalls jetzt nicht. Und was den Mord angeht …«

Der Wagen setzte zurück. Reifen quietschten, als Malin Schwirtz abrupt bremste, den Gang wechselte und gleich wieder Gas gab. Dann hielt sie auf die Ausfahrt der Tiefgarage zu.

Clara war, als sähe sie durch die Heckscheibe, wie Frau Schwirtz Jule und ihr den Mittelfinger zeigte. Sicher konnte sie sich aber nicht sein. Das Licht der Neonröhren reichte nicht aus. »Da habe ich Zweifel«, beendete die Pastorin den begonnenen Satz. »Nach wie vor.«

»Im Ernst?« Jule klang fassungslos und deutete mit ausgestrecktem Arm hinter dem Wagen her. »Was brauchst du denn *noch*, Frau Detektivin?«

Das, was alle brauchen, dachte Clara Clüver. *Beweise.*

KAPITEL 25

Kalter Wind kam über die Trave. Die Boote am Flussufer schwankten im Takt des unruhigen Wassers. Tief fliegende Möwen krächzten Warnungen, während sich der Himmel über ihnen zusehends verdunkelte.

Clara ging in Richtung Promenade. Jule und sie hatten sich vor dem *Maritim* getrennt. Die Freundin wollte mit Sören telefonieren, um ihm von Malin Schwirtz' Abreise zu berichten, und Clara selbst …

Sie seufzte innerlich. *Ja, was will ich? Was, verflixt noch mal?*

Clara spürte, dass die Antworten jetzt nicht mehr fern sein konnten. Und doch kam sie sich fast so rat- und ahnungslos vor wie an dem tragischen Tag auf Jan Abels Terrasse, der ihr einfach nicht aus dem Kopf ging. Wie ein Reh im Scheinwerferlicht, das gar nicht wusste, was zu tun war.

Anja Dees, Clemens Dröscher, Linus Holste, Malin Schwirtz … Namen und Gesichter tanzten vor ihrem geistigen Auge in einem bizarren Karussell. Ihr war, als bräuchte sie nur die Hand auszustrecken und eines von ihnen zu packen. Als müsste sie bloß zugreifen, um es zum Ende zu führen. Doch wann? Wo? Welcher Name war der richtige? Und wie konnte sie es beweisen?

Die Pastorin hatte gerade die Fischbude vor Bengts Leuchtturm erreicht, als ein Ruf sie innehalten ließ.

»Clara!«

Trotz des Windes erkannte sie die Stimme sofort. Und die Kälte, die dabei über ihren Rücken zog, hatte absolut nichts mit dem nahenden Unwetter zu tun.

Stefan Faust trat neben dem Imbiss hervor, das Gesicht streng und anklagend. Er sah aus wie an dem Morgen auf Friekes Hof. Sein Hemd wirkte faltenfrei, der teure Anzug wie maßgeschneidert. In der Hand hielt er einen Pappbecher mit Kaffee, aus dem es leicht dampfte. Und natürlich hielt er ihn so, dass die Rolex zur Geltung kam.

»Da steckst du«, bemerkte er, als wären sie verabredet. »Ich wollte mit der nächsten Fähre rüber auf deine bescheuerte Halbinsel und dich suchen. Aber so ist es natürlich einfacher.«

»Nicht jetzt, Stefan«, erwiderte sie. Dabei hob sie abwehrend die Hand, nur um sie gleich wieder sinken zu lassen. »Nicht … Ach, *gar* nicht. Okay? Einfach gar nicht.«

Er schüttelte den Kopf. »Kommt überhaupt nicht infrage. Du schuldest mir eine Erklärung. Du …«

»Ich schulde dir nichts«, widersprach sie. »Wenn überhaupt, dann schuldest du mir eine Entschuldigung. Was fällt dir ein, hier ungefragt aufzukreuzen? Hast du den Verstand verloren?«

Er stand nun vor ihr, nur einen Schritt entfernt. Als er am Kaffee nippte, verzog er das Gesicht. »Glaub ja nicht, dass mir das leichtgefallen ist«, behauptete er. »Ich habe wochenlang gezögert. Ja, richtig gehört. Ich weiß schon eine ganze Weile, wo du dich versteckst. Aber ich hielt es für falsch herzukommen. Für jämmerlich – und das bin ich nicht.«

»Wohl wahr«, sagte sie ebenso brummend wie spöttisch. »Hau einfach ab. Einverstanden?«

»Lass mich ausreden«, wehrte er ungerührt ab. »Das ist das Mindeste, was ich nach alldem verdiene, Clara. Dass du mir wenigstens zuhörst, bis ich fertig bin. Dass ich es dir erklären kann.«

Clara hatte null Interesse an seinen Erklärungen. Dennoch blieb sie stehen. Das Reh schien einmal mehr ins Licht der Scheinwerfer geraten zu sein.

»Du machst einen Fehler«, sagte Stefan. Sein Tonfall war sachlich, sein Blick dennoch anklagend. »Du wirfst dein gesamtes Leben weg, Clara. All das, was du dir über Jahrzehnte aufgebaut hast. Deinen Platz in Wiesbaden, deine Arbeit in der Gemeinde …«

»Meinen Platz neben dir, meinst du wohl.«

Stefan fuhr einfach fort. »Und dann ausgerechnet hierfür? Von allen Orten der Welt nimmst du Travemünde? Clara, ich *weiß* doch, was der für dich bedeutet! Das ist Fritz-Country, das große No-Go. Ich könnte es ja vielleicht verstehen, wenn du es *richtig* angingst, aber das hier … Das musst du doch auch selbst erkennen. Das ist Irrsinn!«

Sie schnaubte, halb wütend und halb belustigt. »Das ist so typisch für dich, weißt du das? Ich habe dich monatelang nicht gesehen, aber du machst exakt da weiter, wo du aufgehört hast. Du erklärst mir, wie ich zu funktionieren habe. Du denkst, du kennst mich besser als ich selbst. Du …«

»Das ist doch lächerlich! Früher wärst du lieber gestorben, als nach Travemünde zu gehen. Du wolltest Wiesbaden, du genauso wie ich. Und wie stehe ich jetzt da? Hätte ich gewusst, dass …«

»Du kannst gar nicht anders, Stefan, oder?« Sie ließ ihn auch nicht ausreden. »Dass es andere Ansichten als deine geben könnte, andere Überzeugungen, das kommt dir gar nicht erst in den Sinn. Dass Menschen sich ändern können. Du hast ja recht, denkst du. Also können alle anderen nur falschliegen, wenn sie dir widersprechen.«

Er hob entrüstet die Brauen. »Clara.«

»Und dann ist es selbstverständlich bloß korrekt, wenn du sie korrigierst.« Sie verschränkte die Arme vor der Brust, und ihr Ton wurde noch schärfer. Aller Frust brach mit einem Mal aus ihr heraus wie Wasser aus einem porösen Damm. »Aber bist du je auf die Idee gekommen, dass du derjenige bist, der sich irrt? Dass ich sehr genau weiß, was ich tue und warum? Dass ich weg*wollte*? Weg von dir und dem ganzen Früher? Geht es in deinen Kopf, dass ich ausgerechnet hier sein möchte? Und dass es *hochgradig* gruselig ist, wenn mein Ex das nicht akzeptiert?«

Eine Fähre ließ ihr Horn erklingen. Zwei Rentnerpärchen spazierten mit laut kläffenden Hunden am Leuchtturm vorbei.

Stefan seufzte und stellte den Becher auf einer Mauer ab, die ihm knapp bis zur Hüfte ging. Dann sah er Clara mitleidig an.

»Ich will nicht ›gruselig‹ sein«, sagte er – sanfter als zuvor, dafür jedoch mit klar hörbaren Anführungszeichen. Mit kritischer Distanz. »Aber ich will dir helfen, wenn du Fehler machst. Du bist wichtig für mich, Clara. Das warst du immer, und das *weißt* du. Sag nicht, dass du das nicht weißt. Dein Leben wartet. Das hier …« Er breitete die Arme aus, deutete auf die Trave, den Turm, die ganze Lübecker Bucht. »Das bist nicht du. Du lügst dir doch in die Tasche, wenn du so tust, als wäre ausgerechnet Fritz-Country das Endziel. Dabei hatten wir alles, was …«

Plötzlich geschah es. Während er sprach – während er seine Anklage verlas –, streckte er ganz selbstverständlich den Arm nach ihr aus. Er bekam ihre Jacke zu fassen, und Clara zuckte instinktiv zurück.

Stefan riss die Augen auf, pures Unverständnis auf den Zügen. Einen Sekundenbruchteil später war Bengt da.

Sie wusste nicht, woher er gekommen war. Ihr Blick hatte auf Stefan geruht, auf der Hand an ihrem Jackenärmel und auf den arroganten Zügen ihres Ex-Freundes. Und mit einem Mal sah sie *ihn*.

»Moin«, sagte Bengt. Er schob sich zwischen Stefan und sie, mit absoluter Leichtigkeit und völlig selbstverständlich. Sein Tonfall war gelassen, aber das täuschte. Er wartete nur auf einen Funken.

»Ich glaube, du hast deinen Teil gesagt. Und ich glaube, du hast Clara gehört. Belassen wir's dabei, Mann.«

»Was?« Stefan lachte ungläubig. »Verflucht, wer sind *Sie* denn? Halten Sie sich gefälligst da raus. Wir führen hier gerade eine private Unterhaltung.«

»Ich glaube«, wiederholte Bengt nachdrücklicher, »wir belassen es dabei.« Dann griff er mit der gleichen Selbstverständlichkeit nach Claras Hand. Dieses Mal zuckte sie nicht zurück.

Stefan stutzte. Fragend blickte er die beiden an, dann wurden seine Augen groß.

»Komm gut nach Hause, Stefan«, hörte Clara sich sagen und wusste selbst nicht, wie sie es überhaupt noch konnte. »Und dann tu mir und dir einen großen Gefallen, ja? Bleib dort.«

Die Fähre hatte inzwischen an- und wieder abgelegt, fuhr mit neuen Passagieren zurück zum Priwallufer, wo die Viermastbark *PASSAT* dem Wind und den Wellen trotzte. Einmal mehr ließ sie ihr Horn erklingen, mahnend wie das Geschrei der Möwen.

Stefan trat einen Schritt zurück, dann noch einen. Schließlich nickte er, das Gesicht eine seltsame Mischung aus Begreifen und Bedauern. Aus Stolz, der im Sturm der Ostsee ertrank. »So«, murmelte er. Dann machte er auf dem Absatz kehrt, als steckte in diesen zwei Buchstaben ein ganzer Epilog, und ging davon – mit schnellen, festen Schritten.

Clara sah ihm nach, bis er hinter den Büschen verschwand, die ihr den Blick auf den Strandbahnhof raubten.

»Das«, bemerkte Bengt Hansen leise, »war also Stefan.«

Sie ließ seine Hand los. Und nahm ihn in die Arme.

Clara spürte seine Wärme an ihrer Brust, die Bartstoppeln an seinem Kinn an ihrer Stirn. Bengt riecht genau so, wie er ist, dachte sie. Herb wie die Küste und unbeirrt wie der alte Leuchtturm vor der Mole. Warum fiel ihr das jetzt erst auf? Sie mochte diesen Duft, mochte ihn sogar sehr.

»Alles in Ordnung, Clara?«, fragte Bengt, als sie sich nach einer kleinen Ewigkeit voneinander lösten. Grübchen waren auf seinen Wangen zu sehen – ganz klein, aber doch unverkennbar. »Ich wollte dir nicht dazwischenfunken oder so. Ich dachte nur, der Kerl geht zu weit.«

»Du hast richtig gedacht«, dankte sie ihm. »Und ich weiß, dass du nie …«

Sie unterbrach sich, riss plötzlich die Augen auf. Das Karussell hinter ihrer Stirn hatte sich erneut gedreht … und war dann stehen geblieben. Wie von selbst.

Bengt schaute sie fragend an. »Was hast du?«

»Es«, hauchte Clara. Es klang fassungslos und zugleich wie ein großes Geheimnis. »Bengt, verflixt noch mal: *Ich glaub, ich hab's!*«

KAPITEL 26

Der alte Golf gab alles. Jule saß am Steuer und hielt es so fest, dass ihre Knöchel weiß hervortraten. Dabei warf sie der auf dem Beifahrersitz wartenden Clara mehrfach unsichere Blicke zu.

»Im Ernst?«, fragte sie, während der Wagen die Ortsgrenze von Niendorf hinter sich ließ. »Versteh mich nicht falsch, ich lasse die Knirpse liebend gern bei Frieke. Aber du hast wirklich keinen Zweifel mehr?«

Clara sah aus dem Fenster und zu den Sturmwolken über der Ostsee. Die Baumwipfel am Straßenrand wogten langsam hin und her. Erste Blätter fielen auf die regennasse Fahrbahn, auf der sich das Licht der soeben angegangenen Laternen spiegelte.

»Na ja«, antwortete sie. »Ganz sicher wissen wir das erst, wenn wir es sehen. Doch ich halte es für sehr plausibel. Auf einmal ergibt das alles richtig viel Sinn.«

Das war sogar noch untertrieben. Clara staunte nach wie vor, wie sich das Puzzle plötzlich zusammengefügt hatte. Im einen Moment hatte sie sich noch so ratlos gefühlt wie am ersten Tag der Ermittlung, doch schon im nächsten hatte alles gepasst. Fast so, als wäre das Bild stets da gewesen.

War es auch, sagte sie sich. *Wir haben es nur nicht erkannt.*

Im Grunde musste sie Stefan beinahe dankbar sein. Ohne sein unerwartetes Auftauchen und seine unerträgliche Art hätte sie vielleicht nie die entscheidenden Schlüsse gezogen. Aber auch all den anderen Personen, die Jule und ihr im Laufe der vergangenen Tage kleine Hinweise mit auf den Weg gegeben hatten, war sie zu Dank verpflichtet. Sie hatten es unbewusst getan, ohne sich darüber im Klaren zu sein. Einzeln betrachtet, hatten alle diese Details auch kaum Gewicht. Nahm man sie aber zusammen und betrachtete sie dann auch noch aus der Perspektive, die Clara erst dank Stefan – ausgerechnet Stefan – sah …

Dann kommt das Schiff mit einem Mal in den Hafen, beendete sie den Gedanken. *Als hätte es nur auf das Lotsenlicht gewartet.*

Ihre Fingerkuppen kribbelten vor Nervosität. Sie war dem Ziel näher denn je. Zumindest hoffte sie es. »Aber wenn das jetzt *nicht* stimmt«, murmelte sie, »dann weiß ich auch nicht mehr.«

Jules Mundwinkel zuckten. »Das heißt ›falls‹, du Erbsenzähler. Schon vergessen? ›Falls‹, nicht ›wenn‹.«

Ja, dachte Clara und nickte so kräftig, als wollte sie sich selbst überzeugen. *Ganz genau. Falls.*

Das Wetter machte dem Berufsverkehr einen gehörigen Strich durch die Rechnung. Obwohl Feierabendzeit war, lag die Straße nach Scharbeutz nahezu verwaist vor den Freundinnen. Jule ließ sich weder von ihren mangelhaft arbeitenden Scheibenwischern noch von den herabgewehten Blättern irritieren. Eisern und tapfer hielt sie den Kurs, und nach wenigen weiteren Kilometern kam Scharbeutz in Sicht. Es endete dort, wo es begonnen hatte.

»Ich fahre zu Abel, einverstanden?«, fragte die Frau vom *Travemünder Boten.*

Sie hatte ihre Fotoausrüstung auf dem Rücksitz, nur für alle Fälle. Doch Clara wusste, dass ihr momentan nicht der Sinn nach Schlagzeilen und Auflagenstärke stand. Dafür blieb später noch Zeit. Wenn alles vorbei war.

Sofern es ein Später überhaupt gibt, dachte die Pastorin und verscheuchte das mulmige Gefühl in ihrer Magengrube, so gut sie nur konnte.

Sie fuhr zum ersten Mal zu einem Mörder. Bengt hatte angeboten, Jule und sie zu begleiten, doch sie hatte es abgelehnt. Jetzt bedauerte sie ihre Entscheidung. Brachte sie sich unnötig in Gefahr, wenn sie mit Tätern sprach? Brachte sie *Jule* in Gefahr?

Als Studentin an der Mainzer Johannes-Gutenberg-Universität hatte sie ein Semester lang mit dem Gedanken gespielt, in den Strafvollzug zu gehen. Als Gefängnisseelsorgerin, so ihre damalige Überlegung, war man doch sicher noch dichter dran an denjenigen, die christliche Nähe und Vergebung am dringendsten brauchten. Doch die Idee hatte sich nicht lange bei ihr festsetzen können. Nach reiflicher Überlegung – und dem einen oder anderen ebenso mahnenden wie manipulierendem Wort ihrer Mutter – hatte sie erkannt, dass Vergebung *überall* von Nöten war und man mit dem Helfen auch gleich vor der eigenen Haustür beginnen konnte.

Seitdem blieb sie Verbrechern in aller Regel fern. Sie verirrten sich eben nur selten ins Büro einer Biebricher Gemeindehelferin oder einer Pastorin von der Küste. Doch manchmal ging es nicht anders. Das hatte der Fall Erich Konstantin ihr eindrücklich bewiesen, und der Fall Jan Abel heftete sich gerade an seine Fersen. Koste es, was es wolle.

Der Strand von Scharbeutz war menschenleer. Verwaist ragten die Strandkörbe dem stürmischen Himmel entgegen. Auf der Seebrücke schwankte eine Laterne im Wind, und aufgepeitschtes Wasser schlug unten gegen die Stützpfeiler.

Jule hielt direkt auf Abels Straße zu. Das Tor zum Grundstück des verstorbenen Unternehmers stand offen, und sie bremste erst, als sie in seiner Einfahrt angekommen waren. Dann stellte sie den Motor ab.

In Abels Villa brannte Licht. Die Vorhänge waren schon zugezogen, aber durch einen breiten Spalt sah Clara es trotzdem.

»Bereit?«, fragte Jule.

Die Pastorin nickte, löste den Gurt und hielt dann doch noch kurz inne. »Und Sören weiß Bescheid? Ganz sicher?«

»Worauf du dich verlassen kannst«, antwortete Jule. »Ich bin überrascht, dass die Scharbeutzer Wache nicht schon mit Mann und Maus hier auf der Matte steht. Das kann sich nur noch um Minuten handeln, glaub mir.«

»Also dann«, sagte Clara. »Glauben hilft immer.«

Sie stiegen aus. Kalter Regen schlug ihnen ins Gesicht, und der Wind zerrte an ihrer Kleidung. Clara sah erneut zu *Secret Solutions* hinüber, Jan Abels Betontempel mit seinem Lügenfundament. Dann ging sie den Kiesweg zurück bis zur Straße. Denn eins hatte sie schon bei ihrer Anfahrt genau überprüft: Auch bei Carl Auerswald brannte Licht.

Die Haustür des Oberstudienrats stand einen Spalt offen. Clara sah es schon, als sie mit Jule in die Einfahrt trat, und der Anblick steigerte ihre innere Anspannung. Irgendetwas an diesem Bild stach ihr ins Herz, obwohl sie keine Erklärung dafür hatte. Die Hecken in Auerswalds Garten bogen sich dazu im Wind, und der streng gestutzte Rasen glitzerte regenfeucht im Licht, das aus den Fenstern der Villa fiel.

»Sollen wir trotzdem klingeln?«, fragte Jule, als sie an der Tür angekommen waren. Sie lauschten einen Augenblick. Jenseits der Schwelle schien sich nichts zu rühren. »Oder gehen wir rein?«

Clara schluckte, das unheilvolle Gefühl in ihrem Inneren stark wie nie zuvor. »Hallo?« Sie hob die Stimme. »Herr Auerswald, sind Sie zu Hause?«

Sie streckte die Hand nach dem Klingelknopf aus. Einen Sekundenbruchteil später hörte sie ein qualvolles Stöhnen. Es kam direkt aus dem Flur, oder? Sofort stieß sie die Tür weiter auf. Dann keuchte sie vor Schreck.

Carl Auerswald lag rücklings im Gang, gleich vor der Garderobe mit den Jacken und Hüten. Sein weißes Haar war in Unordnung, und kleine Blutflecken prangten auf seiner Weste. Auch sein Kopf, den er mit fahrigen Bewegungen betastete, war blutüberströmt. Eine frisch aussehende Wunde an seiner rechten Schläfe trug die Schuld daran.

»Um Himmels willen«, sagte Jule entsetzt.

Im Nu waren sie bei dem Verletzten. Auerswalds Blick war nicht minder fahrig als seine Bewegungen. Erst nach und nach schien er zu begreifen, dass jemand neben ihm kauerte.

»Was …«, murmelte er schwach. »Johanna …«

»Ganz ruhig«, bat Clara. »Wir sind es, Herr Auerswald. Clara Clüver und Jule Haberkamp. Wir kümmern uns um Sie. Das wird alles wieder gut.«

Sie war keine Medizinerin, aber man musste kein Experte sein, um zu erkennen, dass der Pensionär brutal geschlagen worden war. Irgendetwas Hartes und Festes hatte ihn an der Schläfe getroffen und ihm allem Anschein nach kurzzeitig die Sinne geraubt. Hatte er eine Gehirnerschütterung? Oder gar Schlimmeres? Er wirkte desorientiert und schien etwas sagen zu wollen, wenngleich sein Mund ihm nicht gehorchte.

»Wir könnten dazu aber ein paar Mullbinden gebrauchen«, fand Jule. Ihr gesunder Pragmatismus übernahm wieder das Ruder. »Und Pflaster und Desinfektionsmittel – und vor allem Sören! Verflucht, wo bleiben die denn?«

»Ich rufe einen Krankenwagen«, erklärte Clara. Sie zückte ihr Handy und wählte den Notruf. »Die sind im Nullkommanichts hier, Herr Auerswald. Haben Sie keine Angst. Und dann …«

Der Mann griff nach ihrem Arm. »N… Nein«, bat er. Sorge und Entsetzen lagen nun auf seinen Zügen. Sie wuchsen mit jeder Sekunde an, die er wieder zu sich fand. »Sie müssen … raus! Frau Clüver, Sie … müssen ihr nach!«

»Ihr?« Jule hatte den Kopf des Verletzten gehalten. Nun sah sie fragend auf und zurück zur offen stehenden Haustür. »Meinen Sie etwa …«

»Sie ist … da draußen.« Auerswald keuchte, stockte und setzte dann neu an. »Am Meer. Schnell, ich … flehe Sie an!«

Clara sprang auf. Mit einem Mal wusste sie, was Auerswald meinte. Und sie hoffte, dass sie noch nicht zu spät kamen.

Jule nahm einen Schal von der Garderobe und reichte ihn Auerswald, damit er ihn sich gegen die Wunde drückte. Gleichzeitig gab Clara ihm das Handy mit dem gewählten Notruf. Für den Moment musste das genügen. Dann rannten Jule und sie los, ohne ein einziges Wort. Es war alles gesagt. Sie ahnten offenbar beide, wohin die Reise ging.

Der Weg zum Strand war kurz und lag verlassen vor ihnen. Regenwasser sammelte sich in rasant wachsenden Pfützen, schlug Clara ins Gesicht und lief ihr in Bächen den Nacken hinunter. Nasses Gras und abgerissene Blätter klebten auf den Pfaden, die zum Sandstreifen führten. Ihre Blicke jagten hin und her, und ihr Atem stockte. Wo, verdammt? Wo?

Für einen Moment war der Pastorin, als hörte sie das Geräusch sich nähernder Polizeisirenen, doch der Eindruck verging so schnell, wie er gekommen war. Vermutlich hatte sie ihn sich nur eingebildet. Der Wind und der Donner eines beginnenden Gewitters übertönten ohnehin fast alles.

Jenseits der Küste endete die Welt, zumindest erweckte die Szenerie diesen Eindruck. Pechschwarze Wolken türmten sich über der aufgepeitschten See, und grelle Blitze zuckten zwischen ihnen auf, als wollten sie den Horizont verbrennen. Wassergewalten schlugen gegen die Pfeiler der Seebrücke, die mitten in dieses Chaos hineinzuführen schien. Es glich einem Wunder, dass das stolze Bauwerk nicht unter ihrem Angriff erzitterte.

»Wo?«, fragte Jule. Sie klang verzweifelt. »Ich sehe sie nicht, Clara. Sind wir hier etwa doch falsch?« Sie musste fast schon rufen, um in dem Tosen der Elemente Gehör zu finden. Dabei stand sie nur einen guten Schritt von Clara entfernt, am Beginn der Brücke, ratlos.

Die Pastorin schüttelte den Kopf. »Es ist ihr Lieblingsort, hat er gesagt«, erinnerte sie sich, kniff die Lider enger zusammen und sah wider bessere Hoffnung über das hölzerne Brückengeländer unter sich in die Fluten. »Da unten sehe ich nichts. Also muss sie noch immer hier oben sein, irgendwo.«

»Deinen Glauben möchte ich haben«, rief Jule. Traurig verzog sie das Gesicht.

»Die Seebrücke ist das logischste Ziel«, beharrte Clara. »Sie *ist* hier. Wir müssen sie nur finden.«

Die Brücke wirkte vollkommen verlassen. Niemand spazierte bei diesem Wetter mehr auf ihr, die Aussichtsbänke waren verwaist. Selbst das kleine Café an ihrem hinteren Ende war dunkel und geschlossen. Es wirkte wie die letzte Bastion vor dem Weltuntergang.

»Dahinter!«, begriff Clara. »Sie kann nur noch hinter dem Café sein. Wo man sie nicht sieht.« Zumindest hoffte sie es. Es war die einzig verbliebene Option. Alles andere wäre eine Tragödie.

Jule und sie liefen weiter. So schnell sie nur konnten, eilten sie die Brücke hinauf und dem anderen Ende entgegen. Die Holzbohlen unter ihren Schuhen waren glitschig, und der salzige Wind, der hier draußen restlos ungehindert von der Seite hereinwehen konnte, riss sie ebenfalls fast von den Beinen. Doch sie gaben nicht auf. Sie durften nicht versagen!

Hoffentlich, betete Clara in Gedanken. *Hoffentlich kommen wir noch rechtzeitig! Gib, dass wir nicht zu spät sind!*

Als sie das verlassene Café erreichten, troffen ihre Kleider vor Nässe. Eiskalter Regen schlug ihnen entgegen, scharf und gnadenlos. Donner hallte über der See, die ihm abermals mit wildem Tosen antwortete. Clara schmeckte die Gischt regelrecht auf den

Lippen und roch die ungezügelte Gewalt der Natur in der Luft. Endzeit.

Dann sah sie sie. Johanna Auerswald stand auf dem Brückengeländer und wandte dem Rest der Welt den Rücken zu. Das sonst so sorgsam frisierte Haar klebte ihr am Kopf, das weite Kleid am Körper. Sie schwankte unter der Gewalt des Windes und hielt die Arme dabei leicht ausgestreckt, um auf dem schmalen Holz die Balance zu halten. Ein Jagdgewehr lehnte neben ihr am Geländer, achtlos abgestellt. Clara ahnte, dass Johanna Auerswald mit dieser Waffe ihren Gatten niedergeschlagen hatte. Und vermutlich nicht nur das.

»Frau Auerswald!«, rief Jule. »Frau Auerswald!«

Keine Reaktion. Jule streckte schon den Arm nach der Rentnerin aus, doch Clara hielt sie zurück. Sie durften die Frau jetzt nicht erschrecken. Jeder Fehler konnte das Ende bedeuten, auf das Johanna Auerswald es ohnehin anzulegen schien.

Aber noch gibt es eine Chance, wusste die Pastorin. *Ihre ausgestreckten Arme beweisen es. Und die Tatsache, dass sie noch immer hier steht.*

Statt nach Frau Auerswald zu greifen, trat Clara daher neben sie. Sie stieg auf den unteren Querbalken des Geländers und hielt sich mit beiden Händen am oberen Balken fest, gleich neben den Füßen der anderen Frau. Dann sah sie zu ihr auf.

»Frau Auerswald«, sagte sie laut und dennoch, wie sie inständig hoffte, so sanft, wie sie nur konnte. »Ich bin es, Clara Clüver. Lassen Sie uns reden.«

Endlich registrierte Johanna Auerswald sie. Die Rentnerin aus Scharbeutz hatte die Augen geschlossen gehabt, öffnete sie nun und drehte dabei den Kopf zur Seite, die Stirn gerunzelt. »Frau … Pastorin?«

Clara nickte. »Ich will Ihnen helfen, Frau Auerswald. Wir alle wollen das. Geben Sie uns die Chance, bitte.«

»Gehen Sie!«, drohte die Ältere. Sie schwankte nun stärker, und ihr Gesichtsausdruck verfinsterte sich fast so sehr wie der Horizont. Regen lief ihr über das Gesicht. »Das hier betrifft Sie nicht. Sie verstehen das nicht.«

»Ich verstehe es sogar sehr gut«, widersprach Clara sanft. »Und es betrifft mich mehr, als Sie vielleicht glauben. Ihre Seele wurde verletzt, Frau Auerswald. Tief verletzt, tiefer als selbst Ihr Mann dachte. Und Seelen sind mein Metier. Kommen Sie. Lassen Sie uns darüber sprechen. Lassen Sie mich helfen, bitte. Geben Sie mir die Chance … und sich.«

Darauf lief es hinaus, oder? Alles an dieser Situation bewies es, weit eindrücklicher als jeder Fingerabdruck oder DNA-Abgleich. Das hier war ein Geständnis, ob Johanna Auerswald es wollte oder nicht. Blieb nur die Frage, wie es enden würde.

Noch hat es aber nicht geendet, dachte Clara. Die Hoffnung gab ihr Mut. *Noch ist die Zukunft ungeschrieben. Hilf mir!*

»Erklären Sie es mir«, bat sie wieder. »Ginge das? Ich sehe die Zusammenhänge jetzt, doch ich kann Ihnen weit besser helfen, wenn Sie es mir mit Ihren eigenen Worten schildern. Ich will Ihren Schmerz begreifen, nicht die Sicht der anderen.«

»Einen Dreck sehen Sie!«, spie die alte Frau plötzlich aus. Doch Clara erkannte nun die Tränen auf ihren Wangen, die sich zwischen den Regen mischten. Die Angst vor dem eigenen Schicksal. »Gehen Sie, oder ich springe.«

»Das wollen Sie nicht, Frau Auerswald«, erwiderte Clara. Großer Gott, wie redete man mit so verzweifelten, hoffnungslosen Menschen? Wie in aller Welt hielt man sie auf? »Und Sie müssen es nicht. Es gibt Alternativen. Immer. Wir können es ändern, zusammen!«

»Er …« Die Rentnerin stockte. Das war gut, sogar sehr gut. »Er weiß es. Seit der Beerdigung, sagt er. Seit er gesehen hat, wie ich auf den Sarg im Grab gespuckt habe.«

Clara hob eine Braue. Das Detail war selbst ihr entgangen. Eine schöne Detektivin war sie!

»Er hat es gesehen«, fuhr Johanna Auerswald fort, »und plötzlich diese fixe Idee gehabt. Diesen Einfall. Als wir wieder zu Hause waren, ist er gleich zu seinem Schrank gegangen. Im Keller, verstehen Sie? Wo er schon immer diese elende Jagdausrüstung aufbewahrt. Er hat sie seit Monaten nicht mehr benutzt, ja, nicht einmal angesehen oder angefasst. Und ausgerechnet jetzt sieht er danach? Meinetwegen?«

Clara verstand. »Er hat die Lücke gesehen, oder? Die Stelle, an der das eine Gewehr fehlte.«

»Ich hatte es nie zurückgestellt«, bestätigte Johanna Auerswald. »Es war doch ein Beweis, und Beweise muss man verstecken. Sonst führt das nur zu Problemen. Die anderen verstehen es ja nicht. Niemand kann das verstehen, auch Sie nicht, Frau Clüver. Sie kennen das Gefühl nicht.« Sie schwieg einen Moment lang.

Clara wagte einen schnellen Blick zu Jule, die mit fassungsloser Miene auf der anderen Seite der alten Frau stand. Auch sie hörte aufmerksam zu. »Was ist dann passiert?«, fragte Clara. »Frau Auerswald, wie ging es weiter?« Sie ahnte die Antwort, doch solange Johanna Auerswald redete, tat sie nichts Schlimmeres. Sie mussten Zeit gewinnen. »Hat er Sie damit konfrontiert? Dass da ein Gewehr fehlte?«

Die Rentnerin nickte. Neue Tränen kamen. Gleichzeitig mischten sich verletzter Stolz und ein Anflug von Reue in ihren Tonfall. »Die Polizei hatte es nie bemerkt. Obwohl sie uns danach fragte, direkt nach Abels Tod. Carl gab den Beamten damals sogar den Schlüssel zum Jagdschrank, und trotzdem fiel es niemandem auf. Erst jetzt, als er selbst nachschaute, kam er darauf. Und er ahnte, was passiert war.«

»Sie hatten die Waffe genommen«, sagte Clara. »Am Montag. Wegen Abel.«

»Nein«, erwiderte Auerswald leise und doch hörbar. »Wegen ihr, nicht ihm. Wegen Rosalie.«

Ihr Blick ging dabei in die wolkenverhangene Leere über der See, verlor sich irgendwo in dem Sturm, der in gewisser Weise auch in ihrem Inneren wüten musste. Seit Langem schon, wie Clara ahnte.

»Sie wusste von Malin Schwirtz, oder?«, hakte die Pastorin nach. »Von der Frau, die seit Tagen durch ihre Straße schlich.«

»Wie sollte sie nicht?« Johanna Auerswald schnaubte. »*Jeder* konnte die sehen. Ich habe mich auch gefragt, was die hier will und wen die sucht. Aber darauf? Nein, darauf wäre ich nicht gekommen. Rosalie schon.«

Clara wartete kurz. Sie spürte, dass mehr kommen würde, wenn sie der Frau die Zeit dafür ließ. Und sie betete zum Himmel, dass die Polizei endlich eintraf. Was hielt sie nur auf?

»Sie hatte natürlich einen Verdacht«, fuhr Johanna Auerswald fort. »Sie hat ihn geliebt, aber sie ist deshalb weder blind noch dumm. Den Verdacht gestand sie mir vergangenes Wochenende unter Tränen. Da hatte sie ihn gerade klipp und klar darauf angesprochen und kam weinend in den Garten gelaufen. ›Kennst du die Frau vielleicht näher?‹, so hatte sie ihn gefragt.«

»Und wie hat er reagiert?«, fragte Clara. Die Information war ihr neu und der Kriminalpolizei vermutlich ebenfalls. Dennoch entsprach sie Claras Vermutungen.

Frau Auerswald reckte das Kinn vor. »Abel? Der arrogante Kerl hat nicht einmal gelogen. Gelacht hat er, laut und spöttisch gelacht. Mit einer Nonchalance, die ihresgleichen suchte. Er hat zu Rosalie gesagt, er hätte ihr nie einen Grund für derartige Verdächtigungen gegeben. Wann immer er auf Geschäftsreise war, hätte sie ausreichend Nachweise erhalten. Darüber, wo er sich aufhielt und was er da tat. Belege für seine Behauptungen. Das, so hat er gesagt, würde ja wohl ausreichen.«

Ein bitteres Schnauben folgte. Erst danach fuhr die ältere Frau fort. Neue Tränen traten in ihre Augen und vermischten sich mit den Regentropfen auf ihren Wangen. »Zugegeben: Ich war nicht dabei. Aber so hat Rosalie es mir erzählt. Und geben Sie es zu, Frau Clüver: Das ist *inakzeptabel*! So geht man nicht mit anderen Leuten um. Schon gar nicht mit der eigenen Frau!«

»Er hat seine eigene Ehefrau mit den gleichen Lügen abgespeist wie die Angehörigen seiner Klienten«, verstand Clara. »Und war auch noch stolz darauf.«

Johanna Auerswald nickte. »Diese Schwirtz sei vermutlich nur die Spitze des Eisbergs, hat Rosalie geglaubt. Die Einzige, die ihm bis vor die Haustür nachgereist sei, aber vielleicht nicht die Letzte. Eine offensichtliche Schande.«

Und doch hat sie uns gegenüber von der großen Liebe gesprochen, dachte Clara. *Als wir uns mit ihr unterhielten, bei Auerswalds im Wohnzimmer. Wahrscheinlich, weil auch das stimmt. Man kann Mistkerle lieben. Das weiß ich genau.*

Sie musste erneut an Elena Bach denken, an das, was sie an dem Morgen auf dem Golfplatz gesagt hatte. Und daran, dass man solche »Mistkerle« überall finden konnte, wenn man es darauf anlegte.

»Sie wurden ebenfalls mal betrogen, richtig?«, fragte Clara sanft. Dabei kam sie vorsichtig einen winzigen Schritt näher. »Von Ihrem eigenen Mann, von Carl.«

Wieder ein Schnauben, noch bitterer als zuvor. »Das ist lange her.«

»Aber es hinterließ Wunden«, hakte sie nach. »Und nicht alle Wunden heilen schnell.«

Johanna Auerswald sah wieder aufs Wasser hinaus. Der Sturm riss an ihrem Haar und dem Kleid, doch sie hielt sich.

»Manche«, fuhr Clara fort, »heilen sogar nie, oder? Nicht ganz.«

Donner hallte über die See. Der Regen prasselte auf die Brücke. Irgendwo heulte eine Sirene.

»Er hat es immer abgestritten«, sagte Frau Auerswald schließlich. Abermals leise, und dennoch klar zu verstehen. »Jedes einzelne Mal. Aber ich bin nicht dumm, Frau Clüver. Ich wusste es. Ich sah es, wenn wir seinen Schülerinnen beim Einkaufen begegneten. Ich sah, wie diese ahnungslosen Backfische meinen Carl anschauten, wie sie hinter seinem Rücken tuschelten. Und ich sah, wie unangenehm ihm das war, wenn er annahm, dass ich es bemerken könnte. Da war mir klar, was lief. Jeder Frau wäre das klar gewesen. Zumal es nie richtig aufhörte, Frau Clüver. Nicht für mich. Erst mit der Rente, als die Schule Vergangenheit war, gab es kein neues Getuschel mehr.«

»Und obwohl Sie es wussten, haben Sie ihn nie verlassen?«

»Ich bitte Sie!« Johanna Auerswald verzog das Gesicht. »Das tut man nicht. Das wusste auch Rosalie, glaube ich. Und Sie als Pastorin kennen die Regeln ja ebenfalls: Bis dass der Tod euch scheidet.«

»Es gibt auch andere Regeln«, hielt Clara dagegen. »Die handeln von Treue und Achtung. Aber Carl war Ihnen nicht treu, zumindest damals nicht.«

Nun sah die Alte zu ihr. »Und genau deswegen«, erwiderte sie mit einigem Nachdruck, »wollte ich das nicht! Nicht für Rosalie!« Sie straffte die Schultern. »Das ist so ein nettes Mädchen, immer schon gewesen. So offen und freundlich. Ich kenne sie seit ihrer Kindheit. Ich weiß, dass sie das nicht verdient hat. Und er? Für Abel war der Rest der Welt nur ein Spielzeug. Der hat nichts und niemanden respektiert außer sich selbst. Der nahm sich, was immer er brauchte, und warf weg, was ihm nicht wertvoll erschien. Das hat den alles nie interessiert, nie gekümmert. Rücksicht auf andere? Warum denn? Rücksicht war für den unnötiger Aufwand. So ticken diese Typen doch, oder nicht? Wenn jeder an sich denkt, ist an alle gedacht. Warum soll man dann Rücksicht nehmen?«

Wieder ein Donnerhall. Clara fuhr sich mit der Hand durchs Gesicht, um den Regen abzuwischen. Es half wenig.

»Diese Arroganz, Frau Clüver!«, fuhr Frau Auerswald auf. »Die können Sie sich nicht vorstellen. Diese ständige Arroganz vor der eigenen Haustür. Ich habe den Abel nie gemocht, und dann … Als diese Frau plötzlich auftauchte und Rosalie weinend am Gartenzaun stand …«

Da haben Sie gehandelt, beendete Clara den Satz in Gedanken. *Einfach einmal reagiert.*

Schmerz schlug Wunden, so simpel war das. Und manchmal, das wusste sie sehr genau, sah man sie erst nach einer ganzen Weile. Nichts geschah im Vakuum, und nichts blieb ohne Spuren.

Clara sah die Frau auf dem Brückengeländer an und streckte die Hand nach ihr aus, langsam und einladend. »Kommen Sie, Frau Auerswald«, bat sie sanft. »Kommen Sie zu mir herunter, und lassen Sie mich helfen. Bitte.«

Die Angesprochene zögerte kurz. Dann folgte sie der Aufforderung.

Erleichterung flutete Claras Geist und Körper. Sie schickte ein stummes Dankgebet in den Äther und spürte, wie sich ihre angespannten Nackenmuskeln allmählich lösten.

Dann riss Johanna Auerswald plötzlich das Gewehr in die Höhe.

Es ging ganz schnell. Im einen Moment stieg die andere Frau noch vorsichtig von dem Brückengeländer, im nächsten hielt sie die wartende Tatwaffe auch schon in den Händen. Dann schaltete die ganze Welt in Zeitlupe.

Der Lauf des mattschwarzen Gewehrs zeigte auf Clara, und ihr Herz setzte einen Schlag aus. Johanna Auerswald war keine Jägerin, das stand außer Frage. Aber für einen Schuss aus so geringer Distanz musste man bestimmt keine Expertin sein. Dass solch eine Kugel traf, hatte schon Jan Abels Schicksal deutlich unterstrichen.

Erschrocken riss Clara die Augen auf. Ihr Atem stockte, und

binnen eines einzigen Augenblicks wich die Erleichterung in ihren Gliedern einer Eiseskälte, die nichts mit dem Sturm und der Weite der Ostsee zu tun hatte. Sie sah die Verzweiflung in Johanna Auerswalds Blick, spürte ihren Schmerz und wusste mit einem Mal wieder, dass hier alles möglich war – auch die totale Katastrophe.

Dann hechtete Jule vor. Die Freundin hatte noch immer auf Frau Auerswalds anderer Seite gestanden und war sicher so perplex wie Clara gewesen, als die Rentnerin plötzlich zum Gewehr gegriffen hatte. Doch sie schüttelte die Schockstarre offenbar deutlich schneller ab. Jule warf sich gegen die andere Frau und brachte diese aus dem Gleichgewicht.

Einen Viertelherzschlag später fiel der Schuss.

Clara spürte den Luftzug an ihrem Ohr. Sie hatte sich zwar geduckt, just in dem Moment, als Jule die Initiative ergriff, doch die Kugel hätte sie sicher getroffen. Dass sie danebenging, verdankte sie allein der Tatsache, dass Johanna Auerswald unter der Wucht des Aufpralls die Balance verloren hatte.

Jule riss der Älteren die Waffe aus den Händen und warf sie mit Wucht hinter sich. Das Gewehr landete polternd irgendwo auf den regennassen Bohlen der Brücke.

Und Johanna Auerswald begann zu weinen. So heftig, als brächen alle aufgestauten Verletzungen der Vergangenheit mit einem Mal aus ihr hervor. Sie ließ die Arme sinken, und ihre Knie verloren den Halt. Von einem Augenblick auf den anderen sackte sie in sich zusammen.

Clara sprang vom Brückengeländer und kam gerade noch rechtzeitig, um ihren Fall ein wenig abzufedern. Auch Jule griff sofort nach den Armen der älteren Frau.

»Ganz ruhig.« Clara staunte selbst, wie wenig ihre Stimme zitterte. »Ganz ruhig, Frau Auerswald. Haben Sie keine Angst. Es ist geschafft. Jetzt ist es vorbei.« Dann sah sie zu Jule, schluckte und hauchte der Freundin ein lautloses Danke entgegen.

Keine zwei Sekunden darauf kamen Sören und fünf weitere Polizisten um die Ecke des geschlossenen Aussichtscafés gerannt. Die Beamten – sogar Sören – hatten Pistolen in den Händen. Carl Auerswald folgte ihnen, wenn auch deutlich langsamer. Er stützte sich dabei auf einen Regenschirm und weinte kaum weniger unkontrolliert als seine Gattin, die Clara gerade fest in die Arme nahm.

KAPITEL 27

Über dem Pötenitzer Wiek ging die Sonne eines neuen Morgens auf. Am Himmel, an dem sich die Sturmwolken schon vor Stunden verzogen hatten, drehten Möwen ihre Kreise. Zwei verirrte Libellen flatterten durch die Luft, die angenehm frisch und sauber wirkte.

»*Home, sweet home*«, murmelte Clara Clüver und stieg aus der geöffneten Beifahrertür. »Das wurde auch Zeit.«

Jule sah sie über das Dach des Golfs hinweg an. Die Freundin hatte Ringe unter den Augen, und ihr Lächeln war so erschöpft, wie Clara sich fühlte. »Kommst du dir auch so vor, als hättest du eine Nacht im Polizeipräsidium verbracht? *Nachdem* jemand versucht hat, dich zu erschießen? *Und* du einen Mordfall aufgeklärt hast?«

»Seltsam, oder?«, sagte Clara und zwinkerte der Freundin zu.

Jule nickte. »Hochgradig seltsam.« Dann seufzte sie.

Die beiden Frauen waren gerade aus Lübeck zurückgekehrt. Dort – in Sörens Abteilung – hatten sie ihre Aussagen zu Protokoll gegeben und zugesehen, wie die Beamtinnen und Beamten der Kripo sich um das Ehepaar Auerswald gekümmert hatten.

Über eine Stunde lang hatte Clara mit den beiden aufgelösten Pensionären aus Scharbeutz zusammengesessen, ihnen zugehört und war ihnen nach Kräften Halt und Stütze gewesen. Es war ihr nicht immer gelungen, das wusste sie. Aber es hatte einen Unterschied bewirkt, auch für sie selbst. Es half.

Den Rest der Nacht hatte Sörens Truppe sich um alles Übrige gekümmert. Telefonate waren geführt, Fotos geschossen worden. Beamte der Scharbeutzer Wache hatten die Villa des Lehrerehepaars auf links gedreht und waren vermutlich immer noch dort. Seelsorger und Psychologen hatten sich um Rosalie Lücke gekümmert. Clara und Jule hatten an alldem keinen Anteil gehabt. Im Grunde hatten sie nur noch reagieren müssen – auf all die Fragen und Aufforderungen der Lübecker Beamten um Sören Haberkamp, auf das Lob und auch den Tadel.

»Ihr seid wahnsinnig, wisst ihr das?«, hatte Jules Ex-Mann geschimpft. »Verflucht, warum wartet ihr denn nicht auf uns? Mit ein wenig Pech könntet ihr jetzt tot sein!«

»Mit ein wenig Pech«, hatte Jule ihm gelassen erwidert, »wäre Frau Auerswald jetzt tot. Wir haben das verhindert. *Clara* hat es verhindert. So einfach ist das.«

Dem hatte selbst Kommissar Haberkamp nichts entgegensetzen können. Es stimmte natürlich: Die Sache war riskant gewesen. Aber die Zeit hatte nun einmal gedrängt, und es war immer das Richtige, einer leidenden Seele zu helfen. Clara bereute nichts.

Wir haben ein Leben gerettet, dachte die Pastorin nun und blinzelte ins junge Sonnenlicht. *Nicht vor der Schuld und auch nicht vor der Vergangenheit. Aber davor, dass aus altem Schmerz noch mehr Schmerz wird. Wir haben es beendet, so gut es eben noch ging.*

Sie würde für die Auerswalds beten, das war ihr klar. Und vielleicht würde sie den Rest ihrer Gemeinde ebenfalls dazu einladen. Selbstverständlich hatte Johanna Auerswald die Haftstrafe verdient, die ihr nun bevorstand. Und natürlich hatte sie Schuld auf sich geladen, die kein Gericht und kein Urteil der Welt je ungeschehen machen konnte.

»Aber ›Vergebung‹ kommt von ›geben‹«, flüsterte die Pastorin, kurz verloren in den eigenen Gedanken. »Und das *können* wir ihr geben. Wenigstens das.«

Jule gähnte herzhaft und hielt sich eine Faust vor den Mund. Der Schlüsselbund zwischen ihren Fingern klimperte bei der Bewegung. »Was murmelst du da?«, fragte sie.

»Nichts Wichtiges«, antwortete Clara. »Lass uns reingehen, einverstanden? Nach Frieke und der Rasselbande sehen, bevor wir wieder losmüssen.«

Die Buchhändlerin hatte die Kinder am vergangenen Abend kurzerhand mit nach Hause genommen. Lea und Timo waren begeistert über das spontane Abenteuer gewesen. Das hatte Frieke am Vorabend am Telefon erzählt. Insbesondere über die Spaghetti, die sie ihnen versprochen hatte, und natürlich über Rufus, der die Nacht über bestimmt bei ihnen und ihren mitgebrachten Schlafsäcken ausharren würde.

»Rufus liebt Gesellschaft«, hatte Frieke am Telefon gesagt. Und selbst Clara, die während des Gesprächs neben Jule gewartet hatte, hatte gehört, wie die Rasselbande im Hintergrund fröhlich jubelte.

Jule und sie hatten Friekes Haustür fast erreicht, als diese aufschwang und die Buchhändlerin auf den Hof trat. Frieke Kroon wirkte trotz der frühen Stunde bereits ausgeruht und wach. Sie trug einen blau-weiß gestreiften Pullover modischen Schnitts, dazu eine dunkle Hose. Statt einer Begrüßung nahm sie Clara einfach in die Arme, danach auch Jule.

»Ihr macht ja Sachen«, sagte sie, als sie sich wieder voneinander lösten. »Menschenskinder!«

»Es ist vorbei«, erwiderte Clara. »Das ist das Wichtigste.«

»Frau Auerswald hat der Kripo alles gestanden«, fügte Jule hinzu und gähnte abermals. »Ihr Mann wusste bis zu der Beerdigung gestern Nachmittag von nichts, und auch Rosalie Lücke hatte wohl keinen blassen Schimmer, wer hinter der Tat steckt.«

»Und diese Malin Schwirtz aus Eltville hatte nichts mit dem Mord zu tun?«, staunte Frieke.

Clara schüttelte den Kopf. »Sören sagt, die Polizei in Eltville hätte sie zu Hause gleich in Empfang genommen. Man ermittelt jetzt wegen Einbruchs und Körperverletzung gegen sie, aber nicht wegen Mordes.«

»Auch Sörens Verdacht mit Lücke und dem Hinterausgang im *OstseeBeach* hat sich erledigt«, wusste Jule. »Jan Abels Witwe war zur Tatzeit da, wie sie immer behauptet hat. Nicht jeder Mensch lügt.«

Ja, dachte Clara. *Definitiv nicht jeder.*

»Na ja.« Frieke lächelte. »Dann kommt mal rein. Ich habe Tee aufgesetzt, und ein gewisser Jemand war auch schon Brötchen für uns holen.«

Fragend hob Clara eine Braue. Erst als sie Frieke in die gemütliche Küche folgten, wo der Tisch üppig gedeckt war und es köstlich nach Tee duftete, verstand sie. Bengt Hansen stand mit dem Rücken an den Kühlschrank gelehnt da, ein leises Lächeln auf den Lippen. Clara sah ihn, lief los und schloss ihn wortlos in die Arme. Ohne nachzudenken, ohne zu zögern.

»Hey«, raunte er ihr zu. Dabei strich er ihr sanft über den Rücken und hielt sie fest. »Guten Morgen.«

»Moin«, sagte sie, als sie sich endlich imstande fühlte, ihn wieder loszulassen. »Das heißt ›Moin‹. Bei uns hier oben.«

Bengt nickte, und sein Lächeln wuchs. »Aber so was von.«

Die nächste Stunde verbrachten sie alle zusammen an Friekes Tisch. Während die Rasselbande noch immer schlief, gönnten die vier Erwachsenen sich ein Frühstück mit allem Pipapo. Erst jetzt merkte Clara, wie hungrig sie war. Der Käse, der Aufschnitt und vor allem die Marmeladen schmeckten hervorragend. Die frischen Backwaren, die Bengt beim *Junge* am Strandbahnhof besorgt hatte, der morgens stets als Erster öffnete, ließen ebenfalls keinen Wunsch offen. Draußen vor den Fenstern wurde es heller, während sie aßen, und nach einer Weile tapsten auch Jules Kinder verschlafen in die Küche, flankiert vom treuen Labrador.

Jule drückte die beiden, als hätten sie einander ewig nicht gesehen, und hörte erst auf, als Timo sich beschwerte.

»Mama«, maulte der Achtjährige. »Lass den Quatsch. Ich bin doch kein Baby mehr.«

Clara schmunzelte. Mit völliger Selbstverständlichkeit hatte sie sich neben Bengt gesetzt. Und mit der gleichen Selbstverständlichkeit schien er seitdem nach ihrer Hand zu greifen, immer und immer wieder.

»Wo wart ihr eigentlich?«, wollte Lea wissen. Sie nahm bereitwillig auf Friekes Schoß Platz und biss herzhaft in eine mit Käse und Gurkenscheiben belegte Brötchenhälfte, die sie kurzerhand vom Teller ihrer Mutter stibitzt hatte. »Bei Papa in Lübeck?«

»Ja.« Jule zwinkerte ihr zu. »Clara und ich haben Papa ein bisschen bei der Arbeit geholfen.«

»Schon wieder?«, brummte Timo.

Nun musste auch Frieke lachen. »Jetzt sei gnädig mit deiner alten Mutter«, sagte sie. »Jule hat sich die ganze Nacht um die Ohren geschlagen, um Sören zu unterstützen.«

»Was dringend nötig war«, murmelte Bengt.

»Und jetzt«, erklärte die Frau vom *Travemünder Boten*, »seid ihr an der Reihe: Es wird schnell gefrühstückt, hört ihr? Danach geht ihr Zähne putzen, und dann fahre ich euch zur Schule.«

»Schule?« Lea riss entsetzt die Augen auf. »Aber du hast doch gar nicht geschlafen, Mama.«

»Ich muss da ja auch nicht hin«, erwiderte Jule. »Sondern ihr. In genau einer Dreiviertelstunde. Also hopp, hopp, Herrschaften.«

»*No rest for the wicked*«, sagte Bengt amüsiert. Den Bösen keine Pause.

»Der Gegenseite aber auch nicht«, erwiderte Clara mit einem herzhaften Gähnen. »Ich muss heute dringend ins Büro. Andernfalls schreibt Frau Boehring meine Stelle neu aus, so selten, wie die mich in dieser Woche zu Gesicht bekommen hat. Und der Direktorin der Rasselbande schulde ich auch einen Anruf. Immerhin habe ich ihr Pastor Kruse zugemutet, wo sie Pastorin Clüver erwartet hat.«

»Die hatte aber wirklich Besseres zu tun«, fand Bengt. »Mörder fangen und so.«

»Was nach wie vor nicht ihr Job ist«, betonte Clara. Doch auch sie sagte es mit einem Augenzwinkern. »Danke, übrigens.«

Der Nordmann stutzte. »Wofür?«

Sie musste an sein offenes Ohr in den letzten Tagen denken. An die Stütze, die er ihr gewesen war – auch wenn sie selbst gar nicht gemerkt hatte, dass sie eine solche brauchte. Und daran, wie er mit Stefan umgegangen war.

Wir können auch anders, wenn wir uns endlich mal trauen, dachte sie. *Das hast du bewiesen.*

Clara war keine Hellseherin, aber sie kannte Stefan Faust. Als Bengt am Vortag zu ihr und dem Mann aus Wiesbaden getreten war – so entschieden und klar –, da hatte Stefan begriffen, dass es vorbei war. Dass er es nicht mehr »drehen« konnte und dass Clara *tatsächlich* neu angefangen hatte. Neu … und gut.

Er hat es endlich kapiert, dachte sie. *Besser spät als nie.*

»Wofür?« Sie lächelte, beugte sich vor und gab Bengt einen Kuss. »Genau dafür. Und dafür, dass nicht *alle* Nordmänner lügen.«

»Was das angeht«, meldete Frieke sich zu Wort. Sie hatte gerade am Tee genippt, ließ die Tasse nun jedoch sinken. »Ich glaube, da schulden Bengt und ich dir noch ein ziemlich großes Geständnis.«

Die Briefe lagen auf dem Tisch. Frieke hatte sie aus einer Küchenschublade geholt, den ganzen Stapel aus Fritz' Hütte am Steilufer. Clara starrte den kleinen Stapel an, als könnte er sie beißen.

»Bengt hat mir davon erzählt«, gestand Frieke. »Im Gegensatz zu dir. Er wusste, wie schwer die Dinger dir auf der Seele liegen.«

Fragend sah Clara zu ihm. Sie war ihm nicht böse, ganz im Gegenteil. Jetzt war es endlich raus. Jetzt wusste auch Frieke über den Fund Bescheid – und über die Wahrheit. Sie selbst hatte das bisher nie über sich gebracht.

»Ich dachte, es hilft vielleicht«, erklärte Bengt. »Tut mir leid. Das war dumm von mir.«

»Nein«, widersprach sie aufrichtig und nahm seine Hand. »Nein, das war es nicht.«

»Und *weil* es das nicht war«, betonte die Buchhändlerin, »darf auch ich nun mal Detektivin spielen. Clara, du denkst jetzt, dass dein Vater eine Familie neben deiner eigenen hatte. Kinder, von denen du noch nie gehört hast. Richtig?«

Sie nickte. »Ich wollte dir von den Briefen erzählen. Ich ... Ich fand nur nicht den Mut dazu. Dein Fritz ist anders als mein Fritz, und irgendwie hat sich das nie ergeben. Vielleicht habe ich es auch einfach nicht übers Herz gebracht.«

Frieke lächelte verständnisvoll. »Ich war zunächst auch verwirrt, das gebe ich zu. Was Bengt da sagte, ergab für mich keinen Sinn, denn es passte nicht zu dem Mann, den ich kannte.«

»Aber?«, fragte Clara. Sie runzelte die Stirn und sah zu Jule, die ahnungslos mit den Schultern zuckte.

»Aber dann fiel der Groschen«, antwortete Frieke. »Ich war so frei, die Briefe aus deiner Scheune zu holen, um meine Theorie zu prüfen. Und ich garantiere dir: Sie hat sich bestätigt.«

»Was ist denn mit den Briefen?«, wollte nun auch Jule wissen. »War Fritz Behrendt ein Arsch oder nicht?«

»Das hier«, antwortete Frieke und legte die ausgestreckten Hände auf die Briefe, »ist ein Gefallen. Einer, um den ich Fritz vor Jahren gebeten hatte. Und kein Wort davon ist wahr.«

Die nächsten Minuten verbrachte die Buchhändlerin damit, ihnen eine Geschichte zu erzählen. Sie erzählte Clara von den Schäfers, einer alteingesessenen Familie aus Travemünde, deren letzte

Angehörige vor wenigen Jahren weggezogen waren. Die Schäfers hätten zu Friekes treuesten Kunden im *Schmökerhafen* gehört, und Frieke hatte genau gewusst, wie sehr insbesondere die Kinder gelitten hatten, als das Familienoberhaupt plötzlich verstorben war.

»Ole Schäfer war ein Typ wie Fritz«, sagte Frieke. »Ein Seebär, verstehst du? Einer, der die Trave im Blut und die See stets in seinen Gedanken hatte. Und die drei Kinder vermissten ihn mehr, als Worte ausdrücken können. Der Krebs ist ein Arschloch, Clara, und das Schicksal ist sein böser Verbündeter.«

Clara nickte stumm. Sie musste an ihre Mutter denken und fand keinen Widerspruch in sich.

»Ich erzählte Fritz von den Schäfers«, fuhr Frieke fort. »Auf einem unserer langen Spaziergänge an der Küste. Ich sagte ihm, wie sehr sie um Ole trauerten, vor allem die Kinder. Und irgendwie weckte das eine Idee in deinem Vater. Als ich ihn drei Tage später wiedersah, zeigte er mir den ersten Brief. Er fragte mich, ob er ihn abschicken sollte. Ob das in meinen Augen gut und hilfreich wäre oder einfach nur falsch.«

»Entschuldigung.« Clara runzelte die Stirn. »Ich verstehe immer noch nicht. Fritz hat … was getan?«

»Das, was er immer tat«, antwortete Frieke. »Er hat sich Geschichten ausgedacht – über die See und das Leben hier an der Küste. Und er hat sie aufgeschrieben, in Briefform und als Ole Schäfer. Dein Vater hat den Schäfers geschrieben, als wäre er Ole, der auf großer Fahrt ist. Und obwohl alle Beteiligten wussten, dass das pure Fiktion ist, schrieben die Schäfer-Kinder in gleicher Art zurück. Es mag absurd klingen, doch es half ihnen; das habe ich mit eigenen Augen gesehen. Irgendwie linderte es den Schmerz der Kinder. So zu tun, als wäre der Papa nicht tot, sondern einfach nur auf dem Meer wie früher so oft … Es war ein Spiel, verstehst du? Ein Versuch, die Trauer in andere Bahnen zu lenken. *Bessere* Bahnen.«

»Du machst Witze«, murmelte Jule. Ungläubig sah sie Frieke an.

Die Buchhändlerin schüttelte den Kopf. »Das ging einige Wochen lang so, wenn ich nicht irre. Dann waren die Kinder wohl über den Berg. Jedenfalls hat Fritz mir danach nicht wieder von neuen Briefen erzählt.« Sie lachte leise. »Ich habe auch seit Jahren nicht mehr an die Sache gedacht. Ehrlich nicht, sonst hätte ich dir längst davon erzählt, Clara. Das war Schnee von vorvorgestern für mich, kein bisschen wichtig. Dass Fritz all die Briefe aufgehoben hat … Darauf wäre ich nie gekommen.«

Clara schluckte. Die Geschichte klang regelrecht surreal, und doch … Sie spürte, dass jedes Wort wahr war. Sie sah es in Friekes Blick, hörte es im Tonfall der Freundin. Und sie staunte, wie sehr die Erkenntnis sie erleichterte. Nicht jeder Mensch log, und manchmal …

Manchmal irrt man nicht, wenn man sie an sich heranlässt, dachte sie. *Manchmal sind sie das, was sie zu sein scheinen. Man muss es ihnen nur glauben.*

Sie beschloss, endlich mit Frieke zu reden – über den Fritz der späten Jahre, hier an der Küste. Es wurde allerhöchste Zeit.

Beim nächsten Sonntagsspaziergang fangen wir an, nahm sie sich vor. Und zum ersten Mal seit Langem bereitete ihr der Gedanke keine Bauchschmerzen mehr. Ganz im Gegenteil.

»Der alte Behrendt«, sagte Bengt. Dabei nickte er anerkennend. »Sentimentaler als man meinen sollte.«

»Und kreativ«, fand Jule. Sie griff nach den Briefen auf dem Küchentisch. »Denkt ihr, ich darf das nutzen? Natürlich, ohne die echten Namen zu nennen. Für eine Story im *Travemünder Boten*? So herzerwärmendes Zeug lieben die Leute nämlich.«

»Hast du nicht schon mehr als genug Stoff für deine Artikel?« Amüsiert schaute Clara die Freundin an. »Mit Auerswald, Abel und dem ganzen Rest?«

Jule sortierte den kleinen Stapel Briefe und schüttelte dabei den Kopf. »›Genug‹ gibt's nicht, nicht im Journalismus. Und solange du mir keine neuen Mörder präsentierst, muss ich das Blatt ja irgendwie füllen.«

Neue Mörder? Clara schauderte bei dem Gedanken. Sie wollte einfach nur noch ihre Arbeit machen, auf der Kanzel und in der Gemeinde, und Zeit mit ihren neuen Freunden verbringen. Die Zukunft genießen, in vollen Zügen und mit Blick aufs Meer.

Sie wusste nicht, ob es weitere Mörder in dieser Zukunft geben würde. Einerseits entsetzte sie die Vorstellung, andererseits besaß sie aber auch einen gewissen Kitzel, den sie nicht länger leugnen konnte.

Das wird sich schon finden, dachte sie, als sie gemeinsam mit Bengt aus Friekes Küche aufbrach, dem neuen Tag entgegen. *Alles findet sich. Wir müssen nur daran glauben.*